Find your way

Ein Roman von Ani Briska

Ani Briska: »Find your way«

Für Rudi,

der einen großen Anteil an dieser Geschichte hatte und mich an viele wertvolle Dinge erinnert hat, die ich beinahe für immer vergessen hätte.

Impressum:

Copyright: *Franziska Göbke*
Postfach 10 13 32
38843 Wernigerode

Lektorat: *KKB - Lektorat und Korrektur - Sabrina Heilmann*
Korrektur: *KKB - Lektorat und Korrektur*

Coverbild: Fotolia.de - Kotin Dmitrii - 59874612

Dieses Werk ist reine Fiktion. Jegliche Ähnlichkeiten mit lebenden oder verstorbenen Personen sowie Schauplätzen sind zufällig und nicht beabsichtigt. Alle darin beschriebenen Vorkommnisse sind frei erfunden.

Der Inhalt dieses Buches ist urheberrechtlich geschützt. Kopieren, Vervielfältigen und Weitergabe sind nur zu privaten Zwecken erlaubt. Der Abdruck des Textes, auch nur in Auszügen, nur mit ausdrücklicher Genehmigung der Autorin.

Mehr Informationen und Kontakt unter:
www.FranziskaGoebke-Autorin.de

Die Welt besteht aus vielen Leuchtern, aber es erlaubt uns nicht, selbst eines zu werden.

Deine
Ani Briska

WARNUNG

Um die Frage ganz schnell zu beantworten: Ja, ich habe ein Pseudonym. Warum? Weil sich die Ladys und die Herren der Schöpfung in Ani´s Romanen nicht an die »normalen« Regeln des Lebens halten. So gehört zum Beispiel das Morden dazu, ohne dafür zur Verantwortung gezogen zu werden und das Ausführen eines Geschlechtsakts ohne Gummi.

An dieser Stelle sei eine extra Warnung angebracht. Dieses Buch enthält sehr gewaltvolle Szenen (ein paar), durchaus Blut (wenig), abartige Sprache (wenig) und softe BDSM-Szenen. Das Buch beinhaltet das Thema *Kinderpornografie*.

Trotz allem basiert dieser Roman auf reiner Fiktion! Nichts davon ist zur Nachahmung empfohlen - wobei sich dieses von selbst verstehen sollte.

Wenn dir diese Warnung nicht zusagt, dann solltest du diesen Roman schleunigst an die Seite legen, denn ich versichere dir, er wird dir nicht im Ansatz gefallen.

All den anderen Lesern wünsche ich viel Vergnügen mit Derek und Hailey.

Eure Ani Briska

Prolog
6 Monate zuvor

Im Leben fragt man sich oftmals, wie der Weg wohl aussehen könnte, den das Schicksal für einen bestimmt hat. Mir jedoch stellte sich nur eine einzige Frage: Wie sollte ich mein Leben jemals wieder in normale Bahnen lenken?

Ich hatte verloren, gekämpft und stand auch nach so vielen Jahren vor demselben Problem - ich kannte meinen Weg nicht.

In meiner Kindheit bin ich von einem Menschen gebrandmarkt worden, dem ich bedingungslos vertraute. Er nahm mir alles, was ich nach dem Tod meiner Mutter noch hatte: Zuversicht, Selbstvertrauen und Liebe.

Fortwährend war ich bereit zu kämpfen, setzte mich mit meinen Gefühlen auseinander und dennoch lehrte es mich immer wieder, es gab Dinge, die konnte man niemals verarbeiten oder sie vergessen.

Es war ein Kampf, der mich immer wieder in die Knie zwang.

Auch mein Studium und der Umzug in eine neue Stadt änderten nichts daran, dass die Spur an mir haftete.

Und mein Problem - ja das besaß ich nach wie vor. Nur der selbst zugefügte Schmerz vermochte für einen Moment die schmerzhaften Erinnerungen löschen.

Niemals hätte ich es für möglich gehalten, dass es noch schlimmer kommen würde und dass die Lösung meines Problems sich in greifbarer Nähe befand.

Doch konnte jemand eine gebrochene Seele heilen, wenn es jemanden gab, der sie für immer zerstören wollte?

Kapitel 1
Raven

Verdammt. Verdammt. Verdammt. Konnte sich nicht einfach ein großes Loch vor mir auftun, indem ich verschwinden könnte?

Ich war mir unsicher, an welcher Stelle mein Gehirn ausgesetzt hatte und ich blindlings in den Club gegangen war. Meine Nackenhaare stellten sich förmlich auf, als ich durch die Runde der anwesenden Gäste und Spielflächen sah. Genauer gesagt saß ich inmitten eines BDSM-Clubs in der Braunschweiger Innenstadt.

Ich wusste nicht, was mir mehr die Schamesröte ins

Gesicht trieb. Die Halbnackten um mich herum, der Geruch nach Latex und Leder, das Geräusch diverser Schlagspielzeuge, oder, dass ich tatsächlich immer noch hier herumsaß.

Die Liste hätte sich zweifelsohne beliebig fortsetzen können. *Ich war komplett bescheuert!*

Ich nahm das halb volle Cola-Glas vom teuren Mahagoni-Tresen und trank es in einem Zug leer. Lautstark knallte ich es zurück auf die glänzende Fläche, was mir sofort einen bösen Seitenblick vom Barkeeper einbrachte. Er war so ziemlich der Einzige, neben mir natürlich, der überhaupt nicht in das Bild des Nachtclubs passte. Seine Haare glänzten fettig im Schein der schwachen Hintergrundbeleuchtung, und auch sein Hemd und die Weste, wirkten so, als wären sie ewig nicht gewaschen worden.

Weiter wollte ich meine Gedanken nicht vertiefen, denn dann wäre irgendwann unweigerlich der Punkt gekommen, an dem mir klar geworden wäre, dass er meinen Drink eingeschenkt hatte.

Missmutig lehnte ich mich zurück, ohne daran zu denken, dass ich auf einem Hocker saß und es somit keine Rückenlehne gab. Mit wild rudernden Armen versuchte ich, mein Gleichgewicht wiederzufinden, hielt mich dabei an meinem Sitznachbarn fest, woraufhin er sich den gesamten Drink über die Klamotten kippte. Aber immerhin, ich fiel nicht nach hinten, auch wenn ich jetzt ein Problem hatte, weil der Mann mich wütend anfunkelte.

»Du dummes Miststück. Das Hemd hat mich hundert Euro gekostet«, plusterte er sich auf. Ich war allerdings klug genug, mir eine Antwort zu schenken.

Niedergeschlagen stand ich auf. Ich war eindeutig am falschen Ort!

Das sagst du jedes Mal, schimpfte die Stimme in meinem Kopf.

Das stimmt doch gar nicht, setzte ich ihr entgegen.

Und was war gestern? Und vorgestern? Und vorvorgestern?

»Halt deine Klappe, du existierst doch überhaupt nicht«, brüllte ich, schlug mir aber bereits auf den Mund. Gott, wie peinlich. Etliche Augenpaare waren auf mich gerichtet und ich wünschte mir erneut das große schwarze Loch, das sich auftat und mich verschluckte.

»Herzchen, so langsam wird es auffällig«, erklang eine tiefe Stimme hinter mir. In der Annahme, dass man sicher nicht mich meinen könnte, drehte ich mich nicht um.

»Jetzt spricht sie nicht nur mit sich selbst, nein, sie ist auch noch schwerhörig«, vernahm ich erneut die markante Stimme. Ich atmete kurz ein, in Erwartung, dass ich gleich ins nächste Fettnäpfchen treten würde, und wandte mich um.

Mit meinen gerade mal einssechsundsechzig starrte ich lediglich auf eine männliche Brust. So langsam schwante mir, dass er doch meine Wenigkeit gemeint hatte und eine leichte Wut erfasste mich. Gerade als ich ansetzen wollte, etwas zu sagen, sprach er munter darauf los.

»Zumindest hast du eine gute Erziehung genossen. Du darfst mich jetzt gern ansehen«, bemerkte er unverhohlen. In mir kochte es jedoch nur noch. Was war er denn für ein Idiot?

Ruckartig schob ich mein Kinn empor und sah direkt in große jadegrüne Augen, die mich ungeniert musterten. Sanft stieg mir die Röte ins Gesicht, ohne das ich es verhindern konnte. Ebenso wenig wie ich den Blick zu seinen geschwungenen Lippen, die leicht geöffnet waren, umgehen konnte. Wunderschön geschwungene Wimpern und dezente Augenbrauen rundeten sein männlich markantes Gesicht ab. Beinahe hatte ich das Gefühl, dem Mann aus der Coca Cola Werbung gegenüberzustehen. Zu allem Übel rollte sich mein

Unterbewusstsein dabei lachend auf dem Boden. Wie alt war ich denn? Fünfzehn? Mann aus der Coke-Reklame. Gott, wie gut, dass er meine Gedanken nicht lesen konnte.

»Wie heißt du?«, wollte der Unbekannte wissen und brachte mich mit seiner Frage wieder zurück in die Realität. Händeringend durchsuchte ich meinen Kopf nach einer Antwort, denn meinen wirklichen Namen wollte ich auf keinen Fall preisgeben.

»Raven«, schoss es mir wie aus dem nichts aus dem Mund. Zum Glück fiel mir schnell mein Spitzname ein, den ich mir während der Studienzeit eingehandelt hatte. Fast musste ich lächeln, als ich daran dachte, denn es hatte wahrlich nichts mit einem Raben zu tun. Nein, es ging um meine pechschwarzen Haare.

Früher, in der Grundschule, hatte man mich immer Schneewittchen gerufen, da ich neben der schwarzen Haarpracht auch helle Haut und schöne runde Kirschlippen besaß. Am Anfang fand ich den Spitznamen durchaus niedlich, nur mit zunehmendem Alter wurde es lästig, immer an eine Märchenfigur erinnert zu werden.

»Schöner Name, aber sicherlich nicht dein richtiger«, gab er zu bedenken und griff nach einer meiner

Strähnen, die sich aus meinem französischen Zopf gelöst hatten.

»Ich glaube, das sollten sie lassen. Und was meinen Namen betrifft, so wird ihnen Raven reichen müssen«, erwiderte ich vorlaut. Augenblicklich schoss sein Arm nach vorn und umfing meine Kehle. Mein Aufschrei wurde dabei sofort unterdrückt.

»Weißt du, was einige der anwesenden Herren hier mit dir an meiner Stelle tun würden?« Ich schluckte schwer.

»Nein.«

»Sie würden dich irgendwo festbinden und dich für dein freches Mundwerk auspeitschen«, sagte er ernst und verringerte den Druck an meiner Kehle.

»Und glaube mir, wenn ich dir sage, dass diese Herren mit dir noch weitaus sanfter umgehen würden, als ich es jemals täte. Nimm deine Sachen, kleine Raven, und verschwinde aus diesem Club. Traust du dich noch ein einziges Mal in diese geheiligten Hallen, dann gehörst du mir, verstanden?« Der Ton in seiner Stimme duldete keinen Widerspruch. Abrupt ließ er mich los und ich sog gierig Luft in meine Lungen.

»Ich hab es verstanden«, bestätigte ich nur wenige Sekunden später und rannte an ihm vorbei nach draußen. Ich fühlte mich derart gedemütigt, dass ich meinen

Tränen freien Lauf ließ.
Vielleicht war ich ein stummer Zuschauer, ja. Eventuell fand ich noch nicht den Mut, jemanden anzusprechen, ja. Doch ich wollte mehr über die Szene erfahren. Wollte wissen, wie es ist, sich nicht mehr selbst Schmerzen zuzufügen, sondern sie von jemandem zu erhalten.
Gerade war ich mir allerdings nicht sicher, ob diese Welt besser war, als mein eigentliches Problem.
Sanft strich ich an meinem Unterarm entlang und somit auch über die unzähligen Schnitte, die meine Haut zierten.
Zu meiner Schande war ich nicht viel besser als Schneewittchen, denn ich biss aus Dummheit jeden Tag erneut in den vergifteten Apfel - weil ich meine Welt nur noch damit ertrug.
Traust du dich noch ein einziges Mal in diese geheiligten Hallen, dann gehörst du mir, verstanden? Seine Worte klangen in meinem Kopf noch lange nach.
Auch wenn sie mir Angst einjagten, es gab keine andere Möglichkeit. Ich musste wiederkommen oder lieber doch nicht?

Kapitel 2
Derek

Jeden Abend die gleiche verfickte Scheiße, dachte ich und nahm mein Whiskey-Glas in die Hand. Die zähe Flüssigkeit schwenkte ich einen Moment, bevor ich das Glas an meine Lippen führte und es in einem Zug leerte.

»Du siehst aus, als würdest du gleich jemanden umbringen«, amüsierte sich John, zog den Stuhl zurück und ließ sich bequem darauf sinken.

»Findest du es nicht nervig, dass wir uns jedes Mal hier in diesem Bumsschuppen treffen? Immer die gleichen Gesichter, die gleichen erlahmten Geräusche und vom Duft mal ganz abgesehen. Ich bin es leid«, antwortete ich ihm, ohne John mein eigentliches Problem kundzutun.

»Nicht im Geringsten, mein Bester. Geile Titten, stramme Ärsche und am liebsten würde ich die eine oder andere gern mal ordentlich rannehmen.« Ich zog eine Augenbraue nach oben und musterte meinen besten Freund. Die Welt mit seinen Augen zu sehen, hatte ich bereits seit langer Zeit aufgegeben. Diverse Spiele brachten meine Hand kaum noch zum Zucken und das, obwohl ich gerne meine dominante Ader auslebte. Nicht nur als Chef einer kleinen Sicherheitsfirma, nein, auch als TOP einiger Spielgefährtinnen. Nach einer gewissen Zeit jedoch, fingen die meisten Damen an, mich zu langweilen.

Ein kleiner Aufruhr erregte meine Aufmerksamkeit, sodass ich mich erhob. Der Club gehörte einem meiner Geschäftspartner, doch als Teilhaber sah ich gern nach dem Rechten.

»Er schon wieder«, stellte John nüchtern fest und sprach damit aus, was ich soeben dachte. Schon seit längerem hatte ich ein Auge auf diesen Kerl geworfen, da er hier nur Schwierigkeiten bereitete.

»Kennst du die Kleine?« Ich schüttelte den Kopf. Namentlich bekannt war sie mir jedenfalls nicht, allerdings hatte ich schon seit einiger Zeit bemerkt, wie sie Abend für Abend in den Club kam, eine Cola trank und unverrichteter Dinge wieder ging.

»Nein«, lautete meine knappe Antwort. Meine Augen ließ ich dennoch nicht von ihr. Die Kleine strahlte etwas aus, was ich liebevoll den »Bambi-Status« nannte. Warum? Das ließ sich leicht erklären. Große runde Augen, aus denen die Unschuld sprach. Sanfte, weiß strahlende Haut, die dazu einlud, sie mit glühender Röte zu überziehen.

Doch es waren ihre Lippen, die mir die Gewissheit gaben, dass diese Frau eine ungebändigte Lust in sich trug - man musste sie nur wecken.

Welche Ironie. Schwarze Haare, rote Lippen und eine Haut so weiß wie Schnee. Ich unterdrückte mein Lachen, denn unweigerlich musste ich an Schneewittchen denken.

»Wirst du ihn endlich vor die Tür setzen?« Gedankenversunken fuhr meine Hand über die leichten Stoppeln an meinem Kinn. Besser wäre es in jedem Fall. Ich konnte einfach nicht riskieren, dass er die Kontrolle verlor. Etwas, das nicht passieren durfte - niemals.

Allerdings würde ich mich später darum kümmern müssen, denn soeben kam Dimitri zur Tür herein. Auf ihn hatte ich bereits gewartet. Je eher der Deal über die

Bühne ging, desto eher konnte ich mich wieder in meine Stadtwohnung zurückziehen.

»Ah, Hallo«, begrüßte mich Dimitri mit seinem schlechten Deutsch und dem stark russischen Akzent.

»Hast du das Geld?«, murrte ich und knallte eine kleine, schwarze Ledertasche auf den Tisch. Ein diabolisches Grinsen breitete sich in seinem aufgedunsenen Gesicht aus. Warum ich wieder einmal Geschäfte mit den Russen machte, wo mich meine Erfahrung doch eines besseren lehrte, war mir nicht klar.

Wie in der Branche üblich, landete nur kurze Zeit später ein dickes Bündel, verpackt in schwarzer Folie, auf dem Tisch.

Automatisch griff ich danach, wog es kurz in der Hand ab und stand auf.

»War nett«, ließ ich ihn wissen und begab mich in Richtung Ausgang. Dabei musste ich an der Bar vorbei, an der mein kleiner Problemfall saß und sich ein Bier hinter die Binde kippte. Mit einem Grinsen im Gesicht tippte ich ihm einmal kurz auf die Schulter. Prompt drehte er sich in meine Richtung, doch bevor er wusste, wie ihm geschah, traf ihn bereits meine Faust. Für meine präzisen Schläge war ich bekannt, wenn auch nicht auf diese Art. Wild taumelnd fiel er vom Hocker, und landete vor meinen Füßen.

»Ich will dich hier nicht wiedersehen, verstanden?« Meine Stimme duldete keinen Widerspruch.

»Das wirst du büßen«, brüllte er mir entgegen. Derartige Ausbrüche waren mir nicht unbekannt, daher konnte ich auch diesen nur belächeln. Dennoch, es war mir eine Ehre, ihn persönlich vor die Tür zu befördern. Ohne Vorwarnung packte ich seinen Kragen und schliff ihn Richtung Ausgang durch die Bar.

Die Musik verstummte, Blicke richteten sich auf uns, doch das war mir egal.

Mit dem Geldbündel in der linken und Dumm-Dom in der rechten Hand blieb mir nur die Möglichkeit, die Tür mit dem Fuß aufzustoßen. Kalte Nachtluft strömte mir augenblicklich entgegen.

»Meine Anweisung war klar. Ab sofort hast du hier Hausverbot.« Damit lockerte ich den Griff und entfernte mich. Mein Wagen stand in einer kleinen Seitenstraße, keine Minute Fußweg entfernt. Es gab keinen Grund sich für mein Auto zu schämen, im Gegenteil, aber meine Oma hatte damals schon behauptet, dass ein kleiner Spaziergang nicht schaden konnte. *Wie klein hatte sie nicht erwähnt.* Belustigt griff ich nach dem Autoschlüssel, welcher sich in meiner Hosentasche befand, ich hielt jedoch inne, als ich ein heiseres Schnaufen vernahm. Kurzerhand steckte ich den Schlüssel zurück und folgte den leisen Klängen. So what? Ich hatte eine Schwäche für weinende Frauen, wenn auch in anderen Situationen.

An der kleinen Bushaltestelle, keine fünf Meter von mir, wurde ich fündig. *Schneewittchen* saß auf der ramponierten Bank und war gerade dabei, sich das Gesicht mit ihrem Pullover zu säubern. Kein sonderlich appetitlicher Anblick, wenn mich jemand fragen würde - was natürlich niemand tat. Schnell fischte ich ein Taschentuch aus meinem Jackett und ging auf sie zu.

Schneewittchen bemerkte mich erst im letzten Moment. Panisch sprang sie auf, blieb jedoch mit ihrer Stoffhose am gesplitterten Holz der Bank hängen, stolperte und stieß sich am Wartehäuschen den Kopf an.

Wenn sie nicht schon gestraft genug gewesen wäre, dann hätte ich lauthals losgelacht. So beschränkte ich es darauf, dass ich zu ihr ging und ihr wieder auf die Beine half.

»Ich wollte dir nur ein Taschentuch geben«, beeilte ich mich zu sagen, ehe sie schreiend vor mir davon lief. Ihr so nahe zu sein, erlaubte mir einen eingehenden Blick in das wunderschöne Gesicht der Frau. Mein erster

Eindruck bestärkte sich noch mehr - *Bambi-Status.*
Der Kajal war verlaufen und zog sich komplett über ihre Wangen. Der Anblick allein genügte, um meinen Beschützerinstinkt zu wecken. Auch wenn ich gerne Schläge austeilte und diverse andere lustbringende Dinge tat, für meine Gespielinnen war ich dennoch immer verantwortlich. Das war sie nicht, ohne Frage, dennoch rief sie dieses Gefühl hervor.

Da *Schneewittchen* immer noch nichts sagte, fügte ich schnell hinzu: »Der Typ ist nicht eine Träne von dir wert. Außerdem hat er seit ein paar Minuten Hausverbot. Du brauchst dir also keine Gedanken mehr machen.« Etwas in ihren wunderschönen Augen blitzte auf und traf mich unerwartet. *Verfickte Scheiße.* Für solche Frauen hatte ich eine ausgeprägte Schwäche. Ich rief meinen Verstand zur Vernunft. Alles, was die Kleine jetzt nicht gebrauchen konnte, waren noch mehr Dinge, die sie aus der Fassung brachten.

Da sie nach wie vor regungslos vor mir stand, beschloss ich den Rückzug.

»Ich wünsche dir einen schönen Abend«, sagte ich kurz und setzte meinen Weg zum Auto fort. Für mich war das Thema dennoch nicht ad acta gelegt, denn diese Augen hatten sich in meinen Kopf gebrannt, ebenso, wie dieses eine gewisse Bild. *Schneewittchen* vor mir kniend und die langen schwarzen Haare zu einem Zopf gebunden. Ihr schlanker Körper nackt, wie Gott ihn schuf, und den Blick nach unten gesenkt.

Schmerzhaft wurde mir bewusst, wie sehr mir der Gedanke gefiel, denn meine Latte forderte knallhart nach Aufmerksamkeit.

Seit Monaten verlangte es mich nach keiner meiner Gespielinnen und nun stand die Kleine vor mir und löste den Knoten in meinem Kopf.

Fuck. Ich musste die Vorstellung mit ihr schnellstens in die hinterste Ecke meines Kopfes schieben. Sie war einfach zu unschuldig und hatte vermutlich keinerlei Ahnung, was sie erwartete. Öffentliches Interesse an ihr zu zeigen, könnte gefährlich werden.

Ich musste einfach daran denken, dass ich nicht gerade in den sichersten Kreisen verkehrte.

Mit gedämpfter Stimmung ließ ich mich auf den Sitz des Audis sinken.

Ich könnte allerdings ..., schoss es mir urplötzlich durch den Kopf.

Kapitel 3
Raven

Angespannt betrat ich das Zimmer am Ende des Flurs, in dem ich arbeitete. Heute war ich eine halbe Stunde früher auf Arbeit erschienen, damit ich die Ruhe vor dem Sturm auskosten konnte. Spätestens, wenn meine Kollegin Sandra auf der Bildfläche erschien, wäre es mit der Harmonie vorbei. Sie mochte mich nicht, das zeigte sie mir jeden Tag aufs Neue. Sandras Anfeindungen waren kaum noch zu ertragen und lösten inzwischen täglich einen meiner Anfälle aus. Wie ein getriebenes Tier, zog ich mich dann in mein Badezimmer zurück, und ließ die Klinge über meine Haut wandern. Energisch schüttelte ich den Kopf, um die Bilder zu vertreiben, was mir auch gelang. Es lag daran, dass ich über letzte Nacht nachdachte. Zum einen an diesen überheblichen Kerl, der der Meinung war, mich praktisch aus dem Club verbannen zu wollen, und dann über den anderen. Wobei es schon mehr den anderen betraf. Obwohl ich schon länger im Club verkehrte, war er mir bis gestern nicht aufgefallen. Er hatte mir versichert, dass ich ohne Bedenken wiederkommen könnte, da Mr. Aufbrausend Hausverbot bekommen hatte. Schade nur, dass ich nicht einmal den Namen von ihm kannte.

Seufzend schob ich den Gedanken, an den Mann mit den wunderschönen blauen Augen, in die hinterste Ecke meines Kopfes. In wenigen Minuten würde Sandra ebenfalls erscheinen und dafür brauchte ich alle meine Nerven.

Eilig öffnete ich den Terminplaner meines Chefs, um die benötigten Unterlagen zusammenstellen zu können. Lediglich vier Termine wurden mir angezeigt. Drei davon waren mir sehr gut bekannt, da sie recht häufig die beruflichen Fertigkeiten meines Chef´s in Anspruch nahmen. In den fünf Jahren, die ich bereits für ihn arbeitete, gingen einige hier ein und aus, doch die meisten kamen wieder. Die Rechtsanwaltskanzlei

Brunner hatte sich einen Namen erarbeitet und zählte zu den besten der Stadt. Dass Herr Brunner großteils Schwerverbrecher vor Gericht vertrat, ignorierte ich dabei. Einer musste es machen, wie er immer sagte, und dem stimmte ich uneingeschränkt zu.

Die Tür wurde aufgerissen und Sandra betrat fast zehn Minuten zu spät das Zimmer. Mir war gar nicht aufgefallen, dass ich so viel Zeit dafür brauchte, die Akten bereitzulegen. Gehässig musterte sie mich, als ich zum Schrank ging, damit ich für den vierten, und auch letzten Termin, einen neuen Ordner anlegen konnte.

Da ich ihren Blick fixierte, bekam ich nicht mit, wie sie ihren Fuß nach vorn schob und ich daraufhin darüber stolperte. Der Länge nach fiel ich auf den Boden und knallte mit meiner Wange auf den Griff des großen Aktenschrankes.

Vor Schmerz schrie ich auf, hielt mir die Wange und versuchte, meine Tränen zu unterdrücken.

»Hässlich, nichtssagend und nun auch noch zu dämlich zum Laufen«, verhöhnte mich meine Kollegin obendrein. Da war er, der Punkt, an dem ich am liebsten meine Rasierklinge zücken würde, damit ich die Demütigung ertragen konnte.

Die Tür ging ein weiteres Mal auf und mein Chef

blinzelte hinein. Als er mich auf dem Boden sah, mit schmerzverzerrtem Gesicht die Wange haltend, stürmte er auf mich zu.

»Geht es ihnen gut, Frau Wolf?«, fragte er besorgt und zog meine Hand vom Gesicht. Ich war unfähig zu antworten, so wie jedes Mal, wenn ich mich in einer dieser Situationen befand.

»Das sieht übel aus. Morgen werden Sie dort ein hübsches Veilchen haben, wenn nicht sogar schon heute Nachmittag«, stellte er entsetzt fest, während er mir auf die Beine half.

»Stehen Sie nicht rum, Frau Michaelis. Bringen Sie mir endlich einen Kaffee in mein Büro«, wies er meine Kollegin scharf an, ehe er seine Aufmerksamkeit wieder mir widmete.

»Ich weiß nicht, was zwischen ihnen beiden vorgefallen ist, aber wenn es etwas zu sagen gibt, dann lassen sie es mich wissen«, sagte er mitfühlend und ging aus dem Raum. Erst jetzt erlaubte ich mir, wieder zu atmen. Ohne groß nachzudenken, nahm ich einen neuen Ordner und zog mich an meinen Schreibtisch zurück. Zwar konnte es getrost noch einen Moment warten, bis ich das neue Verzeichnis anlegen musste, aber ich brauchte die Ablenkung.

Eilig rief ich den letzten Termin auf und notierte den Namen gut sichtbar auf der Akte: Derek Engel - was für ein Name. Ein kleines Lächeln breitete sich auf meinem Gesicht aus, jedenfalls so lange, bis meine Wange unter der Bewegung schmerzte. Professionell beendete ich meine Arbeit und konzentrierte mich auf den Stapel zu meiner rechten. Es gab etliche Schreiben, die ich heute noch abtippen und versenden musste. Aus diesem Grund sah ich nicht auf, als Sandra das Zimmer betrat und an ihrem Tisch Platz nahm.

Der Rest des Vormittags und auch des Nachmittags verlief ohne weitere Zwischenfälle. Meine Akten hatte ich abgearbeitet und Sandra, so gut es eben ging, gemieden.

In wenigen Minuten würde sie, zu meiner Erleichterung, die Kanzlei verlassen. Ich würde jedoch noch bleiben, da Herr Brunner darauf bestand, dass ich beim nächsten Termin anwesend war. Von Zeit zu Zeit kam das durchaus schon vor. Es erlaubte ihm, mehr auf einen Klienten einzugehen, während ich die Schreibarbeit übernahm.

Die Chance nutzend, da Sandra gerade ihre Tasche packte, flüchtete ich aus dem Zimmer und stieß direkt vor der Tür mit jemandem zusammen. Panisch entschuldigte ich mich und wollte bereits weiter ins Büro von Herrn Brunner, als mich eine Hand am Arm festhielt.

Verwirrt drehte ich mich zu der Person um und hielt, beim Anblick des Mannes, die Luft an. Sein Mund war zu einem Strich zusammengepresst, der mir eine Gänsehaut bescherte. War er sauer, weil ich ihn angerempelt hatte?
Blitzartig schoss seine Hand nach vorn und strich zart über die verletzte Stelle an meiner Wange.
»Wer hat dich geschlagen?«, wollte er aufgebracht wissen. Der Ton seiner Stimme war eiskalt, so, als würde er gleich über denjenigen herfallen, der mir das angetan hatte. Der Gedanke amüsierte mich einen Moment lang, doch ich würde über Sandra kein Wort verlieren.
»Ich bin heute im Büro gestolpert und gegen den Griff des Schrankes geknallt. Alles halb so wild«, bekräftigte ich fest. Sein Blick musterte mich, suchte in meinen Augen nach der Wahrheit. Gestern im Dunkeln war mir gar nicht aufgefallen, wie umwerfend er aussah. Dunkelblaue Augen wurden von langen Wimpern eingerahmt. Die vollen Lippen waren leicht geöffnet und nahmen einen Moment meine Aufmerksamkeit in Anspruch. Der Wunsch, meinen Mund auf seinen zu pressen, keimte unweigerlich in mir auf. Wie sie wohl schmecken würden? Schnell schüttelte ich die Vorstellung ab und versuchte mich wieder zu konzentrieren. Was mir nur

kläglich gelang, denn meine Augen verweilten an seinen Stoppeln auf dem geraden Kinn. Wie gern hätte ich mit den Fingern darüber gestrichen.

»Ich glaube dir das jetzt, aber sollte ich herausfinden, dass dich jemand geschlagen hat oder anderweitig dafür verantwortlich ist, dann garantiere ich für nichts.« Das klang ziemlich arrogant und half mir dabei, wieder meine neutrale Position ihm gegenüber einzunehmen.

»Falsch. Es ist so, wie ich sage und selbst wenn nicht, dann gibt es ihnen nicht das Recht, jemanden dafür zur Verantwortung zu ziehen, denn ich gehe sie, mit Verlaub, nichts an«, konterte ich selbstbewusst, obwohl ich keine Ahnung hatte, woher diese Sicherheit kam.

»Und ob du mich etwas angehst, Schneewittchen«, raunte er. Sanfte Wellen jagten, bei den eben genannten Worten, durch meinen Körper. Doch sie riefen mich auch zur Vorsicht, wobei ich diese Stimme zu ignorieren versuchte.

»Seit gestern Abend hat sich das geändert«, versicherte er mir mit Nachdruck in seiner Stimme.

»Nur weil sie nett zu mir waren, gibt ihnen das keinerlei Rechte an meiner Person«, setzte ich nach und entfernte mich von ihm.

»Für diese Antwort müsste ich dir eigentlich deinen

süßen Hintern versohlen«, zischte er. Kurz vor der Tür, die zum Büro meines Chefs führte, blieb ich stehen. Ich hatte mich wohl gerade verhört! Ruckartig drehte ich mich um und ging zu ihm zurück.

»Wie wäre es, wenn sie sich die Energie sparen und lieber eine Dame wählen, die sich für sie interessiert«, platze es aus mir heraus. Wütend blähten sich seine Nasenflügel und ließen mich zurückweichen.

Genau in diesem Moment trat Sandra aus unserem Zimmer und blieb wie angewurzelt stehen. Ihr Blick glitt gierig über unseren neuen Klienten, was mich sofort schnaufen ließ. Diese eingebildete Zicke meinte doch wirklich jeden, mit ihrem gekünstelten Atombusen, aus der Reserve locken zu können. Angewidert rümpfte er die Nase und sah wieder zu mir. Innerlich freute mich seine Reaktion, allerdings würde sie mir spätestens morgen eine Menge Stress einbringen.

Eine weitere Tür wurde geöffnet und Herr Brunner sah erwartungsvoll in den Flur. Sofort rief ich mich zur Vernunft.

»Heute Abend im Club. Diese Unterhaltung ist keineswegs beendet, Schneewittchen«, flüsterte er leise und ging an mir vorbei direkt ins Büro.

Ich atmete noch ein paar Mal tief ein, bis ich es ebenfalls

tat.

Das konnte er glatt vergessen! Ich würde mich nicht im Club blicken lassen. Schon alleine deshalb nicht, weil er der Meinung war, jeder würde nach seiner Pfeife tanzen.

Allerdings konnte ich nicht leugnen, dass er mich durchaus faszinierte. Meine Verletzung war ihm sofort ins Auge gefallen und auch die Art, wie er meinte, dass sich, seit gestern Abend etwas geändert hatte, ließen mich nicht kalt.

Derek - mir wurde bewusst, dass ich nun seinen Namen kannte - schürte meine Neugier.

Allerdings half diese Tatsache kaum dabei, eine Entscheidung zu treffen, ob ich den Club erneut aufsuchen würde oder nicht!

Kapitel 4
Derek

Dieses kleine Miststück. Auch wenn ich längst zurück in meiner Firma war, gingen mir die Szenen in der Kanzlei nicht aus dem Kopf. Vor allem, der sich bildende Bluterguss an ihrer Wange nicht. Augenblicklich schäumte die Wut wieder hoch. Gegen einen Schrank gefallen, wer sollte das denn glauben? Ich tat es nicht, denn ihre Augen richteten sich nach links, direkt ins Kreativzentrum ihres Gehirns - sie hatte mich angelogen. Doch wer hatte es dann getan? Gab es einen Partner an ihrer Seite, der sie regelmäßig schlug? Dieser Gedanke sorgte dafür, dass ich meinen Schreibtisch leer fegte und mich seufzend zurückfallen ließ.

Inzwischen wusste ich auch ihren Namen: Hailey. Der Name passte perfekt zu ihrem unschuldigen Wesen und gab meinem Beschützerinstinkt den letzten Rest. Ich wollte diese Frau. Sie sollte in meinem kleinen Studio vor mir knien. Ich stellte mir Hailey in einem engen Top, das ihre Brüste schön zusammenpresste, und einem schwarzen String, der ihren Arsch für meinen Paddel freigab, vor.

Die Vorstellung allein reichte aus, um meinen Schwanz nach Aufmerksamkeit schreien zu lassen. Ich musste Hailey besitzen, koste es, was es wolle.

Früher, als ich es von mir gewohnt war, verließ ich die Firma und freute mich seit Monaten das erste Mal wieder darauf, diesen Club zu betreten. Dennoch musste ich vorsichtig sein, denn niemand sollte mein Interesse an ihr mitbekommen. Bevor sie mir jedoch nicht vertraute, machte es auch keinen Sinn, sie in mein Studio zu bringen. Ich musste ruhig an die Sache herangehen und am besten traf ich gleich die erforderlichen Vorkehrungen dafür.

Die Braunschweiger Innenstadt entpuppte sich als falsche Entscheidung, denn der abendliche Feierabendverkehr war in vollem Gange. *Shit.* Da sollte es heute schnell gehen und nun saß ich fest.

Auch wenn es mir nicht gefiel, nutzte ich die Zeit, um Claude anzurufen. Ihm und mir gehörte der Club. Eine rein finanzielle Entscheidung vor drei Jahren, die ich bis heute nicht bereute, dafür lief das Geschäft einfach zu gut.

»Derek, was gibt es?«, erklang die Stimme meines Partners durch die Lautsprecher.

»Hi, würdest du mir das schwarze Zimmer für heute Abend zur Verfügung stellen? Ich nutze den Hintereingang, sodass mich niemand sieht, und gehe nach oben. Außerdem solltest du heute mal wieder eine spontane Ausweiskontrolle durchführen - falls eine Hailey Wolf in den Club möchte, dann lass sie von einem deiner Leute zu mir nach oben bringen.« Es war zu hören, wie er scharf die Luft einzog und wieder ausatmete.

»Hast du wieder eine neue Gespielin gefunden?« Ein Grinsen breitete sich in meinem Gesicht aus. Das war mein Plan, dennoch ging ich nicht davon aus, dass es mir Hailey leicht machen würde.

»Eventuell - trotzdem muss es niemand mitbekommen. Wenn sie zustimmt, dann bespiele ich sie in meinem eigenen Studio«, ließ ich ihn wissen und beendete das

Telefonat. Wieder setzte sich der Gedanke, sie in meinen vier Wänden zu wissen, in meinem Kopf fest. Selbst eine kleine Abfolge unseres ersten Spiels entwickelte sich langsam. Im Normalfall entschied ich zwar eher spontan, doch bei Hailey sollte es ein besonderes Vergnügen werden - sie sollte mein Studio verlassen mit der schmerzlichen Sehnsucht nach mehr. Und wenn ich meine Fähigkeiten bis zum Bersten ausnutzen würde, dann gelänge es mir auch, genau dieses Verlangen zu wecken.

Fingerspitzengefühl - wie ich es nannte. Nicht unbedingt jeder DOM oder TOP besaß diese Fertigkeiten, die dafür notwendig waren. Im Allgemeinen hatte sich die BDSM-Szene sehr verändert. Immer mehr Männer, zumeist ohne jegliche Erfahrung, brachten eine ungeheure negative Spannung in diesen Bereich. Viele Damen erhielten so einen falschen Einblick und wandten sich, im schlimmsten Fall für immer, davon ab. Ich hatte in den letzten Jahren schon genügend Verletzungen dieser *Dumm-DOM's*, wie ich sie nannte, gesehen. Falsch gesetzte Schläge, die schwere Verletzungen verursachten oder aber seelische Brandmarkungen, die man behutsam lösen musste. Das alles ersparte ich meinen Diamonds. Ja, in diesem Punkt war ich ein sentimentaler DOM, denn meine Gespielinnen waren meine kleinen Diamonds. Wunderschöne kleine Diamanten. Nur bei Hailey verhielt es sich ein wenig anders. Bei ihr kam mir keineswegs in den Sinn, sie mit den anderen gleichzusetzen. Nein, Hailey war mein Mädchen - mein Besitz - meine Nummer eins. Ein verrückter Gedanke, wenn man bedachte, dass ich sie noch nie bespielt hatte und dennoch war es so.

Nach zwanzig Minuten erreichte ich den Club, parkte mein Auto in der Seitengasse ab, und nutzte die Hintertür, um nach oben zu gelangen. Adrenalin pulsierte in meinem Körper, was ich meiner Aufregung zuschrieb. Ich musste mich in Geduld üben, denn noch stand es nicht fest, ob Hailey überhaupt erscheinen würde. Während des gesamten Gesprächs mit Herrn Brunner hatte sie mich keines Blickes gewürdigt, sondern nur brav Notizen geschrieben.

Ich öffnete die Tür zum Spielzimmer. Sofort strömte mir der Geruch des frisch geölten Leders entgegen. Dieser Raum war am gefragtesten, wenn es um unsere Besucher ging, da er jedwede Fantasie erfüllte. Angefangen über das Kreuz, die verschiedenen Möglichkeiten, die Dame an der Decke hängen zu lassen, Liegen, Böcke, diverse Spielutensilien und was mich persönlich faszinierte, die kleinen Fickmaschinen. Genutzt hatte ich derlei noch nicht, denn bis heute konnte ich mich getrost auf meinen Schwanz verlassen.

Angespannt sah ich auf die Uhr. Im besten Falle würde sie mir Jo gleich nach oben bringen. Zugegeben, aufgefallen war sie mir schon länger, aber mehr, weil sie jeden Abend pünktlich erschien, sich an die Bar setzte und lediglich etwas trank, bis sie wieder verschwand. Erst bei näherer Betrachtung weckte sie mein Interesse. Auch in diesem Punkt war ich wählerisch. Jemand, der nur ein gewisses Spiel auf Zeit suchte, war nichts für mich. Ich wollte die komplette Unterwerfung - wollte, dass meine Diamonds bereit waren, mir jeden kleinen Wunsch von den Augen abzulesen, und zwar vollkommen freiwillig. Es war schön, wenn man einen Befehl gab und dieser ausgeführt wurde. Die Perfektion war es allerdings, nichts sagen zu müssen - eine Frau nur mit Gefühl und Ausdruck zu leiten. Für mich war das die absolute Vollkommenheit.

Aus dem Flur konnte ich Stimmen vernehmen. Eine davon gehörte Hailey, das war mir sofort klar. Ihr gefiel es offenbar nicht, dass sie Jo nach oben brachte. Auf ihn konnte ich mich allerdings verlassen.

Nur wenige Augenblicke später wurde die Tür geöffnet

und Hailey wurde hineingeschoben. Ab sofort kam es darauf an, wie ich mein *Fingerspitzengefühl* nutzte. Sie zu dominieren wäre der falsche Weg - sie an der lockeren Leine zu lassen auch nicht der richtige.

»Komm her, setz dich zu mir«, sagte ich ruhig und konzentrierte mich auf jede ihrer körperlichen Reaktionen. Hailey war eine makellose Schönheit - vom Gesicht bis hin zu den schlanken Beinen. Wobei mich ihr Prachtarsch am meisten anzog. Im Gegensatz zum Rest ihres Körpers, bot dieser einladende Rundungen. Perfekt für das, was ich mit ihr vorhatte. Man sollte erwähnen: Der Hintern ist das schönste Blatt Papier, das sich ein DOM wünschen konnte - nur er allein vermag es, es zu einem Gemälde werden zu lassen.

Langsam löste sich Haileys Anspannung und sie setzte sich zu mir. Nur ein kleiner Tisch trennte uns.

»Warum sollte ich hierher kommen?« Mein Blick haftete an ihren Augen, die auffallend gerötet waren. Das war für mich ein Zeichen, dass sie geweint hatte.

»Vorher möchte ich wissen, warum du geweint hast.« Sie wandte den Kopf zur Seite und wich mir aus.

»Uninteressant«, erwiderte Hailey leise, doch sie strafte sich damit selbst ihrer Lüge.

»Ich glaube, das solltest du mich entscheiden lassen, was

uninteressant ist und was nicht. Also, ich höre«, setzte ich etwas energischer nach. Noch immer sah sie mich nicht an und rutschte unruhig auf dem ledernen Sessel hin und her.

»Du lässt mir keine Wahl, oder?«, wollte sie wissen und drehte sich endlich wieder in meine Richtung.

»Nein«, lautete meine knappe Bestätigung auf ihre Frage. Angespannt spielte sie mit ihren Fingern und atmete tief durch.

»Meine Arbeitskollegin und ich verstehen uns nicht sonderlich gut. Besser gesagt, sie lässt keine Chance ungenutzt, um mich jeden Tag spüren zu lassen, wie wenig ich wert bin.« Hailey sprach so beiläufig, allerdings hörte ich den Schmerz in ihrer Stimme.

»Ihr verdankst du das Veilchen?« Knapp nickte Hailey und senkte den Blick herab. Zorn pulsierte in meinen Venen und ließ mich einen Moment lang rot sehen. Doch ich drängte diese Emotionen nach unten. Das Letzte, was sie gebrauchen konnte, war meine aufbrausende Wut.

Ohne lange darüber nachzudenken, stand ich auf und hockte mich vor Hailey. Vorsichtig griff ich nach ihren Händen, umfasste sie sanft und streichelte mit dem Daumen über ihren Handrücken. Die seichte Berührung ging mir durch Mark und Bein. Ihre Haut war so weich und hell.

»Das wird ab morgen aufhören, das verspreche ich dir«, flüsterte ich sanft. Zu meiner Verwunderung sprang Hailey jedoch auf und entzog mir ihre Hände.

»Lass es, bitte. Ich möchte nicht noch mehr Ärger.« Urplötzlich stürmte sie an mir vorbei, doch ich konnte sie noch am Unterarm festhalten, bevor sie zur Tür hinaus flüchten konnte.

Ein gellender Schmerzensschrei ihrerseits ließ mich jedoch zusammenfahren. Offenbar war da noch etwas, was sie mir verschwiegen hatte. Mit einer schnellen Bewegung packte ich ihren Körper, drückte ihn an meinen Oberkörper und hielt sie an den Hüften umschlungen. Hailey wehrte sich nach Leibeskräften, trat und schrie, doch das juckte mich nicht. In aller Ruhe schob ich den linken Ärmel nach oben und entblößte ihr eigentliches Problem.

»Was soll das? Ist das deine Art, mit der Situation umzugehen?« Sie schluckte schwer und sank auf den Boden. Tränen liefen über ihre Wangen und wandelten meine Wut in Besorgnis. Dieser Umstand veränderte alles - jedenfalls bei mir! Hailey hatte ein ernsthaftes Problem, und weil ich mir in den Kopf gesetzt hatte, sie zu meiner Nummer eins zu machen, würde ich eine andere Lösung dafür finden müssen.

»Ich gebe dir jetzt meine Visitenkarte. Darauf findest du meine Handynummer und meine Adresse. Bevor du das nächste Mal zur Rasierklinge greifst, rufst du mich an oder erscheinst bei mir zu Hause. Es gibt einen anderen Weg, als seinen Körper derart zu entstellen und sich selbst zu bestrafen.« Nur zögerlich ergriff sie die Karte und nickte kaum merklich.

»Das Problem mit deiner Kollegin löse ich heute noch. Du allerdings, wirst nach Hause fahren und dich ablenken. Ich möchte keine Widerworte hören.« Meine Stimme war leise, dennoch konnte man die Schärfe darin heraushören.

Vorsichtig half ich ihr auf. Auch wenn es falsch war, ich konnte meinen Drang, sie zu berühren, nicht länger unterdrücken. Sanft umfingen meine Hände ihr Gesicht. Mit den Daumen wischte ich die Spur kleiner Tränen beiseite. Haileys haselnussbraune Augen funkelten wie flüssiges Karamell - einmalig. Mein Blick wanderte immer wieder zwischen ihren Kirschlippen und diesen Augen hin und her. *Fuck.* Ohne es kontrollieren zu können, presste ich meine Lippen auf ihren Mund. Nur eine Sekunde lang verkrampfte sich ihr Körper, bis sie meinen Kuss erwiderte. Unerwartet loderte eine Gier in mir auf, die es mir beinahe unmöglich machte, diesen Kuss zu beenden. Doch ich tat es gerade noch rechtzeitig. Schweratmend wich Hailey einen Schritt zurück und streifte mit dem Daumen ihre leicht geschwollenen Lippen, so, als könnte sie die Erinnerung dadurch erhalten.

»Nach Hause mit dir«, wies ich sie an. Augenblicklich steuerte sie auf die Tür zu und verschwand.

Ich warf den Kopf in den Nacken und atmete durch. Noch ein paar Sekunden länger und ich hätte es mir anders überlegt.

Um mich abzulenken, wählte ich die Nummer einer meiner Mitarbeiter. Schließlich gab es da noch ein Problem, welches ich zu Haileys Gunsten lösen wollte - zur Not auch mit etwas Nachdruck.

Kapitel 5
Raven

Auch nachdem ich meine Wohnung betreten hatte, zitterte mein Körper unaufhörlich. Jemand wie Derek war mir in meinem Leben noch nie begegnet. Er kannte mich überhaupt nicht und dennoch setzte er sich für mich ein, ja, er machte sich sogar Sorgen um mich. Ein Gefühl von innerer Ruhe breitete sich wie kleine Wellen auf dem Wasser in mir aus, und seit Tagen verspürte ich keinen Drang danach, mich zu ritzen.

Ein kleiner Teil wurde allerdings auch von seinen Worten ausgelöst. *Es gibt einen anderen Weg, als seinen Körper derart zu entstellen und sich selbst zu bestrafen.*

Nun, ich wusste zwar nicht, wie dieser Weg aussehen sollte, aber auf eine unbekannte Art tröstete es mich. Zum ersten Mal überhaupt hatte ich das Empfinden, dass ich der Welt nicht mehr allein gegenüberstand.

Eine übertriebene Aussage, wenn man bedachte, dass ich Derek überhaupt nicht kannte und dennoch dieses extrem ausgebildete Urvertrauen ihm gegenüber besaß.

Mein Daumen glitt über meine Unterlippe, an der ich nach wie vor das Gefühl hatte, seinen Kuss zu spüren. Er war so ganz anders, als ich jemals einen erfahren hatte. Zärtlich, aber besitzergreifend und dennoch voller Gier und Leidenschaft. Ja, Derek Engel war ein Mann, den man nicht eben an jeder Straßenecke fand.

Allerdings rief mich diese Erkenntnis auch zur Vorsicht. Egal, wie viele positive Gefühle und Empfindungen er in mir wachrief, es war eine unumstrittene Tatsache, dass er ein Fremder war.

Ich nahm die Visitenkarte aus der Hosentasche und betrachtete die wenigen Worte, die sich darauf befanden. *Sicherheitsfirma* stand im Fokus, darunter sein Name und wie versprochen Telefonnummer und Adresse. Lag es daran? Verspürte er allgemein den Drang, andere zu beschützen, oder konnte ich wirklich davon ausgehen, dass er in meinem Punkt persönlich agierte?

Ein Knoten bildete sich in meiner Brust, der Aufregung, innere Anspannung und eine gewisse Sehnsucht heraufbeschwor.

Kurzerhand nahm ich mein Handy aus der Tasche und öffnete das Nachrichtenprogramm. Ich sollte ihm mitteilen, dass ich zu Hause angekommen war und es mir gut ging. Wahrscheinlich war dies nur die halbe Wahrheit, allerdings wollte ich mich im Moment nicht damit auseinandersetzen. Auch nicht mit der Stimme in meinem Kopf, die mich davor warnte, dass er dann ebenfalls meine Handynummer besaß.

Minutenlang starrte ich auf das Display. Was sollte ich ihm überhaupt schreiben? Egal wie ich den Text auch begann, es gefiel mir nicht. Viel zu stark war das Gefühl, dass es eine ablehnende Reaktion hervorrufen könnte. Ebenfalls ein Problem, mit dem ich seit meiner Zeit als Pflegekind zu kämpfen hatte. Ein Selbstwertgefühl gab es bei mir nicht. Die einzigen positiven Erfahrungen zog ich aus den negativen. Doch war die Unsicherheit nicht noch schlimmer? Hin- und hergerissen schrieb ich endlich eine Nachricht, danach legte ich das Handy gut sichtbar auf den Couchtisch.

»Hallo, tut mir leid, wenn ich stören sollte, aber ich bin gut zu Hause angekommen. Mir geht es gut. Hailey.«

Wie blöd das klang! Ich hätte es nicht tun sollen!
Minuten, in denen meine Selbstzweifel mich dominierten, vergingen. Genau so viele, wie ich brauchte, um die eingegangene Antwort von ihm zu öffnen. Mit zitternden Fingern tat ich es schließlich doch.
»Regel Nummer 1: Ich bin 24 Stunden für dich da! Mich stört nur eine dämliche Steuerprüfung, also streiche das ganz schnell aus deinem Kopf. ;-) Und jetzt ab ins Bett mit dir und keine Widerworte! Ich werde es wissen, wenn du nicht auf mich gehört hast. Gute Nacht. D.«
Ich las den Text einige Male und entschied mich dafür, ihm dennoch eine kurze Antwort zu schicken.
»Ja, Sir. ;-).« Was mich dazu bewog, genau das zu schreiben, wusste ich nicht ganz - aber ich wollte es.
Schnell schaltete ich mein Handy ab und verschwand im Schlafzimmer. Auf eine Art hatte er recht, ich sollte dringend ins Bett gehen.

~~~

Nervös kaute ich auf meinen Fingernägeln herum. Kaum hatte ich die Firma heute betreten, kündigte Herr Brunner ein Gespräch an. Es machte mich fertig, nicht zu wissen, worum es dabei ging, zumal auch Sandra nach wie vor in der Kanzlei weilte. Was hatte ich schließlich auch erwartet? Derek konnte womöglich einiges, aber das hier war selbst für ihn nicht abänderbar. Ich musste Sandra und ihre Spitzen ertragen. Am liebsten würde ich im angrenzenden Toilettenraum verschwinden und den Druck aus meinen Inneren lassen. Je mehr Zeit verstrich, desto angespannter wurde meine Situation. Mein Magen krampfte sich zusammen, ein Kloß steckte in meinem Hals und das Herz hämmerte panisch gegen meine Brust. Ich befand mich bei der Arbeit und ein drohender Anfall schien mich geradezu zu überrollen. Das Blut in meinen Ohren rauschte, mein Körper zitterte, sodass ich kaum noch den Kugelschreiber halten konnte.

Es war zu viel! Eilig griff ich nach meiner Tasche, in der ich seit einigen Wochen eine Rasierklinge verstaut hatte, und wollte geradewegs auf das WC flüchten. Mein Vorhaben wurde jedoch unterbrochen, denn Herr Brunner betrat das Zimmer, gefolgt von niemand anderem als Derek. Mir wich sämtliche Farbe aus dem Gesicht, denn ich fühlte ertappt. Dereks eingehender Blick, der mich zu scannen schien, und seine autoritäre Persönlichkeit, fuhren mich augenblicklich auf null.

Ohne zu zögern, bezog Derek den Platz an meiner Seite. Besser gesagt, er stand nur zwei Zentimeter vor mir, schirmte mich mit seiner Präsenz ab und gab mir dennoch genügend Luft zum Atmen. Wenn mir aufgrund meiner drohenden Panikattacke nicht schon schwindlig wäre, dann jetzt.

»Frau Michaelis, ich bin es nicht gewohnt, dass ich in mein Büro komme, und schon am frühen Morgen mit derartigen Sachen konfrontiert werde«, begann Herr Brunner ruhig, aber nicht minder wütend. Gott - das war Dereks Plan? Hätte er das nicht hinter meinem Rücken klären können? Ich fühlte mich absolut deplatziert.

Als hätte Derek meine negative Aura gespürt, drehte er sich leicht zu mir.

»Ich beschütze das, was mir gehört«, flüsterte er so leise, dass nur ich es hören konnte. Meine Augen ruhten einen Moment lang auf seinem Gesicht, bis ich beschämt zurück auf den Boden sah.

»Dass seit Längerem etwas nicht stimmt, habe ich mitbekommen. Allerdings nicht, dass sie ihrer Kollegin auch körperlichen Schaden zufügen. Von dem Seelischen spreche ich erst gar nicht. Ich bin ein sehr toleranter Mensch, aber da hört es auf. Sie sind fristlos gekündigt, Frau Michaelis. In einer halben Stunde haben sie ihre

Sachen gepackt und können sich ihre Papiere abholen.« Wumm ... das saß, und zwar richtig. Sandras Kopf glühte feuerrot und der Blick, mit dem sie mich bedachte, sprach Bände. Mein Chef verließ das Büro und nur eine unerträgliche Spannung blieb. Um mich von Sandra abzuschirmen, drehte Derek ihr den Rücken zu und sah mich an.

»Shh ... Gleich ist der Albtraum vorbei, Kleines.« Sanft umfing er mit Daumen und Zeigefinger mein Kinn. Tief zog sein Blick mich aus der Realität. Vergessen waren die Geräusche, die Sandra hinter ihm machte und die Flüche, die sie unentwegt ausstieß.

Mein Kopf rief mich zur Vorsicht, denn das, was er gerade mit mir anstellte, war so intensiv, dass ich mich nicht entziehen konnte. Sämtliche Fäden, die mich in der Umlaufbahn der Erde hielten, wurden gekappt, ehe ich wusste, wie mir geschah.

»Du bist so ein dreckiges Miststück, Hailey«, vernahm ich Sandras Stimme durch den Nebel. Sofort unterbrach Derek den Blickkontakt und baute sich bedrohlich vor meiner Kollegin auf. Vor Anspannung hielt ich die Luft an.

»In meiner Gegenwart solltest du deine Zunge zügeln«, erwiderte Derek ruhig.

»Pah. Glaubt ja nicht, dass es etwas ändert! Schon gar nicht, weil dein Möchtegern-Freund das so will«, spie sie mir entgegen. Die Reaktion von Derek, die er daraufhin zeigte, überraschte nicht nur mich. Urplötzlich hatte er Sandra an der Kehle gepackt, sie durch das halbe Büro geschoben und an die Wand gepresst.

»Glaub mir, Honey. Ich bin so viel mehr als ihr Möchtegern Freund. Wenn du es darauf anlegst, dann bin ich dein schlimmster Albtraum. Diese Frau, die du als Miststück bezeichnest, ist mein Eigentum und das werde ich schützen. Sollte sie wegen dir noch einen Kratzer bekommen, dann wirst du Bekanntschaft mit meinem Rohrstock machen.« Ich wagte noch immer nicht, zu atmen. Wie gebannt starrte ich auf das sich bietende Bild vor mir.

»Das werdet ihr beide büßen«, fauchte Sandra mit Verachtung in ihrer Stimme.

»Ich freue mich darauf«, lautete Dereks knappe Antwort, ehe er sie losließ.

Wütend strich sie sich die Klamotten glatt, nahm ihre Sachen und verschwand aus dem Zimmer. Natürlich nicht, ohne mir noch einmal einen vernichtenden Blick zuzuwerfen.

»Sie wird Ärger machen.« Derek kam auf mich zu und

ich stieß erleichtert die angehaltene Luft aus.

»Ich erwarte von ihr nichts anderes«, gab ich gleichgültig zurück. Im Moment konnte und wollte ich mir keine Gedanken darüber machen. Der Eisenring um meinen Körper hatte mit ihr das Büro verlassen und es fühlte sich gut an.

Nachdem Derek an mich herangetreten war, umfasste er erneut mein Kinn, damit ich ihn ansah.

»Das *Sir* hat mir gestern Abend gefallen«, raunte er leise, während sein Daumen meine Unterlippe streifte. In meinem Körper zog sich alles zusammen. Mir wurde entsetzlich heiß, als stünde mein Körper in Flammen.

»Spiel mit mir, Hailey.« Ich wich seinem Blick aus, doch ich konnte die Intensität des Feuers in mir nicht leugnen. Egal was er anstellte, es gelang ihm.

»Mein Chef«, brachte ich unnützerweise hervor, als könnte mich das vor einer Entscheidung befreien.

»Der weiß, dass ich noch in Ruhe mit dir über den Vorfall hier sprechen werde. Er wird uns also nicht stören und in seinem Büro die Akten bearbeiten.«

»Du wirst mir wehtun«, warf ich ein.

»Diesen Umstand werde ich nicht leugnen, Number One. Es wird dir allerdings gefallen. BDSM ist weitaus mehr als Schmerz. Es ist die Passion, auf dem Grad zwischen

Schmerz und Lust zu wandern. Es ist für mich eine starke Verbindung zweier Menschen, SUB und DOM. Zwischen dir und mir, basierend auf Vertrauen, gestärkt durch Sehnsucht und beschlossen durch Leidenschaft. Auch wenn du der felsenfesten Überzeugung bist, dass ich es bin, der dich dominiert, so muss ich dich enttäuschen, denn die SUB ist es, die die Macht hat und diesen Umstand solltest du nie vergessen. Eine falsche oder dumme Entscheidung meinerseits und ich würde dich verlieren.« Mein Herz hatte schon lange aufgehört zu schlagen und was meine Atmung anbelangte, so konnte ich sie nur noch als beschwerlich beschreiben.
»Ich kann dir nur sagen, was dich bei mir erwartet. Was mir gehört, werde ich beschützen. Ich werde dich behandeln, wie den schönsten Diamanten, den die Welt je gesehen hat. Deine Ängste werde ich ergreifen und sie mit meiner Peitsche oder dem Flogger in reine Lust verwandeln. Du wärst dir meiner sicher, ohne einen Gedanken daran verschwenden zu müssen.
Alles, was ich von dir möchte, ist deine Ehrlichkeit, deine Lust, deinen Körper und deine uneingeschränkte Loyalität gegenüber deinem Herrn.« Was sollte man dazu sagen? Welche Antwort war die richtige? Wie sollte man eine Entscheidung treffen, wenn man

zwischen dem einen und dem anderen hin- und hergerissen war?

»Hör in dich hinein, Hailey. Es wird dir nichts passieren und niemals darüber hinausgehen, was du erträgst.« Ich beendete den Blickkontakt und nahm seine Hand von meinem Kinn. Erst dann erlaubte ich mir, einen Moment tief durchzuatmen.

In meinem Inneren tobte ein Kampf, der mit einem Feuer einherging, das ich nicht mehr zu löschen vermochte. Was BDSM bedeutete, war mir klar gewesen, bevor ich einen Schritt in den Club gesetzt hatte, und dennoch lag es fernab von allem, was Derek zu mir gesagt hatte. Doch was gab es zu verlieren? Er hielt Wort, was Sandra betraf, und kümmerte sich um mich. Keine stichhaltigen Argumente - zugegeben. Dennoch wollte ich es. Vielleicht war dies die einzige Möglichkeit für mich, mit der Vergangenheit abzuschließen und auch endlich das Ritzen zu beenden. Gestern Abend war es ihm jedenfalls gelungen, mich davon abzuhalten.

»Okay, ich nehme deinen Vorschlag an«, flüsterte ich. Für einen Moment schloss Derek die Augen und atmete erleichtert aus.

»Wenn du es wirklich möchtest, dann weißt du, wo dein

Platz ist«, raunte er mit zittriger Stimme.

Dieser Moment ließ die Zimmertemperatur um gefühlte zehn Grad steigen. Ich wusste, was Derek von mir verlangte. Doch war ich wirklich bereit? Von meiner Reaktion hing alles ab. Sie bestimmte den weiteren Verlauf.

Doch war ich wirklich so weit, vor ihm auf die Knie zu sinken? Würde ich ihn als DOM und Herrn akzeptieren können? War dies genau das, was ich wollte und brauchte?

Kapitel 6
Derek

Meine Augen hingen gebannt an der Frau, die bereit war, sich mir zu unterwerfen. Atmung und Herzschlag hatte ich schon lange nicht mehr unter Kontrolle. Alles in mir glich einer Flamme, die sehnsüchtig auf Sauerstoff wartete.

Minuten verstrichen, in denen Hailey vor mir stand. In ihrem Gesicht zeichnete sich ab, welche Gedanken sie bewegten, aber am meisten, wie unsicher sie war.

Langsam überwand ich den kleinen Abstand zwischen uns, bis ich direkt vor ihr stand. Ich würde sie nicht zwingen, doch ich konnte ebenso fühlen, wie sehr sie einen kleinen Funken herbeisehnte. Für Hailey würde auch ich meine Grenze erweitern, denn sie besaß ein Problem, das es in die richtigen Bahnen zu lenken galt. Sanft schob ich meine Hand nach vorn und streichelte über ihre Wange. Haileys Atem, der meine Haut streifte, rief eine Flut an Emotionen in meinem Inneren hervor. »Knie dich hin, Number One«, hauchte ich und hoffte auf mein *Fingerspitzengefühl*. Hailey schluckte schwer ihre Zweifel hinunter und dann, eine gefühlte Ewigkeit später, sank sie vor mir auf die Knie. Den Po an die Fersen, die Hände auf den Oberschenkeln abgelegt und den Blick auf den Boden gesenkt. *Fuck.* Ich befand mich inmitten meines persönlichen Paradieses. Und noch nie in meinem Leben, stand ich meiner Pflicht als DOM mit so vielen Emotionen gegenüber. Ja, sie waren alle meine Diamonds, meine wundervollen und einzigartigen Diamanten - Hailey jedoch, war so eben auf den Thron gestiegen. Für dieses Mädchen - für mein Mädchen - würde ich alles Erdenkliche tun und das begann augenblicklich. Ich trat einen kleinen Schritt nach vorn, sodass meine Füße sich links und rechts von ihr befanden. Mit zitternden Händen berührte ich ihre schwarzen Haare. Die Strähnen glitten dabei wie weicher Samt durch meine Finger. Haileys Körper war verspannt, was eindeutig an ihrer Aufregung lag. In ihren Gedanken liefen Bilder, die ich am liebsten sofort löschen wollte, doch das brauchte Zeit. Behutsam übten meine Finger einen leichten Druck auf ihrer Kopfhaut aus. Sie sollte sich entspannen, denn Angst musste und sollte sie vor mir keine haben.

»Schließ deine Augen und hör in dich hinein. Lass dich einen Moment fallen, genieß die Stille und meine Berührungen.« Ich sprach leise, ließ sie in die Tiefe gleiten. Ein intensiver Moment und etwas, das ich am meisten fürchtete - insbesondere bei Hailey. Doch hier war ein Ort, der fernab von meinem Studio lag. Genau in diesem Raum hatte Hailey so viel Negatives durch ihre Kollegin erfahren, und ich setzte gerade alles daran, dass sie diese Erinnerungen überspielte. Nie würde sie den Moment vergessen, in dem sie sich blind in meine Hände begeben hatte. Wenn sie so weit war, würde sie daraus Energie ziehen können. BDSM war so viel mehr als reiner Schmerz und alles andere als nur Sex. Auch wenn ich Hailey mehr als jede Frau auf dieser Welt begehrte, ohne ihre reine und unverletzte Seele war sie für mich unantastbar. Dominanz war keine Macht. Sie zeichnete die Fähigkeit aus, Menschen mit Respekt, Vertrauen und Konsequenz zu führen. Aber sie bedeutete auch Fürsorge und das stand, was Hailey anbelangte, an erster Stelle.

»Sieh mich an, Number One«, wies ich sie an, unterstütze meinen Befehl allerdings mit einem Finger unter ihrem Kinn. Ihre Augen sprachen aus, was ihr Herz mir nur zu gern sagen wollte. Augen waren der Spiegel zur Seele und somit bedeutsamer, als die reine Körpersprache. Aus diesem Grund bediente ich mich diesem Mittel auch vorzugsweise.

Da sie meinem Befehl ohne zu zögern nachgekommen war, und wir uns nach wie vor im Spiel befanden, hockte ich mich vor Hailey hin. Ihr Blick löste sich dabei nicht von meinem.

»Das hast du wunderbar gemacht, Number One. Dafür hast du dir eine Belohnung verdient.« Wieder schluckte sie, verharrte jedoch regungslos.

Vorsichtig berührte ich mit meinem Mund ihre Lippen, streifte sie nur leicht, neckte sie. Erst dann küsste ich sie, sanft, spielerisch, wartend darauf, dass Hailey mir entgegenkam. Und genau das tat sie. Zuerst zögerlich erkundete sie, wie weit sie gehen konnte. Beinahe musste ich lächeln, wenn ich daran dachte, wie unendlich behutsam sie dabei vorging. Doch es war ihre Belohnung und sie sollte sie selbst bestimmen. Dabei gab ich mir die größte Mühe, sie nicht einfach zu packen und auf dem Schreibtisch hinter mir zu drücken. In diesem Fall war ich gnadenlos ehrlich, zumindest zu mir selbst.

Hailey beendete den Kuss und sah mich mit flatternden Augen an. *Scheiß drauf.* Hart ergriff meine Hand ihren Hinterkopf, bog ihn leicht nach hinten, während sich mein Mund auf ihren legte. Gierig kostete ich von ihren Kirschlippen, zwang sie, mir Einlass zu gewähren. Mit der Zungenspitze neckte ich ihre. Ihr Atem ging gepresst. Das Herz hämmerte so stark, dass ich es fühlen konnte. Ihre Finger hatten sich längst in mein Hemd gekrallt und hielten sich daran fest, so, als würde sie jeden Augenblick den Halt verlieren. Ich hingegen gab die Kontrolle auf, ließ sie hinter meine Fassade blicken und bereute es sogleich.

Nur ungern beendete ich den Kuss, doch es musste sein.

»Ich muss zurück in die Firma und du musst arbeiten. Trotzdem biete ich dir an, heute Abend zu mir ins Studio zu kommen. Aber es liegt ganz allein an dir, in Ordnung?« Sie nickte knapp und ließ sich von mir wieder auf die Beine helfen. Sie rechnete jedoch nicht damit, dass ich sie einfach in meine Arme zog. In diesem Punkt war ich einfach zu sentimental. Das »Auffangen«

gehörte für mich zum Spiel und bildete den Abschluss einer jeden Session. Jede noch so kleine Spielerei beendete ich auf diese Weise, damit eines sofort klar war: Die Mädchen waren für mich kein Gebrauchsgegenstand!

»Versprich mir eins! Egal wann, egal warum: Wenn es dir schlecht geht oder du Fragen hast, dann melde dich bitte bei mir.« Liebevoll schob ich eine Strähne hinter ihr Ohr und küsste ihre Stirn.

»Ich verspreche es.«

»Bis später, Number One.« Bevor ich es mir anders überlegen konnte, verließ ich das Zimmer. Diese Situation hatte meine komplette Selbstbeherrschung erfordert und nun kämpfte ich mit den Nachwirkungen. Mein Schwanz pulsierte kräftig und forderte Beachtung.

Schnell verlagerte ich seine Position, straffte meine Schultern und machte mich auf direktem Weg zu meinem Termin.

~~~

»Wie meinst du das?«, wollte ich aufgebracht wissen und starrte meinen Geschäftspartner Claude fassungslos an.

»Du hast richtig gehört. In unserem Club werden illegale Substanzen verteilt. Zu meinem Bedauern gab es letzte Nacht einen Vorfall, bei dem eine junge Frau missbraucht wurde.« Ich konnte nicht glauben, was er da sagte. Unser Club zählte zu den besten der Stadt und nun stand es im Raum, dass wir mit Drogen dealten. Viel schlimmer wog aber, dass bereits eine Frau zu Schaden gekommen war.

»Ich habe dich an diesem Abend mit einem Russen gesehen. Hast du etwas damit zu tun?«, wollte Claude wissen. Die Frage hatte ihn Überwindung gekostet, das sah ich meinem Freund an und verdenken konnte ich es ihm nicht.

»Ich weiß, warum du mich das fragst, und ich habe dir versprochen, diesen Abschnitt hinter mir zu lassen. Alles, was ich noch für die Russen erledige ist, dass ich ihnen illegale Dokumente von diversen Bauprojekten aushändige, die die Stadt plant. Mit Drogen und Waffen habe ich nichts am Hut.« Beruhigt atmete er aus. Es entsprach der Wahrheit. Die Drogen und alles andere hatte ich längst hinter mir gelassen.

»Nun zum eigentlichen Problem! Was können wir machen? Und wie geht es dem Mädchen?«

Je mehr mir Claude über die Vorgehensweise dieses

Typen erzählte, desto mehr zog sich mein Magen zusammen. Der Typ stand auf Frauen, die alleine in den Club kamen - so wie Hailey. Er hatte sie an der Bar angesprochen und etwas mit ihr getrunken - Hailey. Es hätte sie treffen können, wenn ich gestern Abend nicht darauf bestanden hätte, dass Jo sie nach oben bringt. Die Vorstellung allein, jemand könnte meine Number One berühren, machte mich rasend. Hailey gehörte mir und das Erste, was ich ihr klarmachen musste, war, dass sie nicht mehr alleine in den Club kommen durfte. Wobei das kaum nötig war, denn mein Studio war beinahe so gut ausgestattet, wie die Räumlichkeiten hier. Bei der Erinnerung daran, flammte meine Lust auf. Ich hatte es einfach zu lange ignoriert. Seit meiner letzten Sub hatte ich mein Studio gemieden. Die letzten Beziehungen dieser Art lösten keinerlei Emotionen mehr aus. Klar, am Anfang schien es interessant, weil es etwas zu entdecken gab. Nach einigen Wochen schlich sich die Langeweile ein und dieses Gefühl tat ich keinem der Mädchen an, selbst wenn sie es anders sahen.

Erst als Hailey mit ihren verweinten Augen vor mir stand, entbrannte diese Leidenschaft wieder in mir auf.

»Erde an Derek.« Ein heftiger Schlag traf mich an der Schulter und ich drehte mich um. John stand fragend vor mir und hatte die Hände in die Höhe gestreckt.

»Die Kleine hat dir echt das Hirn vernebelt. Lass mich raten! Du bist immer noch dabei, sie mit deinen *Ultra Mega Super DOM* Kräften zu beeindrucken?« Er konnte sich glücklich schätzen, mein bester Freund zu sein. Allen anderen hätte ich vermutlich die Nase gebrochen.

»Was wolltest du eigentlich von mir?«, wechselte ich geschickt das Thema und lenkte so von Hailey ab.

»Ich habe aus der Firma fünf weitere Leute geordert, die sich ab heute Abend mit unter die Gäste mischen.« Zustimmend nickte ich, obwohl ich Zweifel daran hegte, dass er so schnell wieder zuschlagen würde.

»Wie ich sehe, kann ich mich auf dich verlassen. Genau deshalb werde ich dir ab hier die Führung überlassen. Auf mich wartet ein Spielzimmer, das dringend meiner Fürsorge bedarf, bevor eine gewisse Dame es betritt.« Wissend lächelte mein bester Kumpel, der nicht viel für meine Spiele übrig hatte.

Nachdem ich mich auch von Claude verabschiedet hatte, war ich froh nun auf dem Weg in meine Wohnung zu sein. Vor fünf Jahren hatte ich mir in der Braunschweiger Innenstadt eine Maisonettewohnung gekauft, die ich in mühevoller Arbeit in ein Paradies verwandelt hatte. Auf der oberen Etage befand sich der

Wohnbereich. Hundertzwanzig Quadratmeter, aufgeteilt in Küche, Schlafzimmer, Wohnzimmer, Gästezimmer, zwei Bäder und einer großen Terrasse. Wenn man die große Wendeltreppe nach unten stieg, kam man in einen kleinen Flur, von dem zwei Türen abgingen. Eine davon führte in mein Studio, welches mit knapp achtzig Quadratmetern eine Luxus-Spielwiese bot, und die andere führte in mein Arbeitszimmer.

In freudiger Erwartung fuhr ich in die Tiefgarage, die sich unter dem Gebäudekomplex befand.

Nur die Frage, ob Hailey erscheinen würde, nagte noch an mir. Ich hatte ihr Freiraum gelassen und dennoch hoffte ich sehnsüchtig darauf, dass sie heute Abend kam.

Oben angekommen sah ich die Post durch, welche meine Haushälterin gut sichtbar auf der Kommode platziert hatte. Erst dann zog ich mein Jackett aus, nahm den Schlüssel aus dem Kasten und ging die Wendeltreppe nach unten.

Es war ein seltsames Gefühl, wieder in mein Spielzimmer zu gehen. Durch die geöffneten Fenster auf der gegenüberliegenden Seite strömte frische Luft herein, die sich mit dem Geruch von Leder und Holz mischte.

Meine Augen ruhten an der Wand zu meiner Rechten,

wo sich mein Spielzeug befand. Flogger, Peitschen, Paddel, Klatscher oder Rohrstöcke, alles war perfekt aufgereiht, so, wie ich es verlassen hatte. Halsbänder, Seile und diverse andere Fesselutensilien befanden sich im Schrank daneben.

Inmitten des Raumes stand ein großes Bett mit schneeweißen Laken. Es strahlte dieselbe Reinheit aus, die auch meine Sub´s besaßen.

Ich verriegelte die Fenster und stellte die Heizung höher. Um den Rest musste ich mir keine weiteren Gedanken machen, denn meine Haushälterin sorgte regelmäßig dafür, dass es trotz meiner Abwesenheit immer sauber blieb.

Zufrieden warf ich einen letzten prüfenden Blick durch den Raum. Alles war perfekt. Nun fehlte mir nur noch Hailey, die diesem Raum wieder Leben einhauchen konnte - die mir wieder Leben einhauchen konnte.

Durch das Klingeln an der Haustür, verspannte sich mein ganzer Körper. Offenbar hatte sie meine Einladung angenommen.

Mit schnellen Schritten rannte ich die Treppe nach oben, verharrte noch einen Moment vor der Tür und legte dann meine Hand auf den Türgriff.

Kapitel 7
Raven

Diese unheimliche Stille und eine tiefe Entspannung hatten sich in mir ausgebreitet. Selbst das Halten eines Kugelschreibers fiel mir schwer. Meine Augen fühlten sich an, als hätte ich sie seit Tagen nicht geschlossen, überhaupt traf das auf meinen gesamten Körper zu.
Was hatte dieser Kerl nur mit mir angestellt? Auf diese Frage fand ich einfach keine Antwort, aber ich war dankbar dafür, dass er es getan hatte.
Zum Feierabend versicherte sich mein Chef noch einmal, ob es mir wirklich gut ging, und entließ mich entspannt in den Abend.

Bei mir hieß diese Entspannung jedoch, dass ich mir Gedanken bezüglich Derek machen musste. Er hatte es mir freigestellt, ob ich zu ihm kommen wollte oder nicht. In meinem Kopf war eine hitzige Diskussion entbrannt, nachdem Derek das Büro verlassen hatte. Sollte ich mich auf das Unbekannte einlassen, was er mir bot, oder weitermachen wie bisher? Beides löste positive und negative Empfindungen aus. Zum einen hatte ich Angst, dass ich mich wieder ritzen würde, sobald sich die Gelegenheit bot. Zum anderen stand sein Angebot, das mir helfen würde, mein Problem zu lösen. Derek hatte mir ohne mit der Wimper zu zucken bewiesen, dass er seine Versprechen hielt. Sandras Kündigung war der eindeutige Beweis dafür und dennoch verspürte ich Angst. Angst davor, einem Fremden mein Leben anzuvertrauen. Immerhin bestand die Möglichkeit, dass er mich mit dieser Aktion heute Morgen nur in Sicherheit wiegen wollte. So musste ich einfach denken, denn ich hatte zu viel zu verlieren. Wenn ich mich auf ihn einlassen und mich an ihn binden würde, dann bestünde eine Abhängigkeit, die mich im schlimmsten Fall in ein tiefes Loch ziehen konnte.

Ich knöpfte den obersten Knopf meiner Jacke zu und trat hinaus in den leichten abendlichen Nieselregen. Die kleinen Tropfen trafen mein Gesicht und fühlten sich durch die Kälte an, wie Nadelstiche und eine Erinnerung.

»Du bist dran«, rief meine kleine Schwester Amy und rannte um den neuen Pool. Ihr zuckersüßes Lachen erfüllte den großen Garten und ließ mich vor Freude ebenfalls lächeln. Der kleine Wirbelwind kannte keine Gnade, wenn es darum ging, mir zu zeigen, dass sie beim Fangen spielen besser war.
Solange unser Vater nicht zu Hause war, konnte ich ihr diesen Kinderwunsch erfüllen. Sobald er aber zur Türe hereinkam und uns spielen sah, verlor er die Beherrschung. Warum, habe ich damals nie verstanden, denn wir waren doch seine Kinder! Liebte er uns kein bisschen?
Lediglich abends, wenn ich in meinem Bett lag, da bekam ich meine tägliche Portion Zuneigung, auch wenn sie wehtat, sie war besser als nichts.

Wie oft sind wir im Regen durch den Garten gelaufen und haben die dicken Regentropfen auf unser Gesicht perlen lassen.
Ich stützte mich an der gegenüberliegenden Wand ab und

erbrach mein Mittagessen. Seit Jahren hatte ich nicht mehr an meine Kindheit - besonders nicht an diesen Punkt gedacht. An jene schlimmen Dinge, die ich als Kind, wie die Liebe eines Vaters empfand. Tränen brannten in meinen Augen und liefen unaufhaltsam über meine Wangen.

Es war seine Schuld, dass ich heute ein Wrack war und kaum menschlichen Kontakt zuließ. Lediglich Derek hatte mit seiner feinfühligen Ader meine Seele berührt, ohne sie zu verletzen. Doch wie würde es sein? Konnte man die Hölle eintauschen, um dafür die nächste zu betreten?

Ich dachte an meine kleine Schwester Amy. Sofort bahnten sich neue Tränen ihren Weg. Ich hatte zugelassen, dass er ihr das antat und dabei war sie erst fünf. Nie werde ich den Ausdruck in ihren Augen vergessen - eisige Leere. Danach hatte man mich ins Heim gebracht, doch ein normales Leben war nicht denkbar. Ich hätte sie beschützen müssen und was tat ich?

Wieder krampfte sich mein Magen zusammen, doch er war genau so leer, wie ich selbst. Urplötzlich kippte jenes Hochgefühl, welches Derek in mir hinterlassen hatte.

Der Regen verstärkte sich und peitschte unablässig in mein Gesicht. Ich wollte diese Erinnerungen nicht und dennoch fluteten sie mich in diesem Moment regelrecht! Jedes Gefühl von damals war so stark, wie der Klang von Amys Stimme in meinen Ohren.
Für sie blieb ich all die Jahre stark und nun? Nun brach ich vollkommen ein.
Völlig durchnässt sammelte ich mich und setzte meinen Weg fort. Zwar wusste ich, dass es eine andere Möglichkeit gab, doch für mich kannte ich nur den einen - den vertrauten.

~~~

Frisches Blut sickerte an meinem Unterarm entlang und hinterließ die ersten Tropfen auf den Fliesen. Der Druck in meinem Inneren war für kurze Zeit gelöscht, doch ich wusste nur zu gut, dass er wiederkehren würde.
Zum ersten Mal empfand ich nach dem Ritzen etwas wie Schuldgefühle und eine tiefe Unruhe, die stetig wuchs. Panik breitete sich in mir aus, trieb meinen Herzschlag an und mündete in schierer Verzweiflung.
Hatte ich nun den Punkt erreicht, an dem ich mit meinem Problem nicht mehr alleine klarkam? Sollte ich mir Hilfe

suchen? Doch wie erklärte man einem außenstehenden, was man empfand, wenn man es selbst nicht beschreiben konnte?

Wie sprach man darüber, dass man seine gesamte Kindheit entweder im Heim oder bei Pflegeeltern verbracht hatte? Nein, niemand wusste etwas davon und so würde es bleiben - ausgenommen Derek. Aber wenn er mich nicht sah, dann konnte er es schließlich auch nicht bemerken. Ich für meinen Teil, würde mich ab sofort von ihm fernhalten. Das schien die beste Lösung zu sein.

Ein Blick auf meinen Arm ließ jedoch meine Zweifel wachsen. Hier saß ich, inmitten meines Badezimmers, und wusste weder, ob ich vor oder zurück konnte, geschweige denn, ob es weiter nach oben oder nach unten ging. Nur eines war gewiss, die unendliche Leere, die immer mehr Besitz von mir ergriff und mich mit ihren Klauen umschlang.

~~~

Während ich die Sonne dabei beobachtete, wie sie langsam die Nacht verdrängte, saß ich nach wie vor im Badezimmer und versorgte den tiefen Schnitt. Die letzten Stunden wollte er einfach nicht aufhören zu bluten. Die Option, ins Krankenhaus zu gehen, gab es nicht. Jemanden um Hilfe zu bitten, ebenfalls nicht. Mit diesem Problem musste ich eigenständig klarkommen, immerhin hatte ich es geschaffen. Aber wie sollte ich das anstellen? Je mehr Blut auf die Fliesen tropfte, desto mehr Kraft verließ meinen Körper.

Amys süßes Lachen hallte durch meinen Kopf und verstärkte die Emotionen, die mich allmählich zur Ruhe riefen. Ihre goldenen kleinen Löckchen wippten, als ich sie durch den Garten laufen sah, so, als würde es soeben vor meinen Augen wirklich geschehen.

Müde und auf eine Art glücklich, ließ ich mich gegen den Schrank sinken. Hieß es nicht, dass man über bestimmte Dinge einfach schlafen musste, um sie dann aus einem anderen Blickwinkel betrachten zu können?

Kapitel 8
Derek

Verschlafen, weil ich die halbe Nacht auf Hailey gewartet hatte, öffnete ich die Tür und sah einem meiner Mitarbeiter direkt ins Gesicht.

»Tut mir leid, wenn ich störe, Herr Engel. Aber Sie haben gesagt, dass Sie die Unterlagen von Frau Wolf lieber gestern als heute haben wollen.« Ich fixierte meinen Praktikanten und wartete auf seine Erklärung. Zwar stimmte es durchaus, dass ich die Ergebnisse der Nachforschung so schnell wie möglich haben wollte, doch man hätte sie mir auch schicken können.

»Warum haben Sie diese nicht an meine E-Mail-Adresse

gesandt?«, bohrte ich nach. Unruhig tippte er von einem Fuß auf den anderen.

»Sie sollten sich das ansehen.« Mehr entgegnete er nicht und ließ mich allein. Mit der Akte in der Hand ging ich ins Wohnzimmer. Was auch immer mein Praktikant gemeint hatte, es musste schlimmer sein, als ich es bisher angenommen hatte. Die Schnitte und Verletzungen, die ich bei ihr festgestellt hatte, waren teilweise zu alt und deuteten eher auf etwas hin, was sich weit in der Vergangenheit abgespielt haben musste. Und natürlich gab ich mich nicht damit zufrieden, Haileys Problem auf eine Situation zu beziehen, die im Moment bestand.

Ich setzte mich in meinen Sessel, nahm einen tiefen Atemzug und wappnete mich für das, was mich erwarten könnte.

Name: Hailey Wolf
Geboren: 12.12.1984
Geburtsort: Hannover
Wohnhaft: Krämergasse 15 - Braunschweig 4. OG

Familienstand: ledig

Geschwister: Amy Wolf (05.01.1988 - 25.07.1993)

Mutter: Isabelle Wolf (geb. Herzog) 05.05.1963 - 06.03.1990
Vater: Walter Wolf 19.03.1960

HEIMAUFENTHALTE / PFLEGEELTERN

1993-1994: Caritas Kinder- und Jugendhilfe St. Joseph
1995-1998: Pflegeeltern Familie Sanders in Isernhagen
1999- 2002: Haus Regenbogen Kinderheim

AUSBILDUNG / ARBEITSSTELLEN

2003 - 2006 Ausbildung zur RFA Carl-Hahn-Schule Berufsbildende Schulen Wolfsburg
2007 - Angestellte RA Brunner

Familiäres Umfeld / Freundschaften

- Mutter kam bei einem Autounfall 1990 ums Leben.
- Amy Wolf, Schwester starb an inneren Blutungen, herbeigeführt nach schwerer analer Vergewaltigung.
- Der Vater saß dafür im Gefängnis und nimmt

inzwischen an einer Wiedereingliederung teil.
- Hailey Wolf: psychische Probleme aufgrund von schweren Misshandlungen im Kindesalter

FUCK! Die Stichpunkte, die mir mein Mitarbeiter hier zusammengestellt hatte, waren mehr als Besorgnis erregend! Eilig warf ich die Akte beiseite und rannte zur Tür. Im Vorbeilaufen schnappte ich mir meine Jacke und den Autoschlüssel.

Aus irgendeinem Grund hatte mich ein seltsames Gefühl gepackt, das mich nicht ruhen lassen würde, bis ich wusste, wie es ihr ging.

Ich verfluchte mich selbst, da ich die Daten vorher hätte abfragen sollen, bevor ich Hailey näher kam.

In der Tiefgarage angekommen, sprang ich in meinen Wagen und gab die Adresse ins Navi ein. Es hätte mir zu denken geben müssen, dass sie gestern nicht aufgetaucht war. Als es das erste Mal an meiner Haustür klingelte, hatte ich bereits voller Hoffnung die Tür geöffnet und mit entsetztem Ausdruck auf meine Nachbarin geblickt. Die alte Lady, um die Achtzig, bat mich um ihre Hilfe, weil sie sich nicht mehr in der Lage sah, auf die Leiter zu steigen und eine Glühbirne auszutauschen.

Gentleman, der ich war, kam ich dieser Bitte natürlich unverzüglich nach.

Langsam schlängelte ich mich durch den Verkehr. Bis zu Hailey war es nicht weit, jedoch musste ich praktisch durch die gesamte Innenstadt, die um diese Uhrzeit mit Pendlern vollgestopft war. Innerlich betete ich dafür, dass es nur an Haileys Angst lag, dass sie nicht zu mir gekommen war, und verfluchte mich dennoch innerlich, dass ich diesen Schritt gegangen war, ohne mich richtig zu überzeugen, dass es ihr gut ging. Es war meine Pflicht, auf mein Mädchen aufzupassen!

Ich hätte anrufen können oder aber ich wäre gleich vorbei gefahren. Scheiß darauf, ob es ihr gefiel, denn damit konnte ich leben, nicht aber damit, was sie sich vielleicht antat.

Dennoch, etwas stimmte nicht - ganz und gar nicht. Nach jahrelanger Erfahrung täuschte ich mich in diesem Punkt recht selten und verließ mich auf mein Gefühl.

Ich bog in die Krämergasse, eine Wohngegend, die überwiegend von Studenten genutzt wurde. Hier waren die Mieten halbwegs bezahlbar und die Umgebung sauber. Nur bei den Parkplätzen gab es Nachholbedarf.

Zwei Runden um den Häuserblock hatte es bedurft, damit ich endlich eine Parkbucht fand.

Als ich endlich vor ihrem Hauseingang stand, strömte so viel Adrenalin durch meine Venen, dass ich Mühe hatte, mein Zittern in den Griff zu bekommen.
Ich betätigte die Klingel und wartete - doch nichts geschah. Hailey öffnete mir nicht die Tür. Dass sie unmöglich schon auf dem Weg zur Arbeit sein konnte, wusste ich. Ich kannte die Kanzlei gut, auch wenn ich vorgestern das erste Mal persönlichen Kontakt mit Herrn Brunner hatte.
Ein junges Pärchen öffnete die Hauseingangstür und ich witterte meine Chance. Eilig drang ich ins Innere und rannte in das vierte Obergeschoss.
Zuerst versuchte ich es mit Klingeln, dann Rufen und schlussendlich hämmerte ich mit den Fäusten an die Tür - doch nichts geschah. Langsam fühlte ich mich in meinem Verdacht bestätigt. Eilig fischte ich mein Etui, das ich als Privatermittler stets bei mir trug, aus der Tasche und machte mich an der Wohnungstür zu schaffen. Dass sie nach wenigen Versuchen nachgab, machte mich sauer. Ich würde mit der Lady noch ein Wörtchen über Sicherheit sprechen müssen, aber in diesem Moment war es gut, dass die Tür nicht verschlossen war.
Sofort drang ich ins Innere und rief nach Hailey, um sie

notfalls nicht zu erschrecken, jedoch erhielt ich keine Antwort.

Das Schlaf- und Wohnzimmer war leer, ebenso die Küche. Als ich ins Badezimmer trat, wich jede Hoffnung. Hailey lag an einen großen Schrank gelehnt, die Hand um ihren linken Unterarm geschlungen. Blut befand sich auf ihrer weißen Bluse, dem Vorleger und auch auf den Fliesen. Ihre Lippen waren kreidebleich, ein Zeichen, dass sie bereits zu viel Blut verloren hatte.

Ich hockte mich neben sie, untersuchte die Verletzung und sprach behutsam auf sie ein. Mehrere kleine und ein tiefer Schnitt zeichneten sich auf der hellen Haut ab. Der tiefste blutete nach wie vor stark, sodass ich das Handtuch sofort wieder dagegen presste und mein Handy aus der Tasche zog.

Normalerweise müsste ich einen Krankenwagen rufen, oder sie in die Klinik bringen, doch das ersparte ich Hailey. Noch sah ich eine Chance dafür, dass es eine andere Lösung gab, als sie nach der Versorgung der Wunde, in eine geschlossene Abteilung bringen zu lassen. An Problemen musste man intensiv arbeiten und nach Möglichkeit kein Leben zerstören. Zwölf Wochen auf der Psychiatrischen würde sie vermutlich den Job kosten.

»Hallo, Engel hier. Dr. Bernard, ich brauche sie in der Krämergasse 15 - Wolf.« Wir kannten uns seit Jahren und er hatte ein ums andere Mal meine Schussverletzungen versorgt, die ich mir aufgrund meiner illegalen Aktivitäten eingefangen hatte. Ihm konnte ich blind vertrauen.

»Shh, mein Mädchen. Wir bekommen das wieder hin, hab keine Angst«, redete ich auf die Frau in meinen Armen ein, bevor ich sie sanft hochhob und ins Wohnzimmer trug.

Meine innere Stimme ignorierte ich komplett, denn gerade im Moment wollte ich mich nicht damit auseinandersetzen, dass dies hier weit über die Pflichten eines DOM´s hinausging. Hailey ging mich praktisch gesehen nichts an und dennoch fühlte ich mich für sie verantwortlich.

Dass Klingeln holte mich aus meinen Gedanken. Augenblicklich öffnete ich Dr. Bernard die Tür. Der große und stämmige Mann Mitte fünfzig verlor keine Worte und ließ sich direkt ins Wohnzimmer führen.

»Eine deiner Gespielinnen?«, wollte er aufgebracht wissen, während er sich den Arm ansah.

»Nein, noch nicht. Ich habe sie im Club kennengelernt. Sie arbeitet für die Kanzlei Brunner und ich habe ihr beruflich geholfen.« Zumindest kam dies der Wahrheit sehr nahe. Alles musste auch er nicht wissen und im Moment galt nur, dass er ihre Wunde versorgte.

»Das werde ich nähen müssen. Die junge Dame hat sich einen tiefen Schnitt verpasst und eigentlich weißt du, dass sie in eine Klinik gehört. Sie wird es bald wieder tun.« Im Stillen stimmte ich ihm zu.

»Ich werde mich ab sofort um sie kümmern und ihr keine Minute von der Seite weichen.« Das alles ging zu weit, doch ich wollte einfach nicht auf meine warnende Stimme hören. Sollte sie mich doch verhöhnen und der Meinung sein, dass ich mich falsch verhielt - mir egal. Schon von der ersten Begegnung an, hatte Hailey meinen Beschützerinstinkt geweckt.

»Ich werde den Arm jetzt betäuben und dann nähen. Lass dir aber gesagt sein, dass ich es in diesem Fall sehr ungern tue. Die Frau macht es seit Jahren und vermutlich wirst du ihr nicht helfen können.« Ich atmete tief ein und ließ mir seine Worte durch den Kopf gehen. Noch sah ich eine Chance und vertraute meinem Instinkt. Auch wenn meine Art zu leben verpönt war, ich hoffte darauf, dass es ihre Lösung sein könnte.

»Ich werde mein Bestes geben, damit es nicht noch einmal dazu kommt«, versicherte ich und entfernte mich aus dem Wohnzimmer. Wenn ich mein Versprechen, was ich Dr. Bernard eben gegeben hatte, einhalten wollte, dann musste ich ein paar Dinge regeln.

»Hi, du musst eine Zeitlang die Firma für mich übernehmen«, schrieb ich John und wandte mich mit der gleichen Nachricht an Claude. Die beiden mussten allerdings nicht wissen, warum es an dem war. Sofern es mir möglich erschien, würde ich über Haileys Probleme kein Wort verlieren. Das heute, würde sie schon genügend aus der Bahn werfen, sobald sie wieder zu Bewusstsein kam.

Ich zog das Jackett aus und sah mich zum ersten Mal in Haileys Wohnung um. Die Einrichtung war sehr verschlissen, was aber durch die Sauberkeit und die penible Ordnung, die sie offenbar hielt, trotzdem harmonisch wirkte. Diverse Pflanzen und einige selbstgemalte Leinwände bestärkten diesen Eindruck.

»Ich habe ihr eine Infusion gegeben und in zwei Stunden sollte die Betäubung nachlassen. Lass mich dir trotzdem sagen, dass du ein gewaltiges Risiko eingehst. Die Dame ist in einer Klinik besser aufgehoben.« Dr. Bernard lehnte sich an den Türrahmen und verschränkte die Arme vor der Brust.

»Und du kennst meine Meinung. Ich werde es

versuchen, und sobald ich merke, dass es nichts bringt, dann werde ich sie persönlich in die Klinik bringen«, erwiderte ich beschwichtigend.

»In Ordnung. Wenn es ihr morgen Abend besser geht, dann stattet mir bitte einen Besuch ab, damit ich mir die Wunde noch einmal ansehen kann. Viel Glück, du wirst es brauchen.« Ich nickte knapp und verabschiedete mich von Dr. Bernard. Erst dann ging ich ins Wohnzimmer zurück. Hailey war nach wie vor nicht bei Bewusstsein, der Arm verbunden und die Infusion tröpfelte langsam vor sich hin.

Ob ich damit für sie die richtige Entscheidung getroffen hatte, würde ich erst später erfahren. Erschöpft sank ich neben ihr auf den Boden.

Sanft umschlangen meine Finger die ihren und ich lehnte mich an den Sessel. Vielleicht ging das hier alles zu weit, aber was sollte ich tun, wenn alles in mir eine andere Entscheidung getroffen hatte, als mein Kopf?

Kapitel 9
Raven

Wie in Nebel gehüllt, öffnete ich langsam meine Augen. In der Erwartung im Badezimmer zu sein, erschrak ich, denn ich befand mich im Wohnzimmer. Hatte ich es alleine hierher geschafft?

Panisch sah ich zu meinem Arm und erschrak ein weiteres Mal. Nicht nur, dass ich einen Verband trug, nein, auch eine Infusion war angeschlossen. Was mein Herz allerdings zum total zum Aussetzen brachte, war die Tatsache, dass niemand anderes als Derek neben mir auf dem Boden saß und schlief.

Wie war er hierher gekommen? Hatte er meine Wunde versorgt? Fragen über Fragen quälten meine Gedanken und die Antworten würden mir wahrscheinlich nicht gefallen.

Zweifel und Angst kämpften sich durch den Nebel und setzten genau dort wieder ein, wo der Schnitt einen Strich ziehen sollte. Egal was ich auch tat, ich wurde sie nicht los. Weder die Gedanken noch die Gefühle und ebenso wenig die Bilder.

»Du bist wach«, riss mich Dereks ruhige Stimme aus den Grübeleien. Ängstlich wandte ich den Blick und sah ihn über die Schulter hinweg an. In seinen Augen war keine Spur davon zu entdecken, dass er sauer auf mich war. Im Gegenteil - ich las darin pure Besorgnis.

»Wie geht es dir?« Sanft berührte er meine Schulter und streichelte mit dem Daumen über die freiliegende Haut.

»Besser als verdient«, gab ich ehrlich zu und schloss die Augen.

»Wenigstens siehst du das von alleine ein. Du hast ziemlich viel Glück gehabt.« Vorsichtig nahm er meinen Arm, entfernte die Kanüle und klebte ein Pflaster über den kleinen Einstich.

»Ich hatte nicht die Absicht, mir einen ernsthaften Schaden zuzufügen«, versuchte ich mich zu erklären, doch Derek schüttelte nur den Kopf.

»Es ist das Gleiche! Egal ob leicht oder schwer - du hast dich verletzt und das ist nicht in Ordnung«, bemerkte er streng. Dereks imposante Persönlichkeit in meiner kleinen Wohnung stehen zu haben, schnürte mir zusätzlich noch mehr Luft ab. Als ob meine verqueren Gedanken nicht schon schlimm genug waren.

»Es tut mir leid. Irgendwie ist mir das gestern durch die Hände geglitten, ohne, dass ich etwas dagegen unternehmen konnte.« In seiner Gegenwart fühlte ich mich entblößt und angreifbar. Die Luft war so dünn, dass ich befürchtete, sie wird einfach verpuffen, und nichts als Leere hinterlassen.

»Du hattest es nie unter Kontrolle, Hailey. Genau das ist dein Irrglaube! Psychische Probleme lösen sich nicht in Luft auf - auch nicht beim Ritzen. Wenn du nicht wie ein Häufchen Elend auf deinem Sofa kauern würdest und zu schwach zum *Spielen* wärst, dann wäre dir eines gewiss - ich würde dir so gehörig den Hintern versohlen, dass du dich die nächsten drei Wochen daran erinnern könntest.« Ich schluckte und versuchte, meine Atmung wieder unter Kontrolle zu bringen.

Eben verzweifelte ich an meinen Erinnerungen - jetzt hing mein Blick gebannt an dem Mann vor mir. Ist es das, was er damit meinte: Es gibt andere Dinge? Gab es wirklich eine Möglichkeit, mit mir wieder ins Reine zu kommen? Einfach so? Ein bisschen spielen und ich konnte mein Leben aus einer anderen Perspektive betrachten? Innerlich seufzte ich, denn wenn es so wäre, warum hatte ich ihn nicht angerufen? Warum schnitt ich mir die Haut auf, wenn es doch etwas anderes gab? Nein, so einfach würde es nicht sein. Genau aus diesem Grund schrieb ich es einfach seiner Anwesenheit zu. Sobald Derek mich wieder alleine ließ, stand ich erneut vor dieser Entscheidung - da war ich mir sicher.

»Nur um dich in Kenntnis zu setzen. Du hast ein paar Tage Urlaub und wirst dich erholen, und zwar in meinem Beisein. Damit du dich gleich daran gewöhnst, möchtest du etwas essen?« Schockiert sah ich Derek an und wusste nicht, ob ich lachen oder weinen sollte. Wenn das nämlich ein Witz war, dann hatte er es perfekt gespielt. Wenn nicht, dann war es sicherlich zum Heulen, von ihm bemuttert zu werden.

»Ich nehme mal an, ich habe keine Wahl. Also ja, ich habe ein wenig Hunger und würde mich über etwas zu essen freuen«, beantwortete ich seine Frage ehrlich und entlockte ihm ein zufriedenes Lächeln.

»Gut. Ich bestelle uns etwas und du überlegst dir, was du

mir gleich erzählen möchtest. Wenn du schon diesen Schritt gehst, ohne eine Sekunde an meine Hilfe zu denken, dann will ich wenigstens wissen, was dich aus der Bahn geworfen hat.« Zweifelnd sah ich Derek nach, wie er das Wohnzimmer verließ. Eilig warf ich die Decke zurück und sprang auf, sehr zum Missfallen meines Kopfes. Ohne eine Schmerztablette würde ich die Kopfschmerzen sicherlich nicht in den Griff bekommen. Dass ich lediglich damit davon kam, stimmte mich in keiner Weise glücklich. Um ehrlich zu sein, schämte ich mich dafür, auch, weil Derek es mitbekommen hatte. Ihm verdankte ich es offenbar auch, dass ich nicht in einem Krankenhaus aufgewacht war. Und ich musste ihm sagen, warum. Nicht, weil er mich darum bat, nein, ich wollte es auch. Derek hatte vollkommen recht mit der Aussage, dass ich es nie im Griff hatte. So ist das mit den Problemen, eine Zeitlang konnte man sie kontrollieren und verdrängen, doch sie drängen sich immer wieder in den Vordergrund. Vorzugsweise in Momenten, wenn du an dir selbst zweifelst. Meine Therapeutin aus Kindertagen, hatte diese Situation immer als »meine kleinen Stimmen« bezeichnet. Sie schlichen sich an, flüsterten mir schlimme Dinge ins Ohr und sahen dabei zu, wie ich

zerbrach. Entspannungsübungen und Sport blieben bei mir ergebnislos.
Tiertherapie und diverse Freizeitangebote ebenfalls. Viel lieber saß ich im Garten des Heimes und malte Bilder. Eine Leidenschaft, die sich bis heute gehalten hatte. Den Pinsel in die Hand zu nehmen, mich in eine schöne Welt zu träumen und die resultierenden Emotionen auf Papier festzuhalten.
»Essen kommt in einer halben Stunde.« Derek kam zurück ins Wohnzimmer und blieb direkt vor mir stehen. Seine Hand fuhr dabei an meine Wange. Nachgebend schmiegte ich mich daran, genoss das Gefühl, nicht alleine zu sein.
»Möchtest du mir sagen, was gestern los war? Als ich ging, schien es so, als wäre bei dir alles in Ordnung.« Ich schnaufte kurz, denn dieser Teil, ihm davon zu erzählen, machte mir Angst.
»Wie fängt man da an?«, verwirrt sank ich zurück auf das Sofa. Jahrelang hatte ich diese Bilder perfekt verdrängt. Gestern drangen sie zum ersten Mal wieder ans Tageslicht und richteten ein Chaos an, das ich so nicht alleine beheben konnte - das stand fest.
»Du musst lernen, dass ich nicht dein Feind bin, Hailey. Jeder andere hätte dich sofort in eine Klinik gesteckt. Ich

habe davon abgesehen, denn ich sehe darin wenig Sinn und bin der Meinung, dass wir beide das anders hinbekommen. Allerdings solltest du dann ehrlich zu mir sein, gleichgütig, wie sehr du dich für Situationen schämst oder sie dich verletzen.« Dereks Worte berührten mich, mehr als es jemals etwas tat und auch wenn es mir schwerfiel, er sollte die Wahrheit wissen.

»Alles fing damit an, dass meine Mutter starb, als ich gerade sechs Jahre alt war. Ich weiß lediglich, dass sie bei einem Autounfall ums Leben kam. Mein Vater hat mit uns Kindern nie darüber gesprochen. Ein paar Wochen nach ihrem Tod fing ich an, mich um meine kleine Schwester, die damals gerade erst zwei war, zu kümmern. Ich brachte sie vor der Schule in den Kindergarten und holte sie auch wieder ab. Dann spielte ich mit ihr, kochte, badete sie und umsorgte sie wie eine Mutter.« Ich entwand mich Dereks Blick und kämpfte gegen die aufsteigenden Tränen an.

»Etwa ein Jahr später fing mein Vater damit an, sich mit zu mir ins Bett zu legen. Anfangs dachte ich noch nicht so sehr darüber nach, schließlich ist es ja normal, wenn ein Vater mit seinem Kind kuschelt. Ich schöpfte auch keinen Verdacht, als er begann, mich zu berühren.

Als junges Mädchen kannte ich es nicht anders. Für

mich gab es keinen Vergleich oder Relationen.

Beinahe zwei Jahre lang, habe ich es Nacht für Nacht ertragen und mich immer mehr in meine eigene Welt zurückgezogen, aus der mich nur Amy herauslocken konnte. Zum einen ertrug ich es auch nur ihretwegen, denn solange er sich mit mir befasste, ließ er sie in Frieden.

In der Nacht, in der Amy starb, lag ich mit Fieber im Bett. Wie ich erst später erfuhr, hatte ich mir eine Chlamydien-Infektion zugezogen.

Aber ich gebe mir die Schuld daran, dass er zu ihr ging, verstehst du? Ich hätte mich nicht verwehren dürfen, dann wäre sie heute noch am Leben.« Ruckartig stieß sich Derek vom Rahmen ab und ging vor mir auf die Knie. Seine Hände umfassten dabei leicht meine Wangen.

»Du warst ein Kind. Er ein Erwachsener. In dieser Situation wäre niemand in der Lage gewesen, eine rationale Entscheidung zu treffen.

Deine Mutter war gerade erst gestorben, als du für dich und deine Schwester sorgen musstest, obwohl du Liebe und Nähe gebraucht hättest.

Ich bin kein Unmensch, Hailey. Für heute habe ich genug erfahren. Wir haben jetzt eine Woche Zeit und werden in Ruhe noch einmal darüber sprechen, allerdings nicht wieder unter Zwang.« Erleichtert atmete ich aus und ließ meine Stirn gegen seinen Kopf sinken, die Augen hielt ich dabei geschlossen. Es tat gut, darüber zu sprechen, und dass er mich nicht zwang, noch mehr Details preisgeben zu müssen. Ich fühlte mich nach wie vor schlapp und ausgelaugt.

»Rück ein Stück nach vorn«, wies er mich an und ich kam seiner Bitte nach. Derek erhob sich, platzierte sich hinter mir und zog mich mit dem Rücken an seine Brust. »Genieß es für einen Moment, denn das hier ist es, was ich dir bieten werde. Immer und zu jeder erdenklichen Zeit, wenn du ehrlich zu mir bist.«

Leicht seufzte ich, schloss erneut meine Augen und konzentrierte mich auf das gleichmäßige Heben und Senken seiner Brust.

Kapitel 10
Derek

Es gibt Momente im Leben, in denen wünscht man sich nichts sehnlicher als eine Waffe, um das Problem wie im Mittelalter zu lösen. Trotz der Vorkehrungen, wurde gestern Abend wieder ein junges Mädchen im Club vergewaltigt und schwer verletzt. Wieder konnte sich die Frau nicht an ihren Angreifer erinnern und die Polizei fand keine brauchbaren Spuren. Theoretisch müssten wir den Club schließen, um unsere Mitglieder in Sicherheit zu wissen. Dies allerdings, wollte Claude nicht. Er war der Meinung, dass der Täter dann auf einen anderen zurückgreifen würde und vielleicht noch mehr Schaden anrichtete. Also entschieden wir uns für mehrere Lockvögel, die ab sofort täglich an der Bar saßen. Ein kleiner Trost, wenn ich auch nicht gänzlich überzeugt war.

Im Moment jedoch, verließ ich mich auf John und Claude, denn meine Zeit gehörte Hailey. In jeder freien Minute sprachen wir miteinander und arbeiteten nach und nach die Geschehnisse der Vergangenheit auf. Ich war kein Therapeut, richtig, dennoch tat es ihr gut, überhaupt mit jemandem frei darüber sprechen zu können.

Die anfängliche Fassade fiel Stück für Stück und enthüllte den Menschen, der sich hinter Schmerz und Trauer verbarg. Hailey dabei zuzusehen, wie sie täglich an sich selbst wuchs und zu sich fand, berührte mich tief. Die Tatsache, dass ich dafür mit verantwortlich war, machte mich stolz und bestärkte meine Entscheidung. Sie gehörte nicht in eine Klinik - Hailey brauchte Gefühle.

Aus diesem Grund hob ich die Bettruhe auf und kündigte einen kleinen Ausflug an. Es war an der Zeit, die »Therapie« mit dem Eigentlichen zu verknüpfen. Trotzdem musste ich behutsam vorgehen, mir jede Reaktion von Hailey genau ansehen und die allerkleinste

Abwehr sofort zur Kenntnis nehmen.

Angespannt stand ich nun mit Hailey vor der Tür zu meinem Studio, nachdem ich ihr den Rest meiner Wohnung bereits gezeigt hatte.

»Du kannst jederzeit wieder gehen, wenn du das wünschst. Ansonsten sieh dich um, und wenn du Fragen hast, dann frag ruhig.« Sie entspannte sich merklich, nickte mit dem Kopf und gab mir so das Zeichen, dass ich die Tür öffnen konnte. Und genau das tat ich, trat zur Seite und ließ ihr den Vortritt.

Wachsam beobachtete ich jede Muskelbewegung, ebenso wie ihre Atmung. Es gab nichts, wovor sie sich fürchten musste.

Hailey widmete ihre Aufmerksamkeit zuerst dem Bereich, in dem sich meine Spielsachen befanden. Von meinem Platz an der Tür betrachtete ich sie eingehend. Ihre schlanken Finger strichen unsicher über ein Paddel. Diese besaß ich in unterschiedlichen Ausführungen. Zum Teil aus Holz, aber auch aus Leder. Haileys Finger wanderten weiter zu den Peitschen und Floggern. Auch hier besaß ich eine Auswahl in verschiedenen Größen, Formen und Materialien.

Wenn man mit einer neuen Spielgefährtin startete, dann bediente man sich vorzugsweise der Peitsche, weil sie als angenehm empfunden wird und Schläge relativ gut in Kraft und Intensität ausgeführt werden konnten.

»Was ist das hier«, wollte sie wissen und nahm eine Gerte vom Brett. Diese benutzte ich häufig, denn sie hinterließ eine wundervolle Färbung auf den Backen.

»Das ist eine Gerte. Je kleiner, desto schmerzhafter die Schläge und letztendlich auch die Zeichnungen.« Sie schluckte schwer und hing das Spielzeug zurück an seinen Platz.

»Und du entscheidest dann, was ich von alledem hier verdient habe?« Ihre Frage brachte mich zum Schmunzeln.

»Das könnte man so sehen. Einige Spielzeuge dienen der Lustgewinnung und andere der Bestrafung.

Sicherlich wirst du das eine oder andere mit der Zeit kennenlernen, jedoch bin ich kein Sadist und du keine Sklavin. Alles, was in diesen Räumen geschieht, ist das, was wir beide möchten. In erster Linie aber du.

Vielleicht sollten wir weniger über die Theorie sprechen. Du bist hier - ich bin hier.« Haileys Augen weiteten sich, als sie sich zu mir wandte und mich ansah.

»Tut mir leid. Das ist mir gerade zu viel. Hier zu stehen, all diese Spielsachen und Möbel zu sehen, ist beängstigend.« Langsam durchquerte ich mein Studio

und blieb vor Hailey stehen.
»Du musst dich für nichts entschuldigen. Wenn ich sage, dass nichts passiert, was du nicht wirklich willst, dann ist das so. Für mich gibt es keinen Grund böse oder etwas anderes auf dich zu sein.
Wenn die Zeit reif ist, wirst du mich bitten und wissen, wo du mich findest.«
Liebevoll strich ich ihre gelöste Haarsträhne hinters Ohr. Jedes Mal, wenn ich ihre Haut streifte, und waren es noch so kleine Berührungen, wie jetzt, dann hatte ich das Gefühl meine Kontrolle zu verlieren. Ich wollte sie in meine Arme ziehen, sie küssen und am liebsten sofort zu meinem Eigentum machen. Doch ich war meistens schlau genug, um zu wissen, dass dies nicht der Weg war, den ich mit Hailey beschreiten konnte. Sie war auf ihre Art gebrochen, brauchte Verständnis und musste Vertrauen neu erlernen. Sollte das Schicksal doch der Meinung sein, dass sie niemals »Mein« sein würde, so wusste ich, dass ich sie auf einen guten Weg gebracht hatte. Bevor ich mir dessen nicht sicher war, würde ich sie keineswegs alleine lassen. Auf eine Art fühlte ich mich diesbezüglich schuldig. Ein Mensch wie Hailey, hatte dieses Los nicht verdient. Sie sollte in ihrem Alter Freundinnen haben, um die Häuser ziehen und einfach

den Spaß in ihrem Leben genießen. Nichts davon kannte sie auch nur ansatzweise. Wobei das auch teilweise auf mich zutraf. Meine Jugend hatte ich mit Drogen, Autorennen und Prügeleien verbracht. Selbst wenn sich jetzt etwas geändert hatte, man dachte immer wieder daran zurück. Einzig der Einstieg in die BDSM-Szene, erleichterte mir meinen neuen Weg. Ich bündelte meine negativen Eigenschaften mit den positiven und zog viel Energie aus meiner Lebenseinstellung.

»Worauf hast du Lust?« Meine Frage verblüffte Hailey.

»Ich weiß nicht so recht«, antwortete sie schüchtern und wippte unruhig auf ihren Füßen.

»Möchtest du etwas essen? Oder vielleicht ins Kino? Wollen wir im Park spazieren gehen oder eventuell nur auf dem Sofa sitzen und einen Film sehen? Du hast die freie Wahl. Fürs Erste sollten wir allerdings mein Studio verlassen. In Kombination mit deiner Anwesenheit ist dies hier kein sicherer Ort.« Sanft ließ ich meine Finger in ihre gleiten und führte Hailey hinaus. Eine Antwort schuldete sie mir dennoch.

»Und?«, hakte ich daher nach.

»Film schauen, eine Pizza essen und relaxen klingt gut«, bemerkte sie, wobei sich ihre Wangen leicht rosa färbten.

»Dann werden wir dies tun, Number One«, säuselte ich

zuckersüß, griff mit den Händen unter ihre Kniekehlen und hob Hailey an meine Brust. Entrüstet schrie sie auf, unterließ dann jedoch jede Gegenwehr.

»Ich würde meinen, du entscheidest über den Film, während ich mich erkundige, wer die beste Pizza der Stadt macht.«

»Harveys«, kam es wie aus der Pistole geschossen und ließ mich verdutzt innehalten.

»Was? Ich hab dort öfter mal gegessen und kann es dir daher wärmstens empfehlen.« Auf dem Sofa ließ ich Hailey hinunter und deutete auf ein Regal, welches hinter dem Flachbildschirm stand. Warum ich mir jemals einen Fernseher gekauft hatte, wusste ich nicht, denn in Betrieb war er bis heute noch nicht gewesen.

»Gut, ich werde telefonieren. Kommst du mit der Technik klar?« Ein zufriedenes Lächeln breitete sich auf ihrem Gesicht aus, was eindeutig ja bedeutete.

So gefiel sie mir wesentlich besser. Zufrieden ging ich ins Nebenzimmer, um Haileys Wunsch nach der Pizza zu erfüllen. Wenn es immer so leicht sein sollte, dann würde ich sie die nächsten Tage weiterhin die Entscheidungen treffen lassen.

Meine Natur konnte ich getrost ein paar Tage hinten anstellen, allerdings würde es sich ändern, wenn sie wieder fit genug war. Dann konnte sie mir nicht mehr davonlaufen - das stand fest.

Kapitel 11
Raven

Die Art, wie sich Derek um mich bemühte, rührte mich immer mehr. Viel zu sehr hatte ich mich in den letzten Tagen an seine Anwesenheit und die Fürsorge gewöhnt. Wenn ich ehrlich war, so fürchtete ich den Tag, an dem dies enden würde. Er kam, das stand fest und dennoch wollte ich es nicht. Bis vor Kurzem hatte ich niemanden in meinem Leben geduldet, und auch wenn sich Derek dieses Recht einfach herausnahm, empfand ich es nicht als störend.
Ich mochte es, wenn er mich umsorgte, mir etwas zu essen machte, den Tee bis ans Bett brachte oder einfach

nur neben mir saß und mich in den Armen hielt. Beinahe wirkte es so, als wären wir ein ganz normales Paar. Dieser Eindruck täuschte, das wusste ich zu gut. Derek wollte mit mir spielen und die Pflicht eines DOM's war es einfach, auf sein Eigentum zu achten - selbst wenn ich das bisher nur in seinen Gedanken war.

Gerade in diesem Moment, als ich Zeit hatte, darüber nachzudenken, fiel mir wieder auf, dass ich anders empfand. Die Bindung zu Derek war sehr intensiv und anders, als man es vielleicht mit einer Beziehung vergleichen konnte. Es gab keine Gefühle, die der Liebe ähnlich waren, nein, ich empfand mich als wertvoll und auf eine Art geliebter als jemals zuvor.

Wenn er diesen Zustand auslösen wollte, dann war ihm das perfekt gelungen. Ich hatte mich an Derek gebunden, unsere Fäden verknüpften sich auf einer höheren Ebene. Je mehr ich darüber nachdachte, desto mehr verspürte ich den Wunsch, ihm zu folgen. Für ihn wollte ich alles sein, er sollte mich sehen, mich berühren und mich zu der *Seinen* machen. Seltsam, aber das beschrieb es ganz gut.

Aus diesem Grund hatte ich nach dem Aufstehen auch den Entschluss gefasst, Derek ins Spielzimmer zu folgen. Ihm dies mitzuteilen, fiel mir jedoch schwer. Wo sollte ich ansetzen und wie konnte ich ausdrücken, was ich empfand und wonach ich mich sehnte?

Je mehr vom Tag verstrich, desto größer wurde meine Anspannung. Auch Derek bemerkte es und musterte mich öfter. Es war also nur noch eine Frage der Zeit, bis er danach fragen würde. Von dem Film hatte ich von Anfang an nichts mitbekommen, viel zu sehr überlegte ich, wie ich meine Wünsche in Worte verpacken konnte. Wie würde er darauf reagieren? Glaubte er, dass ich bereit dafür war? Vor zwei Tagen machte es jedenfalls den Anschein. Augen zu und durch oder abwarten, bis er mich darauf ansprach? Nervös rutschte ich auf meinem Platz hin und her.

»Hailey, was ist los? Du wirkst heute abwesend und neben der Spur. Bedrückt dich etwas? Möchtest du reden?« Da war sie, meine Chance, und dennoch haderte ich. Konnte ich es wagen? War ich so weit? Wollte ich es wirklich? Was war, wenn es mir nicht gefiel oder ich ihm nicht? Panik breitete sich in mir aus, denn Letzteres würde unsere Verbindung kappen, dessen war ich mir sicher.

»Ich würde es gern versuchen«, brachte ich beinahe tonlos hervor. Derek sah mich fragend an und schien im ersten Moment keinen Schimmer davon zu haben, was genau ich damit meinte.

»Was möchtest du versuchen?« Musste er das jetzt wirklich wissen? Hätte er den Wink mit dem Zaunpfahl nicht einfach verstehen können?

»Dein Spielzimmer«, sagte ich schnell und entwand mich seinem Blick. Das war so peinlich. Ebenso, wie die Röte, die sich sofort auf meinen Wangen ausbreitete. Das Schweigen, was jetzt in der Luft hing, war jedoch schlimmer als meine Angst davor, ihm meinen Wunsch zu gestehen.

»Dann, Number One, folge mir unauffällig.« Derek erhob sich vom Sofa, schaltete den Fernseher aus und reichte mir seine Hand.

»Füttere deinen Kopf niemals mit Bildern, wenn du eine Situation nicht kennst. Ich bin ein Genießer, kein Sadist. Was dir nicht gefällt und dich nicht in Ekstase versetzt, das wirkt ebenso auf mich.« Ich schluckte schwer und nahm seine gereichte Hand. Mit einem flauen Gefühl in der Magengegend ließ ich mich direkt ins Spielzimmer führen.

Einen Moment stand ich allein inmitten des Raumes, während Derek die Vorhänge schloss. Durch die Sonne, die überwiegend auf dieser Seite des Hauses stand, wurde das Zimmer in ein sanftes Licht getaucht.

»Entspann dich, Hailey. Verrate mir, was du unter deiner Jeans und dem Shirt trägst.« An der Frage war nichts dabei, dennoch fühlte es sich komisch an.

»Einen String und meinen BH«, antwortete ich knapp, aber ehrlich. Gott - das alleine war mir schon unangenehm. In einer solchen Situation, wo es um das Nacktsein ging, hatte ich bis heute noch nicht gesteckt.

»Zieh alles aus, bis auf BH und Slip. Wir fangen wirklich ganz ruhig an und du kannst es jederzeit beenden.« Seine Worte schenkten mir Mut und ich kam der Aufforderung nach. Jeans und Shirt legte ich auf einen Stuhl und trat zurück in den Raum. Während ich mich entkleidete, hatte Derek ein Seil durch einen Ring an der Decke gezogen. Bei diesem Anblick verspannte sich mein Körper sofort, was seinem aufmerksamen Blick nicht entging.

»Hey, leicht heißt nicht, dass ich dich gleich an meine Decke hänge. Glaub mir jedoch, dass du etwas zum Festhalten brauchen wirst.« Grinsend reichte er mir das Seil und dirigierte mich in die richtige Position.

»Die Hände so weit wie du kannst nach oben, sodass du es immer noch als angenehm empfindest. Die Beine etwas weiter auseinander. Perfekt.« Prüfend umrundete er mich, vergewisserte sich, dass ich wirklich einen sicheren Stand hatte, ehe er sich von mir entfernte. Nicht sehen zu können, was er hinter meinem Rücken anstellte, brachte meine Nervenenden zum vibrieren.

»Heute wird es keine Anrede geben, keine Regeln und du kannst jederzeit Stopp sagen. Ich werde dich nicht schlagen und dir kein Leid zufügen, außer du bittest darum. Entscheide für dich, wie weit wir gehen werden. Vergiss aber nicht, dass du keinerlei Grenzen überschreiten sollst, nur um mir zu gefallen. Das ist nicht das Ziel. Ziel ist es, dass du dich wohlfühlst, deine Lust genießen kannst - dann werde ich es auch.« Während er sprach, kam er immer näher an mich heran. Die letzten Worte flüsterte er in mein Ohr und löste eine Gänsehaut aus. Ich war nervös und angespannt. Sämtliche Gefühle strömten auf mich ein. Ein klarer Gedanke war schlichtweg nicht mehr greifbar.

»Die Peitsche ist ein schönes Spielzeug. Sie löst keinen punktuellen Schmerz aus, sondern viele kleine, die in der Regel als sehr lustvoll empfunden werden. Allerdings kann man sie auch schön zum Bespielen nutzen.« Ich zuckte zusammen, als ich etwas an meinem Oberschenkel spürte, was sich langsam aufwärts bewegte. Für einen Moment war ich nicht fähig, diese Berührung zuzuordnen, beziehungsweise das, was sie in mir auslöste. Derek fuhr immer weiter nach oben, über meinen Po, entlang meiner Wirbelsäule bis hin zu meinen Schultern. Ein leiser Seufzer stahl sich von meinen Lippen und die Verspannung löste sich allmählich. Kreisend zeichnete er die Konturen meines Körpers mit der Peitsche nach. Automatisch schob ich mich ihm entgegen, genoss die Entspannung und das köstliche Ziehen zwischen meinen Beinen.

Unbewusst drifteten meine Gedanken in weite Ferne. Es war nicht mehr wichtig, was um mich herum geschah, es zählten nur die Gefühle, die Derek in mir auslöste.

So bekam ich nicht einmal mit, wie die Bewegungen durch leichte Schläge aus dem Handgelenk geführt wurden, denn sie waren den vorhergegangen ähnlich und zu meinem Erstaunen - erregend.

Die Stimme in meinem Kopf verwirrte mich, doch ich kam nicht umhin zuzugeben, dass es mir sehr gefiel. Und wenn ich ehrlich zu mir selbst war, dann wollte ich mehr - jetzt.

Kapitel 12
Derek

Locker hielt ich meine Peitsche in der Hand. Die Situation hatte sich verselbstständigt, worauf ich insgeheim gehofft hatte. Nichts musste auf Zwang passieren. Viel schöner war es, wenn, so wie jetzt, die Frauen von allein ihre Grenze angaben oder sich probierten. In den letzten Jahren hatte ich genügend gesehen, was mich sowohl schockiert als auch gedemütigt hat. Ein dominanter Part, oder auch DOM oder TOP, war man nicht durch seinen Titel - das erarbeitete man sich durch seine Taten. Manchmal allerdings auch durch Worte, Nähe und Vertrauen. Dominanz sprach nicht von Härte und Kraft, nein, sie erzählte eine ganz eigene Geschichte.

Es gab so einige Dinge, die ein schlechtes Licht auf meinen Lebensstil warfen, weshalb man oftmals nicht offen damit umgehen konnte. In den Augen vieler Menschen bestand BDSM aus Qualen, Folter und Erniedrigung - nichts davon war der Fall. Jedenfalls nicht unbedingt. Auch Lust kann zur Qual werden, wenn man seine Spielpartnerin, nur mit einer kleinen Feder in der Hand, bis an den Rand ihrer Ekstase brachte. Wenn sie begann zu betteln, weil ihr Körper lichterloh in Flammen stand. Folter konnte es ebenso geben, allerdings nur, wenn man eine unersättliche Gespielin hatte, die den Schmerz liebte. Erniedrigung gehörte ebenfalls dazu. Für viele Frauen bestand sie allerdings eher darin, dass sie sich präsentieren mussten - nackt. Ein kleiner Makel ihrerseits, der meist kaum einer war, reichte dafür aus, um sich unwohl zu fühlen.

Natürlich gab es auch in meiner Welt eine Kehrseite. Während ich Sub´s bevorzugte und eher mit der Lust spielte, gab es jedoch noch die Sklavinnen. Ihnen gefiel es, sich komplett in die Hände des Meisters zu begeben. Sie waren es, die sich formen ließen und in meinen Augen zu etwas wurden, was ich keinesfalls wollte. Jede meiner Diamonds hatte eine Seele, besaß Gefühle und

Leidenschaft. Ich musste nichts ändern, denn an einem gewissen Punkt schenkten sie mir alles - ohne, dass ich darum bitten musste. Ihre Reaktionen waren echt und unverfälscht.

Genau wie die von Hailey. Ich hatte nichts weiter getan, als ihr meine Aufmerksamkeit geschenkt, sie beobachtet und mich ihr angepasst. Nur sie stand im Mittelpunkt, sie gab den Takt an und bestimmte, wie unser Spiel gespielt wurde. Ein weiteres Zugeständnis, welches ich machen musste. Wer bis jetzt dachte, dass ich Macht besaß, der irrte sich gewaltig - meine Sub's hatten sie. Jederzeit!

Am liebsten würde ich ihr noch Stunden dabei zusehen, wie sich ihre Finger im Seil festkrallten, wie sich ihr Körper bewegte und nach der Peitsche verlangte. Ich zweifelte nicht daran, dass Hailey inzwischen in ihrer eigenen Welt war. In einem Teil ihrer Seele, in dem sie zur Ruhe kam, wo sie ihre Wunden lecken konnte. Heute hatte Hailey sich mir geöffnet und zu einem großen Teil auch sich selbst. Wie lange es dauerte, bis dieser Gedankenprozess bei ihr begann, konnte ich noch nicht abschätzen, aber ich würde für sie da sein. Und ich machte mir auch keinerlei Illusionen darüber, dass sie es ohne Weiteres hinbekommen würde. Dies hatte mir unser letztes Zusammentreffen eindrucksvoll bewiesen. Die Frage blieb jedoch offen, wie sie diese Situation für sich löste.

Widerwillig drosselte ich die leichten Schläge aus dem Handgelenk, um Hailey zu signalisieren, dass ich das Spiel beenden würde. Langsam ging ich ins Streicheln über und trat wieder näher an sie heran. Haileys Atmung ging schwer und ein leichter Film hatte sich über ihre Haut gelegt. Ein Zeichen dafür, dass sie erregt war und dass es ihr gefiel.

Die Peitsche blieb stumm und wurde jetzt von meiner Hand ersetzt. Sanft strich ich mit den Fingerspitzen über ihren Nacken. Hailey besaß eine wunderschöne helle und weiche Haut, die sich wie Seide anfühlte. Behutsam glitt ich über ihre Wirbelsäule, verharrte und begann von vorn. Aus dem dezenten Keuchen wurde ein immer länger werdendes Stöhnen. Diese Frau kratzte inzwischen zu sehr unter meiner Oberfläche und stellte für meine Selbstbeherrschung eine wahre Bedrohung dar. Zu sehr sehnte ich mich nach ihr, gerade nach den letzten Tagen, die wir gemeinsam verbracht hatten. Selbst, wenn sie nicht mit mir hätte *Spielen* wollen, das Interesse an ihr wäre dadurch nicht im Geringsten gemindert worden. Mein Interesse galt der Frau, die

Hailey hinter all den Mauern war, die sie sich durch Schmerz und schlimme Erfahrungen errichtet hatte.

Und im Moment war es das größte Geschenk, welches ich jemals erhalten hatte, dass sie sich an meine Brust lehnte und mir entgegenkam.

Sanft strich ich die Haare an die Seite und küsste die freie Stelle an ihrem Nacken. Ihr süßer Hintern streifte dabei immer wieder meinen Unterleib. Scharf zog ich die Luft ein, denn in Selbstbeherrschung war ich wirklich ungeübt. Am liebsten hätte ich ihre Hüften gepackt und sie mit mir auf das Sofa gezogen. Ich verzehrte mich nach jeder Faser, die diese Frau besaß.

Zu meiner Überraschung übernahm Hailey jedoch das Ruder, in dem sie sich zu mir drehte und mir ihre vollen Lippen auf den Mund presste. Gierig suchte sie nach dem, was ich ihr eben angeboten hatte. Sanft fuhr meine Hand in ihr Haar. Nur allzu gern erlaubte ich ihr diesen Vorstoß. Zugegebenermaßen hatte ich ihn herbeigesehnt. Meine andere Hand wanderte besitzergreifend an ihren Po. Die unschuldige und behutsame Art, mit der sie mich küsste, brachte mich schier um den Verstand. Ich hatte selten etwas so Reines erlebt, so, dass es sich in mir festsetzte, wie eine wertvolle Erinnerung.

Gefühlvoll zog ich sie mit mir, direkt zum Sofa. Egal

was auch kommen mochte, ich würde ihr heute und hier das geben, wonach sie sich sehnte, und mein eigenes Verlangen hinten anstellen.

Hailey rittlings auf mir, ließen wir uns auf das Polster sinken. Selbst durch die Hose hindurch konnte ich die Hitze zwischen ihren Beinen fühlen. So wie ich Hailey inzwischen kannte, würde sie niemals den ersten Schritt wagen. Dafür war sie zu devot und bedurfte einer Anleitung. Erst mit der Zeit würde ich jedoch wissen, wie diese genau aussah. Im Klartext: Ich durfte mich an ihr probieren, herausfinden, was sie mochte und ihr genau das geben.

Die Hand, die eben noch auf ihrem Po ruhte, streichelte sich langsam nach vorn. Ohne Eile, denn ich wollte nicht, dass sie vor mir zurückwich. Hailey war praktisch unerfahren und kannte ihren Körper vermutlich nicht einmal ansatzweise. Zögernd schob ich den Slip ein kleines Stück an die Seite, achtete dabei auf Haileys Körpersprache, und strich vorsichtig über den kleinen Hügel. Wann hatte ich mich das letzte Mal so sehr im Griff? Selbst mein pulsierender Schwanz begann langsam zu schmollen, weil ich ihm keine Beachtung schenkte, sondern voll und ganz auf Hailey konzentriert war.

Da sie meiner Hand widerstandslos entgegenkam, ging ich noch einen Schritt weiter und tauchte mit einem Finger langsam zwischen ihre Schamlippen.

Scharf sog Hailey den Atem ein und unterbrach dabei den Kuss. Dies gab mir die Möglichkeit, auch in ihrem Gesicht zu lesen, wie weit ich gehen konnte.

»Ich bin nicht aus Zucker.« Für einen Moment hielt ich inne, denn Haileys Worte brachten mich vollkommen aus dem Konzept. Ihr schüchternes Lächeln riss meine Dämme nieder. Ohne große Anstrengung hob ich sie auf die Arme und trug sie aus dem Studio. Zwei Stufen auf einmal nehmend stieg ich die Treppe nach oben, direkt ins Schlafzimmer.

Bis heute hatte dieses Zimmer noch nie eine Frau betreten, geschweige denn hatte ich vor, es für etwas anderes zu nutzen, was über den Schlaf hinausging. Aber mit Hailey war einiges anders und es störte mich in keiner Form, dass es so war und ich mit ihr nun hier stand. Im Gegenteil, eine große innere Ruhe ergriff von mir Besitz.

Langsam ließ ich mich mit Hailey auf das Bett sinken und bettete sie auf die Matratze. Ihre Wangen waren zart gerötet und ihre Atmung ging schwer. Mit dem Daumen streifte ich ihre Unterlippe. Das Bedürfnis sie zu berühren war so heftig, dass ich es nicht länger unterdrückte.

Meinem Daumen folgten die Lippen. Ohne jeden Drang eroberte ich Haileys süßen Kirschmund. Nahm mir alles, was sie zu geben bereit war. Am wichtigsten war jedoch, dass alles ohne Hast geschah. Jeden Augenblick wollte ich mit ihr genießen, jedes kleine Detail in mir aufnehmen, damit ich es nie wieder vergessen konnte.

Ihre Haut fühlte sich weich an unter meinen Fingern und kam jeder kleinen Berührung entgegen. Ich musste ihr nur einen Impuls geben und sie kam diesem nach.

Unsicher begann sie, mich ebenfalls anzufassen. Zögerlich streiften ihre Fingerspitzen meinen Oberkörper und lösten eine weitere Welle an Empfindungen aus. Egal wie viel Zeit sie brauchte, von mir würde sie diese jederzeit bekommen und noch einiges mehr.

Mir sollte längst klar sein, dass sie niemals nur ein Diamond hätte sein können. Nein, Hailey war die Number One - die Nummer eins. Nicht in meinem Studio - sondern in meinem Leben. *Holy Shit.*

Ohne Vorwarnung verlagerte ich mein Gewicht und presste Hailey fest auf die Matratze. Mein Kuss wurde fordernder, während meine Hände sich in ihrem Hintern vergruben. Stöhnend kam mir Hailey entgegen.

Ich zog eine sanfte Spur über ihre Wangen, den Hals und am Ansatz ihrer Brüste entlang.

Ich setzte meine Küsse über ihren flachen Bauch fort, verharrte einen Augenblick an ihrem Bauchnabel und ließ meine Zunge verführerisch darum kreisen.

Geduldig wanderte ich weiter, berührte nur zaghaft ihren Intimbereich. Haileys Finger krallten sich in die Laken und ein heiseres Keuchen erfüllte mein Schlafzimmer.

Das Schönste, was ich bis jetzt je gehört hatte, und ich war mir sicher, es nie wieder vergessen zu können.

Kapitel 13
Raven

Was auch immer Derek gerade mit mir anstellte, es war der Himmel auf Erden. Jegliche Angst schien vergessen. Nur der Augenblick zählte und die Gefühle, die er in mir auslöste. Bis vor ein paar Minuten hatte ich geglaubt, nie so empfinden zu können. Auf einer Wolke tanzend mit den schönsten Sonnenstrahlen, die ich je gesehen hatte. Die leichten Schläge mit der Peitsche hatten meine Sinne geschärft und meine Sehnsucht geweckt, so, als würde jemand ein Tor öffnen und all die negative Energie aus meinem Körper ziehen.
Ich war diesem Mann verfallen, mit Haut, Haar und meiner ganzen Seele.

Beim nächsten Vorstoß seiner Finger hielt ich mein Stöhnen nicht länger zurück. Verlangend pulsierte mein Kitzler und sehnte sich nach dem Unbekannten.

Ehrlich gesagt hatte ich es noch nie selbst probiert, was ich in diesem Moment bereute, denn offenbar verpasste ich damit eine Menge.

Sämtliche Empfindungen jagten durch meinen Körper. Mir war abwechselnd heiß und kalt. Röte breitete sich auf meinem Gesicht aus, nicht vor Scham, nein, vor glühender Hitze. Ich wollte mehr, so viel mehr davon. Stöhnend, wimmernd und nach allem verzehrend krallte ich mich in die Laken. Mein Körper verkrampfte sich, zitterte unaufhörlich, ohne dass ich etwas dagegen unternehmen konnte. Der Punkt zwischen meinen Beinen tat es dem gleich und eine gewaltige Welle spülte über mich hinweg, die ich mit einem heiseren Schrei willkommen hieß.

Schweratmend versuchte ich, die Welt um mich herum, wieder wahrzunehmen. Mein Blick nahm nur die wundervollen Sterne wahr, die vor meinem Sichtfeld tanzten. Meine Muskeln entspannten sich und eine absolute Schwere erfüllte mich. Wenn dies das Paradies war, dann hätte ich gern ein weiteres Stück davon.

»Möchtest du eine kleine Pause?«, fragte Derek in die

Stille hinein. Im ersten Augenblick wollte ich mit »Ja« antworten, doch bereits nach diesem Gedanken regte sich erneut die Lust. Kurzerhand schob ich Derek von mir und positionierte mich wieder auf ihm.

»Ich würde glatt behaupten, die Antwort lautet Nein«, amüsierte er sich und legte die Hände besitzergreifend auf mein Hinterteil. Kreisend bewegte ich mich auf ihm, ohne zu wissen, was ich wirklich tat. Es fühlte sich gut an, sodass ich mich zu Derek beugte und meine Lippen auf seinen Mund legte. Zuerst sanft, dann immer fordernder. Jede Sekunde, in der wir das Spiel unserer Lippen vollzogen, wuchs die Erregung in mir erneut. Ich genoss es, indem ich seine Zuneigung in mich aufsog. Nichts glich einem Zwang, im Gegenteil, alles was ich tat, tat ich, weil ich es wollte, und Derek ließ mich gewähren. Er erlaubte mir, seinen Körper zu erkunden, ihn zu küssen und ihm nahe zu sein. Am liebsten würde ich die Zeit stoppen und sie nie wieder weiterlaufen lassen. Hauptsache, wir konnten in dieser kleinen Blase gefangen bleiben.

Die wachsende Erregung an meinem Po erinnerte mich jedoch daran, dass er für mich sein Bedürfnis zurückgestellt hatte.

Mutig griff ich hinter mich und berührte sein Glied

durch die Jeans. Auch hier verließ ich mich ganz allein auf mein Bauchgefühl. Sein Stöhnen beruhigte mich, denn offenbar schien ich alles richtig zu machen.

Auch Dereks Hände blieben unterdessen nicht untätig und streichelten meine Nippel. Der Stoff rieb an den sensiblen Spitzen und jagte kleine Schauer über meinen Rücken.

Meine Berührungen wurden intensiver, doch noch fehlte mir der Mut, ihn richtig in die Hand zu nehmen.

»Was möchtest du, Hailey?« Seine Frage verwirrte mich, denn bis zu dieser hatte ich intuitiv gehandelt und mich von meinem Gefühl leiten lassen. Es in Worte zu fassen, glich einer kleinen Scham, die von wachsender Unruhe begleitet wurde. Wie sollte man etwas erklären, wenn man einfach keinerlei Erfahrung hatte? Wie schon vorhin fehlte mir der Mut, ihm zu sagen, dass ich gern mit ihm schlafen würde. Konnte er nicht einfach das Ruder übernehmen und mir das Aussprechen meiner Wünsche ersparen?

Da meine Antwort auf sich warten ließ, und auch mein Körper sich merklich verspannt hatte, hob Derek mich von seinem Schoß. Doch entgegen meiner Vermutung, dass er aufhören würde, drückte er mich zurück auf die Matratze und streichelte mich. Die zärtlichen

Berührungen nahmen mir sofort jegliche Bedenken und endlich fasste ich mir ein Herz.

»Ich möchte, dass du mit mir schläfst«, sagte ich leise und verbarg meinen Kopf an der Seite. Kurz erhob er sich vom Bett, streifte die Jeans ab und legte sich zurück zu mir. Angespannt vermied ich jede Bewegung.

»Es wird nichts passieren, was du nicht möchtest und wenn ich aufhören soll, dann sag mir das einfach. Was alles andere betrifft, schalt den Kopf aus und hör in dich hinein.« Sanft küsste er die Stelle hinter meinem Ohr, an der ich so empfindlich reagierte. Unsicher legte ich meine Hand in seinen Nacken, spielte an den kurzen Haaren und ließ mich fallen. Jede kleine Empfindung, jedes Gefühl, welches er erneut in mir auslöste, nahm ich tief in mir auf. Binnen von Sekunden schalteten sich meine negativen Gedanken in den Hintergrund, wurden von heißen Wellen aus meinem Kopf verbannt.

Derek war einfühlsam, liebevoll und dennoch fordernd, sodass ich mich immer näher an ihn drängte. Auch seine Erektion schreckte mich nicht ab, die ich deutlich an meiner Seite spüren konnte. Sex war die natürlichste Sache der Welt und es gab für mich keinerlei Grund, an Derek zu zweifeln. Ich hatte immer die Option zu fliehen, doch das wollte ich längst nicht mehr.

Unter all der Beherrschung, die er für mich aufbringen konnte, legte er sich zwischen meine gespreizten Schenkel.

Eine kleine Panik erfasste mich erneut. Das hier war mein erstes Mal, wenn ich auch nicht unbefleckt war. Tat es dennoch weh, obwohl ich keinerlei Barriere mehr hatte?

»Schalt dein süßes Köpfchen aus«, flüsterte Derek in mein Ohr, doch so einfach funktionierte das nicht. Mein Leben wurde durch diesen Aspekt zerstört und ein normaler Umgang schien gerade unmöglich.

Leicht küsste Derek meinen Hals, zeichnete eine Spur sanfter Küsse daran hinab und gab mir so die Zeit, die ich brauchte. Dafür bedurfte es nicht viel und ich presste mich an ihn. Ohne jede Hast setzte er seine Zärtlichkeiten fort und lenkte mich so von meinen Gedanken ab.

Selbst als er sich vor meinem Eingang positionierte, wich ich nicht länger zurück, sondern schob mich ihm weiter entgegen. Sein Blick suchte meinen, bevor er zwischen meine Lippen drang. In Erwartung auf den Schmerz zuckte ich zusammen, doch er kam nicht.

Nach wie vor hielt er seine Augen auf mein Gesicht gerichtet, forschte danach, ob es mir gut ging. Als er nichts Bedenkliches in meinem Blick fand, begann er sich vorsichtig zu bewegen.

Ich fühlte mich auf angenehme Weise ausgefüllt und kostete die neuen Empfindungen aus. Dieser Mann hielt jedes noch so kleine Versprechen, übte sich in Geduld und schenkte mir gerade so viel, dass die Tränen unaufhaltsam in meine Augen stiegen.

All die Jahre fürchtete ich mich vor diesem Moment, und nun schien es einer Erlösung gleichzukommen. Die Steine der Beklemmung fielen ab und hinterließen das erste Mal Sonnenschein in meiner Seele und in meinem Herzen.

Immer weiter lockte mich Derek aus meinem Versteck und ich kam ihm bereitwillig entgegen. Längst mischte sich unter unsere Küsse der heisere Klang unserer Stimmen. Grenzen und Bedenken rissen wir ungehindert nieder und hinterließen eine Glut aus unverfälschter Leidenschaft.

Unsere Erregung stieg ungehindert hinauf und gipfelte gnadenlos in der Welle unserer Höhepunkte.

Kapitel 14

»Wie weit sind wir?«, wollte der Big Boss wissen, während er mit polternden Schritten den Raum durchmaß. Seit Kurzem hatte er das alte Gelände angemietet und mit dem notwendigsten ausgestattet. Illegal, womit konnte man sonst so viel Geld auf einmal anschäffeln. Zufrieden kratzte er sich am Bart, während er seinen Leuten über die Schultern sah.

Knapp zwei Wochen waren vergangen, seitdem sie die erste Frau in dem teuren Bumsschuppen betäubt und vor der Kamera missbraucht hatten. Eine weitere Woche dauerte es, bis sie die nächste brauchbare Dame fanden. Ganz einfach war es nicht, denn niemand wollte altes und abgenutztes Fleisch. Die besten waren gerade einmal achtzehn Jahre, schlank und hatten das Aussehen eines Teenagers. Das kam bei seinen Kunden an, ebenso, wie die Tatsache, dass der Sex unfreiwillig war.

Der BDSM-Club in der Innenstadt bot hierfür die besten Voraussetzungen. Niemand schöpfte nur annährend Verdacht, wenn man mit einer Frau über der Schulter in eines der Zimmer spazierte.

Grinsend blieb der Blick des Bosses auf dem Bildschirm kleben, auf dem soeben ein sehr interessantes Gesicht zu sehen war. Eines, das er ziemlich gut kannte und ihm Jahre seines Lebens geraubt hatte.

Grinsend bat er seinen Handlanger das Bild zu vergrößern, um sicherzugehen, dass es wirklich die Frau war, die ihm in den Sinn kam. Und tatsächlich bestätigte sich der Verdacht.

Mit schnellen Schritten stürmte er aus dem Raum, direkt in den nächstgelegenen, wo eine Traube von Männern auf neue Befehle wartete. Allesamt sprangen sie auf, als ihnen gewahr wurde, wer dort soeben zur Tür hineingepoltert kam.

»Ein neuer Auftrag, Sir?«, wollte einer der Männer wissen.

»Du, du und du, mitkommen«, wies er drei ausgewählte

Handlanger an und führte sie aus dem Raum.

»Im Club geht eine Dame ein und aus. Schwarze lange Haare, schlank, auffällig sind ihre roten Lippen. Dan wird euch ein Foto zeigen. Bringt mir alle Informationen, die ihr bekommen könnt und berichtet sofort an mich.« Stumm nickten die Männer und ließen ihren Boss allein. Dieser hingegen malte sich bereits aus, was er mit ihr anstellen würde, sobald sie in seine Finger gelangte.

Schön war es, fremde Frauen für die Produktion der Filmchen zu nehmen, wie wäre es dann erst, wenn man einen Dauergast hätte.

Mit heller Vorfreude ging er zurück in sein improvisiertes Büro und organisierte den weiteren Verkauf der Schmuddelfilmchen. Seine Gedanken hingen jedoch fest an der Frau, die er nach all den Jahren wiedersehen wollte.

Kapitel 15
Derek

Ohne Hailey in den Tag zu starten, fühlte sich nach den zehn Tagen mit ihr seltsam an. Selbst die Nacht allein zu verbringen, kostete mich beinahe meine Selbstbeherrschung. Neben der Einsamkeit machte sich auch die Sorge in mir breit. Nach den wundervollen Stunden war ich mir einfach sicher, jemanden gefunden zu haben, der bis ins Detail meine Sprache sprach.

»Du wirkst abwesend! Liegt es daran, dass du die ganze Woche wie vom Erdboden verschwunden warst?« Unbemerkt hatte sich John ins Büro geschlichen und sah zu mir herab.

»Ein klein wenig. Aber am meisten mache ich mir

Sorgen wegen der Übergriffe im Club. Langsam bekommen auch die Mitglieder mit, was sich hinter verschlossenen Türen abgespielt hat.
Die zwei Frauen liefern auch keine deutlichen Angaben. Wir stehen sozusagen mit leeren Händen da.« Niedergeschlagen ließ ich mich tiefer in den Bürostuhl sinken.
»Ich habe das Fax gestern schon gelesen. Das Ganze will mir sowieso nicht in den Kopf. Überleg doch mal, wer würde schon solch ein Risiko eingehen und öffentlich Frauen derart misshandeln? Klar, die K.O.-Tropfen bieten eine gewisse Sicherheit und trotzdem könnte es jederzeit jemand bemerken. Entweder sind die Täter dreister, als wir denken, oder sie stammen aus unseren Reihen.« Johns Ansätze klangen plausibel, denn diese Gedankengänge verfolgte ich ebenfalls. Aber ich machte mir auch keine Illusionen, denn trotz der sechs neuen Sicherheitsbeamten wurde das zweite Mädchen Opfer dieser brutalen Täter.
»Das alles klingt mir zu durchdacht und dient nicht nur der sexuellen Befriedigung. Solch ein Risiko gehe ich nur ein, wenn ich etwas davon habe.« John nahm mir gegenüber Platz und kratzte sich nachdenklich am Kinn.
»Du meinst einen finanziellen Aspekt? Illegale

Pornofilme?« Ich nickte. Mit den derzeitigen Informationen sprach einiges dafür.

»Was ist dein Plan?« Gerade als ich zu einer Antwort ansetzen wollte, klingelte mein Handy. Eilig fischte ich es aus der Hosentasche, da ich Hailey vermutete. Doch auf dem Display blitzte ein Name auf, den ich nicht erwartet hatte.

»Hi Dean, wie komme ich zu der Ehre?« Dean war der Sohn des besten Freundes meines Vaters. Über die Jahre hielten wir sporadisch Kontakt, da er als verdeckter Ermittler viel unterwegs war und kaum seine wahre Identität preisgab.

»Keine schöne Ehre fürchte ich. Ich habe nicht viel Zeit, also komme ich gleich zum Punkt. Seit knapp drei Jahren ermittle ich gegen einen Ring, der Frauen verschleppt, diese werde massiv vergewaltigt und misshandelt und anschließend werden Filmchen der Taten ins Netz gestellt. In der Zeit sind Millionen geflossen. Bei meiner Recherche in Chicago ist dein Name gefallen, und so habe ich eins und eins zusammengezählt. Jetzt sag du mir, was bei dir los ist.« Verdutzt sah ich John an, der mich neugierig musterte.

»Seit Kurzem werden in meinem Club Mädchen betäubt und missbraucht. Mehr kann ich dir nicht sagen, da die

Ermittlungen nach wie vor andauern und ich selbst keine weiteren Details kenne.« Mit meiner Vermutung Recht zu behalten, gefiel mir überhaupt nicht.

»Ich hatte Derartiges befürchtet. Hör zu, sammle sämtliche Hinweise, die du bekommen kannst, und ruf mich an. Ich werde mich derweil mit den deutschen Behörden in Verbindung setzen und um eine Kooperation bitten. Offenbar ist dieser Ring größer, als gedacht, und wenn meine Angst berechtigt ist, dann planen diese Schweine demnächst auch Übergriffe auf jüngere Frauen.« Mir wurde schlecht bei diesem Gedanken, alleine, weil Hailey eines dieser Opfer hätte sein können. Sobald ich das Telefonat mit Dean beendet hatte, würde ich mich um ihren Schutz kümmern. Irgendetwas ließ meine Nervenenden vibrieren und meine Angst wachsen.

»Das werde ich, Dean. Das gilt auch für dich und pass auf dich auf.« Ich beendete das Telefonat und schrie nach meinem besten Mitarbeiter Steve. Es dauerte nur einen Moment, bis er auf der Bildfläche erschien.

»Du wirst vom aktuellen Fall abgezogen und wirst dich ab sofort vierundzwanzig Stunden, außer du bekommst eine neue Order, um den persönlichen Schutz von Hailey Wolf kümmern.« Stumm nickend verließ Steve mein

Büro. Nun hatte ich zwar auch meinem besten Kumpel verraten, an wem ich Interesse hatte, aber das war mir in Anbetracht von Haileys Sicherheit egal.

»Die Kleine also? Ist es was Ernstes?«, wollte er wissen, grinste jedoch so hämisch, dass ich mir eine Antwort eigentlich schenken konnte.

»Ja, das ist es und ich hab ein komisches Bauchgefühl, was diese Vorfälle hier anbelangt. Tu mir bitte den Gefallen und versuche alles über ihren Vater herauszufinden. Irgendetwas stimmt da nicht. Ich weiß nicht warum, doch der Gedanke lässt mich nicht los.«

»Ich setze mich gleich dran«, versprach er und huschte ebenfalls aus dem Zimmer. Während ich mir noch einen Plan zurechtlegte, wählte ich bereits die Nummer eines alten Kontaktes aus früheren Zeiten. Man konnte den Russen einiges nachsagen, wer wusste dies besser als ich, aber verlassen konnte man sich zu einhundert Prozent auf Absprachen.

»Hi, Artjom. Ich habe nicht viel Zeit, daher gleich zum Wichtigen. Du schuldest mir noch einen Gefallen. Ich möchte, dass du dich im Untergrund etwas umhörst. Es geht um einen illegalen Pornoring. Liefere mir alles, was du finden kannst.«

»Da, eto delayetsya«, antwortete er knapp und beendete

das Gespräch.

Bevor ich mich auf meinen eigentlichen Job stürzte, schrieb ich Hailey noch eine Nachricht, dass ich sie später von der Arbeit abholen würde. In meiner Gegenwart war sie zumindest sicher - jedenfalls hoffte ich das.

~~~

»Kann ich dich kurz stören? Ich weiß, du willst Feierabend machen, aber es ist wichtig.« Schweigend deutete ich auf den Stuhl, damit sich mein bester Freund setzte.
»Ich habe ein paar Kontakte spielen lassen, um an mehr Informationen zu gelangen.
Eigentlich ist es ein Bilderbuchverlauf, den der Mann hingelegt hat. Sei es Job oder Familie. Bis ich auf einen Artikel im Internet stolperte, wo es um einen schweren Verkehrsunfall ging, bei dem Haileys Vater starb, bevor sie überhaupt geboren wurde. Das hat mich skeptisch gemacht. Zumal dieser Tod nirgends in den Akten aufgetaucht ist. Keine Sterbeurkunde oder Ähnliches. Also habe ich die DNA, die damals als Beweis für die Vergewaltigung der Kleinen gespeichert wurde, von

meinem Informanten durch das System laufen lassen. In Deutschland kam das passende Ergebnis, wie erwartet. Doch er hat es auch an Interpol geschickt, und bekam eine interessante Rückantwort.«

Unruhig rutschte ich auf meinem Stuhl hin und her. Das klang nicht nach guten Nachrichten.

»Der Mann, den Hailey als ihren Vater kennt, hat ein Leben vor ihrer Zeit in den USA geführt oder beides gleichzeitig, das habe ich noch nicht ganz herausgefunden. Wesentlich ist jedoch, dass er in den USA vorbestraft ist wegen einer ähnlichen Geschichte. Damals soll er die Tochter seiner Lebensgefährtin, eine gewisse Avery Willkons, gemeinsam mit einundzwanzig weiteren Männern schwer missbraucht haben. Leider wurde die Akte verschlossen und es ist somit keinerlei Einblick möglich. Auch in diesem Fall wurde der Missbrauch auf Video aufgezeichnet und später illegal vertrieben. Das zumindest bestätigt die Internetrecherche.

Die zeitlichen Abläufe sind noch schwammig, aber ich arbeite dran. Mehr kann ich dir derzeit nicht liefern.«

Das saß wie ein Schlag ins Gesicht. Ging es hier um weitaus mehr? Wenn ja, dann hatte sich dieser Mann mit den Jahren einen großen Ring aufgebaut, und scheute auch keinerlei Skrupel, die Identität von jemand anderen anzunehmen.

Immer mehr fürchtete ich um das Leben von Hailey, denn wenn dieser Mann wirklich ihr Vater war, der sich in meinem Club austobte, um seine Nachlieferung so zu sichern, dann war ihm bewusst, dass Hailey hier ein- und ausging.

»Danke, du hast mir damit sehr geholfen. Bleib dran und teil mir sofort jede Kleinigkeit mit. Die bisherigen Ergebnisse kannst du ruhig hierlassen. Ich werde selbst noch einmal einen Blick darauf werfen.« Ich sollte womöglich sofort ein Auge darauf werfen, allerdings wollte ich zuerst mein Mädchen in Sicherheit wissen.

»Auf jeden Fall. Falls ich neue Details erfahre, rufe ich durch.«

Nachdem John gegangen war, verließ auch ich mein Büro. Die Ereignisse in den letzten Stunden waren mehr als besorgniserregend. Ich hatte vieles erwartet, das jedoch übertraf selbst meine Vorstellungskraft. Dennoch konnte ich nur warten, bis sich das Puzzle zusammenfügte. Halbe Informationen waren praktisch gesehen gar keine. In all den Jahren, die ich als Privatermittler und Personenschützer tätig war, hatte ich diese Lektion hart erlernt. Nun blieb mir lediglich die

Möglichkeit, in aller Ruhe abzuwarten.

Schneller als sonst, schlängelte ich mich durch den allabendlichen Berufsverkehr. Zwar wusste ich, dass Hailey in Sicherheit war, dennoch wollte ich schnellstmöglich bei ihr sein. Mein Bauchgefühl verhieß nichts Gutes und das irrte sich für gewöhnlich niemals.

Noch während der Fahrt informierte ich Dean über meine Erkenntnisse und hoffte so, von ihm etwas über die junge Frau zu erfahren, die damals das gleiche Schicksal wie Hailey erlitten hatte. Selbst er schien über die Verknüpfung überrascht zu sein und versprach mir, ebenfalls eine Recherche durchzuführen und die Hilfe der amerikanischen Behörden.

Eines wusste ich jedoch mit ziemlicher Sicherheit, ich würde nicht zulassen, dass man Hailey noch einmal wehtat. Und selbst wenn ich dafür über sämtliche Grenzen gehen musste, mein Mädchen würde niemand in die Hände bekommen!

Kapitel 16
Raven

Etwas stimmte mit Derek nicht, das konnte ich trotz der perfekt aufgesetzten Fassade spüren. Wenn man mit einem Menschen viel Zeit verbracht hatte, was in den letzten zehn Tagen der Fall gewesen war, dann fielen die Kleinigkeiten sofort auf. Offenbar war Derek jedoch noch nicht so weit, um sich mir diesbezüglich zu öffnen, und ich würde ihn auch nicht danach fragen. Nach wie vor gingen mich seine geschäftlichen Dinge nichts an, jedenfalls nicht als Betthäschen, das ich nun einmal für ihn war. Der Umstand, dass ich in seinem Bett schlafen durfte, änderte daran nichts Wesentliches.
Auch die Zeit, die er mir gab, sah ich nicht als

selbstverständlich. Es gehörte zu den wenigen Dingen, die ich als Geschenk ansah. Sie war es, die man sich niemals zurückholen oder ersetzen konnte. Um so schwerer war es sie anzunehmen, oder gar seine Aufmerksamkeit zu akzeptieren. In meinem bisherigen Leben kam das selten, beziehungsweise nie vor und genau deshalb fiel es mir so schwer. Ich hatte Angst davor, dass Derek es als Zeitverschwendung ansehen könnte und es mir eines Tages genau so sagen würde. Schmerz erfasste mich und ein unheimlicher Druck lastete auf meiner Brust. Noch kannte ich ihn kaum, trotzdem war mir dieser Mann ans Herz gewachsen und Gefühle waren inzwischen kaum noch verhinderbar. Doch, wie sah er das? War ich wirklich nur ein Spielzeug, auf das er setzte? Und wenn ja, warum würde mich diese Tatsache zerstören? Denn das könnte zwangsläufig passieren.

Auch nachdem wir in seiner Wohnung ankamen - denn er hatte mir vorhin unmissverständlich deutlich gemacht, dass wir bei ihm schlafen würden - ging mir Derek aus dem Weg. Etwas beschäftigte ihn so sehr, dass seine Emotionen sich bereits in seinem Gesicht abzeichneten. Ich war mir sicher, es lag nicht an mir und dennoch schmerzte diese Art von Nichtbeachtung. Natürlich konnte ich nicht nach seinem Problem fragen, doch damit landete ich wieder an meinem Ausgangspunkt.

Um mich abzulenken, setzte ich mich auf das Sofa und schaltete den Fernseher ein. Stunde für Stunde verging, doch von Derek war weit und breit nichts zu sehen. Unwissenheit nagte an mir und ich fühlte mich auf seltsame Art zurückgestellt und ausgeschlossen. Wenn es eine Möglichkeit gab, ihm zu helfen, dann wollte ich sie gern nutzen. Immerhin tat er dies auch für mich. Meine Zweifel stellte ich hinten an, erhob mich und steuerte zielsicher ins Büro. Ohne anzuklopfen, trat ich hinein, hielt jedoch inne, als ich Derek telefonieren sah. Mit einem kleinen Wink bedeutete er mir, einen Augenblick zu warten.

»Halt mich auf dem Laufenden, sobald du etwas Neues hörst.« Frei von einem Gruß zum Abschied beendete er das Telefonat und kam auf mich zu.

»Hast du Hunger oder bist du müde? Es tut mir leid, das ich den ganzen Abend mit meiner Arbeit beschäftigt war. Jetzt bin ich jedoch vollkommen für dich da.« Ich lächelte schüchtern, während ich meinen Kopf an seine Schulter lehnte.

»Magst du mit mir sprechen und mir sagen, was dich so beschäftigt hat? Du sahst ein wenig so aus, als würde dich etwas sehr unzufrieden stimmen.« Seufzend zog mich Derek fester in seine Arme und küsste den Ansatz meiner Haare.

»Du bist es, die mich pausenlos bewegt. Wir sollten jedoch nicht hier drüber sprechen, sondern auf dem Sofa. Wahrscheinlich wird es ein längeres Gespräch.« Stirnrunzelnd hob ich meinen Kopf und sah Derek direkt in die Augen. War es das etwa schon? Wollte er mich nicht mehr? Meine Urangst ergriff sofort von mir Besitz und trieb sogar die ersten Tränen an die Oberfläche.

»Komm. Möchtest du vorher noch eine Kleinigkeit zu dir nehmen?«, wollte er wissen, während er mich zurück ins Wohnzimmer führte, wo ich bereits die letzten Stunden verbracht hatte. Appetit hatte ich keinen mehr, denn ich wollte mehr als alles andere wissen, was er mir zu sagen hatte.

»Danke, sag mir doch endlich, was los ist.« In meiner Stimme schwang eine deutliche Panik mit, die ich nicht länger vor ihm verstecken konnte. In diesem Punkt war ich einfach zu durchschaubar.

»Baby, es mag zwar um dich gehen, aber definitiv nicht so, wie du vermutlich denkst.« Sanft nahm er mich wieder in seine Arme und ließ sich gemeinsam mit mir auf das Sofa sinken.

»Es geht darum, dass in meinem Club derzeit Dinge passieren, die nicht sein dürften. In den letzten Wochen wurden bereits zwei Frauen betäubt, missbraucht und die Filme ins Internet gestellt.
Ein guter Freund, ein verdeckter Ermittler, rief mich vorhin an. Derzeit ist er auf illegale Pornographie, und einen Ring der Frauen verschleppt, angesetzt. Das Schlimme an der ganzen Geschichte ist, dass dein Vater vermutlich in diesem Ring eine wichtige Rolle spielt.«
Erschrocken wich ich zurück. Mein Körper verspannte sich merklich, denn ich hatte seit Jahren kaum an meinen Erzeuger gedacht, und nun schien die Welt so klein, dass er in meiner Nähe war. Zumindest wenn ich Dereks Worten Glauben schenkte.
»Beruhige dich. Ich habe meinen Mitarbeiter deshalb beauftragt, ein paar Recherchen anzustellen. Und genau da liegt das Problem. Es gibt diverse Widersprüche, was deinen Vater anbelangt. Bei der Überprüfung durch Interpol, die wir mit der gesicherten DNA deines Falles anstellten, stießen wir auf einen Mann in den USA, mit dem sich dieses Erbgut zu einhundert Prozent deckt.«
Was hatte das zu bedeuten? Wollte Derek mir gerade erzählen, dass der Mann, den ich jahrelang für meinen Erzeuger hielt, gar nicht dieser war?

»Das verwirrt mich extrem. Was versuchst du mir damit zu sagen, denn aus einem Grund kann ich dir nicht folgen.« Und das entsprach der Wahrheit. Über die Tatsache, dass es Mädchen so erging wie mir damals, konnte und wollte ich nicht nachdenken. Jedenfalls noch nicht.

»An was erinnerest du dich noch? Gab oder gibt es Fotos von deinem Vater, bevor du geboren wurdest? Alles was dir einfällt, könnte enorm wichtig sein.«

An was erinnerte ich mich? Es blieben so wenige Gedanken an mein früheres Leben. Lediglich meine Mutter und meine kleine Schwester machten diese heute zum Großteil aus. Alles, an was ich mich bezüglich meines Vaters erinnern konnte, waren die Blicke, die er mir zuwarf.

»Es tut mir leid Derek, aber es gibt nichts, was ich dazu beitragen kann. Sämtliche Unterlagen sind seit damals eingelagert und ich habe nicht vor, sie zu sichten. Falls es dir aber hilft, dann erteile ich dir eine Vollmacht und du siehst selbst nach, ob du davon etwas gebrauchen kannst. Ich für meinen Teil, habe einfach damit abgeschlossen und kann nicht immer wieder in die Vergangenheit zurück, dann würde ich mir zwangsläufig den Strick selbst knüpfen.«

»Gut, dann werden wir das so handhaben. Damit aber vorerst Schluss. Du hast in letzter Zeit genug durchmachen müssen und es wird Zeit, dass du wirklich zur Ruhe kommst. Es tut mir leid, Baby.« Sanft strich er die Haare aus meinem Nacken und küsste die empfindliche Haut. Stöhnend schob ich mich seinem Körper entgegen und genoss die Aufmerksamkeit, die nun nur noch mir galt.

»Mhm, das habe ich letzte Nacht wirklich vermisst«, säuselte Derek verträumt und hob mich mühelos auf seine Arme.

»Ich würde behaupten, dass wir beide jetzt besser ins Bett gehen. Reine Vorsichtsmaßnahme, damit wir etwas Schlaf bekommen.« Bei seinen Worten trat ein leichtes Lächeln auf mein Gesicht.

Das war es, was ich brauchte. Keine Probleme oder Dinge, über die ich lange grübeln musste. Einfach Zeit, die unbeschwert und frei war von allem, was mich in meinem Alltag belastete. Immer mehr löschte er die alten Empfindungen, um sie durch neue, schönere zu ersetzen. Und zu meinem Bedauern spürte ich immer mehr, wie tief meine Gefühle bereits für diesen Mann waren. Genau das, war gefährlich für jemanden, der so gezeichnet war, wie ich.

Kapitel 17
Derek

Die Ereignisse der letzten Tage flauten nicht ab. Zu meinem alltäglichen Stress reihte sich die Sorge um Hailey und der nicht abreißende Strom schlechter Nachrichten aus den USA.
Inzwischen konnte ich dank John auch ein paar zeitliche Zusammenhänge knüpfen. 1993 wurde Hailey von ihrem Vater sexuell missbraucht. Dafür hatte er eine Haftstrafe abgesessen. 2003 wurde die Frau, die Dean erwähnte, misshandelt und die Pornoproduktion angetrieben. Zeitlich gesehen, hatte Walter Wolf also die Gelegenheit dazu. Was mir allerdings noch Rätsel aufgab, war der

Unfall, bei dem dieser Mann offiziell starb, zu dem es aber keinerlei Unterlagen gab. Und natürlich, dass Haileys Vater ohne Probleme in die Vereinigten Staaten einreisen durfte, und sogar als Sachbearbeiter für Jugendliche tätig war. Das Gesamtbild passte vorn und hinten nicht. Am schlimmsten für mich war jedoch die Tatsache, dass ich mit meinen Recherchen nicht vorankam, und das nun seit drei Tagen.

Selbst John schien zunehmend deprimierter zu werden, je länger seine Suche ergebnislos blieb. Auch die Nachforschungen, die Artjom für mich führte, brachten kein Ergebnis. Entweder gingen diese Typen äußerst still vor, oder uns entging ein wesentliches Detail. Wobei ich persönlich auf Letzteres tippte.

Von Dean hatte ich ebenfalls einen Namen erhalten, der mich allerdings ebenfalls nicht weiterbrachte. In Deutschland existierte niemand mit dem Namen Nicholas Klavért. Obwohl es durchaus sein konnte, dass es sich dabei um einen Szenennamen handelte.

»Fahr nach Hause. Es bringt nichts, auf einem leeren Teller herumzustochern. Morgen sieht es schon besser aus.« Mein Geschäftspartner und guter Freund Claude, trat an meinen Schreibtisch und legte mir mitfühlend die Hand auf die Schulter.

»Vermutlich hast du damit Recht. Wenn ich dich allein lassen kann?« Seitdem ich mich um Hailey kümmerte, vernachlässigte ich die Belange des Clubs. Seit nunmehr knapp drei Wochen hielt Claude jede Nacht allein die Stellung.

»Junge, du hast schon genug getan und so ist das eben, wenn das Mädchen der Träume an die Tür klopft. Mit ihr solltest du deine Zeit verbringen und nicht mit alten Männern, die eine willige Spielgefährtin suchen.«

Erstaunt sah ich zu ihm auf.

»Man sieht dir an, wie verliebt du bist und vor allem wie ruhig. Fahr nach Hause. Ich rocke das hier mit John.«

Kopfschüttelnd suchte ich meine Sachen zusammen und widerstand dem Impuls, ihm etwas zu erwidern. Claude war um Jahre älter als ich und hatte seine Frau vor vier Jahren an den Krebs verloren. Das war nach über zwanzig gemeinsamen Lebensjahren kein leichtes Los.

In meinem Mund bildete sich ein bitterer Geschmack. Allein nur daran zu denken, wie mir das Schicksal Hailey nehmen könnte, glich einer Naturgewalt an negativen Gefühlen, die ich in diesem Moment kaum ertragen konnte. Nein, sofern es in meiner Macht stand, würde diese Frau leben.

Mit Akten bewaffnet, verließ ich den Club und bewegte

mich auf meinen Wagen zu. Hailey wurde inzwischen von Steven in meine Wohnung gebracht und von ihm bewacht. Daher ließ ich mich heute auch von nichts aus der Ruhe bringen.

In dem Augenblick, als ich meine Unterlagen auf das Autodach legte, konnte ich hinter mir eine Bewegung und ein Knacken wahrnehmen. Sofort spannten sich meine Muskeln an und bereiteten sich auf einen Kampf vor. Glücklicherweise - denn so wich ich dem ersten Schlag gekonnt aus, wodurch der Angreifer die Scheibe meines Wagens traf. Glas splitterte vor meine Füße und ins Innere. Dem zweiten dagegen, musste ich schon mit mehr Geschick ausweichen. Und das, obwohl mein Gegner, auf den ersten Blick, nicht besonders kräftig wirkte, ebenso wie die Tatsache, dass er sich an den Glasscherben verletzt hatte. Theoretisch würde ich kurzen Prozess mit ihm machen, trotzdem ließ ich ihn einen Fehlhieb nach dem nächsten machen. In weniger als drei Minuten würde er von ganz allein aufgeben, ohne dass es einer wirklichen Intension meinerseits bedurfte. Viel interessanter war es jedoch, wer sich hinter der Sturmhaube verbarg und offenbar keinerlei Ahnung hatte, mit wem er sich hier eigentlich anlegte. Einen kurzen Moment gönnte ich ihm noch, bevor ich nach vorn griff, den Arm um seinen Hals schlang und die Kopfbedeckung abzog.

»Du?«, entfuhr es mir, als ich sah, wer sich hier einen Scherz erlaubte. Der kleine Möchtegern-DOM, den ich vor einigen Wochen aus dem Club geschmissen hatte.

»Verschwinde Kleiner und solltest du dergleichen noch einmal probieren, dann werde ich keine Gnade mehr walten lassen und dich anzeigen.« Wutschnaubend eilte der Idiot davon, wobei er fast über seine eigenen Beine stolperte.

Wehmütig sah ich zu meinem Wagen. Zwar störte es mich nicht sonderlich, auch bei kalten Temperaturen mit offenem Fenster zu fahren, doch die Glasscherben hielten mich davon ab.

Niedergeschlagen nahm ich meine Unterlagen und bestellte mir ein Taxi. Um die Reparatur konnte ich mich von zu Hause aus genau so gut kümmern.

~~~

»Und du bist wirklich unverletzt?« Rührend suchte Hailey mich nach Verletzungen ab, während ich sie schmunzelnd dabei beobachtete. Noch nie hatte es eine Frau gewagt, mir derart nahe zu kommen, ohne dass ich ihr vorab eine Erlaubnis gab. Gut, wenn man von Hailey sprach, dann war sie praktisch gesehen, nicht mit einer Diamond zu vergleichen.

»Baby, der Typ, der mich ohne Weiteres auf den Boden bringt, der muss erst noch geboren werden. Du vergisst, Personenschutz ist mein Job und in dem bin ich gut.« Um ihr das zu verdeutlichen, packte ich ihre Oberschenkel und warf Hailey quiekend über meine Schultern. Dank ihrer gespielten Gegenwehr, hatte ich zum ersten Mal die Gelegenheit, auf ihren zuckersüßen runden Po zu schlagen. Erstaunlicherweise ebbte jeder Widerstand augenblicklich ab. Ein Risiko, dessen war ich mir durchaus bewusst, aber ein schönes, wie ich hoffte.

Direkt im Spielzimmer, das seit unserem ersten kleinen Spiel immer offen stand, stellte ich Hailey wieder auf die Beine. *Let´s Play*, schoss es mir durch den Kopf.

»Zieh dich aus, bis auf BH und Slip. Jetzt«, befahl ich ihr streng. Ihr erstaunter Blick, mit dem sie mich bedachte, hätte beinahe meine Selbstbeherrschung gelöst. Dominant und in Spiellaune positionierte ich mich vor Hailey, die spätestens in diesem Moment begriff, dass ich keine Scherze machte. Eilig ging sie in ihren Bereich und entledigte sich, wie angewiesen.

Genau so schnell stand Hailey wieder vor mir.

»Auf die Knie, den Blick zu Boden und die Arme hinter den Rücken«, folgte mein zweiter scharfer Befehl. Lediglich einen Minisekundenbruchteil zögerte sie, tat jedoch brav, was ich ihr sagte.

Haileys kniender Anblick raubte mir schier die Sinne und brachte mich fast dazu, sofort über meine Number One herzufallen. Ich hatte keine Ahnung, warum ich überhaupt hier stand, geschweige denn, was ich mit ihr anstellen wollte, außer sie gierig an mich zu pressen und ins Schlafzimmer zu tragen. Mit aller Kraft widerstand ich diesem Impuls, ließ sie inmitten des Raumes zurück und wählte mein erstes Spielzeug. Normalerweise würde ich meine SUB erst begrüßen und ihr Sicherheit vermitteln.

»Steh auf«, wies ich sie an, während ich mit dem gewählten Spielzeug in der Hand auf Hailey zutrat.

Gehorsam hielt sie den Kopf gesenkt, atmete ruhig und dennoch spürte ich die Aufregung, die ihre Nervenenden zum Vibrieren brachte.

»Leg dich über die Lehne des Sofa´s, Hände auf den Rücken.« Unsicher kam sie auch dieser Anweisung nach, indes ich den Anblick ihres Hinterteils in mich aufsog. Durch den weißen String lag mein Spielbereich frei, ohne dass sich Hailey zu sehr vor mir entblößt fühlte.

»Wir spielen heute ein bisschen mit dem Paddel. Im Gegensatz zu der Peitsche, wird der Schmerz punktuell ausgerichtet sein.

Wenn du das Spiel beenden möchtest, dann gibt es die Abstufung gelb, was so viel bedeutet wie: Dein Limit ist fast erreicht, dennoch möchte ich nicht abbrechen und es gibt rot. Rot beendet die Session sofort. Alles verstanden?«

»Ja«, flüsterte Hailey leise.

»Ja was?«, konterte ich sofort und ließ zum ersten Mal das Paddel auf ihren Hintern klatschen. Ihr Körper zuckte kurz zusammen, ein Ton blieb jedoch aus.

»Ja, Herr.« Na also, so schwer war es doch nicht. Zufrieden lächelnd streichelte die Spitze meines Spielzeuges über die andere Seite. Wie sehr ich es liebte sie zu teasen, sie jederzeit in Erwartung eines Schlages zu lassen und es dennoch nicht zu tun oder an einer Stelle, die ich vorher nicht gestreichelt hatte.

Mir war aber bewusst, dass meine Number One derlei nicht kannte, also fuhr sanft Hieb Nummer Zwei auf ihren Arsch. Eine Reaktion jedoch blieb aus, was durchaus sehr interessant war.

Um meine Vermutung zu überprüfen, steigerte ich mit Schlag drei die Intensität. Lediglich mit einem lustvollen Seufzer kommentierte sie meine Bemühungen. Offenbar gehörte Hailey zu den Frauen, die den Schmerz willkommen hießen - kurzum Maso.

Eine schöne Wendung, die ich sofort in die Tat umsetzen musste. Die nächsten Hiebe erfolgten in einer schnellen Reihenfolge, direkt auf ein und dieselbe Stelle. Dabei nutzte ich nur einen Bruchteil meiner eigentlichen Kraft. Hailey reagierte gewollt intensiv und stöhnte laut, schob sich aber dennoch dem Paddel entgegen.

Nur mit aller Kraft hielt ich mein Spiel aus Streicheln und Schlagen durch. Die helle Haut die inzwischen leicht rot gefärbt war, riss buchstäblich jede Barriere nieder und zum ersten Mal, war ich wirklich erleichtert, mein Spielzeug in die Ecke werfen zu können.

»Komm her, Baby!« Sanft zog ich Hailey an meine Brust, um sie nur kurz danach auf meine Arme zu heben und ins Schlafzimmer zu tragen.

Sie wirkte ruhig und entspannt, trotz alledem spürte ich nicht die Spur von Unwohlsein. Und dennoch würde ich sie einfach nur in meinen Armen halten und ihr die Zuneigung geben, die sie brauchte - egal wie viel Zeit Hailey dafür benötigte.

Kapitel 18

»Herrgott! Das kann doch nicht so schwer sein. Du Vollpfosten hattest einen ganz einfachen Auftrag und versaust alles.« Um seinem Zorn Ausdruck zu verleihen, ließ der Big Boss seine Hand auf den Mahagoni Schreibtisch knallen.

Panik schlich sich mit jedem Tag tiefer in seine Gliedmaßen und zermürbte buchstäblich seinen Verstand. Von zwei Seiten wurden die Geschütze gegen ihn errichtet und dieser Vollidiot vor ihm, hatte den Auftrag, Derek Engel auf eine falsche Spur zu bringen, vermasselt.

Er konnte nur darauf hoffen, dass es den Männern in den USA gelang, diesen verdeckten Ermittler ausfindig zu machen und nicht zuletzt Avery Willkons. Die Tochter einer räudigen Hündin, wie er sie seit damals nannte, richtete unbarmherzig eine Spur der Verwüstung an.

In seinem Kopf wuchs der Wunsch, selbst in die Vereinigten Staaten zu reisen und dieses Miststück nach Deutschland zu holen. In seinen Augen war sie die beste Besetzung für sein neues Projekt. Gemeinsam mit Hailey würde es eine durchaus reizvolle Mischung ausmachen.

Dies jedoch, schien Zukunftsmusik. Je mehr Druck auf ihm lastete, desto vorsichtiger musste er vorgehen. Die Mädchen zu finden war nicht das Problem. Auch an der Umsetzung haperte es keine Sekunde. Lediglich der Vertrieb der Waren, wurde durch die Recherche von Derek Engel und diesem Spitzel massiv gestört.

Und jeder wusste was passierte, wenn der Chef richtig sauer wurde. Um sich ein wenig abzulenken, verließ er das Büro in Richtung Halle. Soweit sein Kenntnisstand richtig war, wurde soeben für Nachschub gesorgt, und wenn der Big Boss ehrlich war, dann könnte er sich gut vorstellen, seinen Frust dort abzubauen. Das zumindest reichte, bis ihm die zwei Damen geradewegs in die Hände fielen.

Kapitel 19
Raven

Auch wenn die Nachrichten aus Chicago für Derek mehr als hilfreich waren, zog er sich immer weiter zurück. Insbesondere nach dem Vorfall vor ein paar Tagen, als er angegriffen wurde.

Man könnte fast meinen, er wäre nach der Jagd auf diesen Ring besessen - nicht zuletzt wegen mir. Ich spürte förmlich, wie sehr es ihn wurmte, dass er mich nicht selbst beschützen konnte. Dass es einer seiner Mitarbeiter tat, beruhigte ihn keineswegs und meinen Job wollte ich wegen dieser Geschichte nicht an den Nagel hängen. Eine gewisse Unabhängigkeit musste und wollte ich behalten. Den gesamten Tag irgendwo zu sitzen und darüber nachzudenken, lag nicht in meinem Interesse. Die daraus resultierenden Folgen konnte ich an einem Finger abzählen.

Gefrustet schob ich das Abendessen, welches mir Dereks Haushälterin extra vorbereitet hatte, an die Seite. Der Appetit war mir förmlich vergangen, zumal ich in den letzten Tagen immer öfter alleine essen musste. Auch nach unserem kleinen Spiel hatte Derek mich nicht mehr angerührt. Zwar schliefen wir in einem Bett, doch mehr als ein wenig Kuscheln gab es nicht. So mischten sich neben dem Frust, auch Einsamkeit und die Erinnerungen an die Vergangenheit in meine Gedanken.

Das Wissen, dass es noch jemanden gab, der das gleiche Schicksal wie ich erlebt hatte, ließ meine Gedanken dahingehend wachsen, diese Person kennenzulernen. Vielleicht war es einfacher mit jemandem zu sprechen, der diese Situation selbst erlebt hatte. Das war jedenfalls ein kleiner Schritt in Richtung Verarbeitung, hoffte ich zumindest.

Mit einem unruhigen Gefühl im Bauch stand ich auf und ging die Wendeltreppe nach unten, welche zu Dereks Büro führte. Am Absatz hielt ich kurz inne, denn mein Handy kündigte einen Anruf an. Kurzerhand nahm ich ihn entgegen, obwohl ich ungern Gespräche entgegennahm, die unter »Unbekannt« eingingen.

»Ja?«, entgegnete ich ein wenig genervt, doch am anderen Ende kam keinerlei Reaktion. Schulterzuckend, denn der Empfang konnte ja nicht der Beste sein, probierte ich es noch ein zweites Mal. Allerdings erhielt ich auch darauf keinerlei Antwort.

Aus diesem Grund beendete ich das einseitige Gespräch, schaltete mein Telefon aus, und stopfte es zurück in die Tasche. Langsam setzte ich meinen Weg zu Derek fort, und schob vorsichtig die Tür auf. Sofort sah er auf und lächelte mich an. Warum war ich gerade noch frustriert gewesen? So wirklich wusste ich das nicht mehr, denn sein Lächeln war purer Balsam, welcher sich schützend in jeden Riss meines kleinen Herzens setzte, und meine Welt zusammenhielt.

»Ich hab dich vermisst«, verkündete ich ehrlich und schlenderte zum Schreibtisch. Direkt neben Derek blieb ich stehen, schob ein paar Akten zur Seite und setzte mich direkt darauf.

»Muss ich jetzt Angst haben, weil du meine Arbeit achtlos an die Seite geschoben hast?« Grinsend legte er seine Hand auf meinen Oberschenkel und streichelte sanft mit dem Daumen darüber.

»Angst? Vor mir? Ich sollte eher welche vor dir haben, gerade weil ich mit deiner Arbeit so unachtsam umgegangen bin.« Inzwischen lächelte auch ich, denn diese Art der Unterhaltung war locker, und anders, als ich es vor fünf Minuten erwartet hatte.

»Stimmt. Aber deswegen nicht wirklich. Manchmal ist es gut daran erinnert zu werden, dass es nicht nur Verpflichtungen im Leben gibt, sondern durchaus auch Dinge, die wichtiger sind.« Liebevoll ließ Derek seinen Kopf auf meine Schenkel sinken. Offenbar hatte ich mit meiner Anfangsvermutung recht, er beschäftigte sich zu sehr mit diesem Ring und das Résumé davon erkannte ich gerade. Er schien am Ende seiner Kräfte und Gedanken zu sein. Da half nur ein gutes Ablenkungsprogramm.

»Wollen wir nicht etwas unternehmen? Immer nur hier zu hocken macht es auch nicht besser. Es gibt Momente, in denen sollte man den Kopf ausschalten. Deine Worte.«

»Ja, das habe ich einmal zu dir gesagt. Also, Prinzessin, was möchtest du gern machen?« Er nahm den Kopf von meinem Schoß und sah mich fragend an. Bis dahin hatte ich die Situation in meinem Kopf durchgespielt, doch einen Schritt weiter, was man unternehmen konnte, das nicht. Gut, vermutlich hatte ich kaum damit gerechnet, dass er überhaupt zustimmte.

»Hmm, offengestanden habe ich nicht damit gerechnet, dass du so freiwillig deine Arbeit sausen lässt. Allerdings gäbe es einen Ort, den ich dir gern zeigen würde. Es ist kein abenteuerliches oder aufregendes Unterfangen, aber vielleicht ein schönes.«

Mit einem Kuss besiegelte er meinen Vorschlag und zog mich direkt aus seinen geheiligten Hallen nach draußen.

~~~

»Du hättest mir ruhig sagen können, dass wir wandern gehen, dann hätte ich meine Turnschuhe angezogen.«

Amüsiert lief ich voran und achtete nicht weiter auf den meckernden Mann im Anzug hinter mir. Die Stelle, die ich ihm zeigen wollte, lag etwas oberhalb und der Aufstieg war nicht ohne, aber am Ende wurde man dafür belohnt.

An diesem Ort verbrachte ich viel Zeit und dennoch wagte ich seit vier Jahren keinen Schritt mehr hierher. Schon traurig, wenn man einen besonderen Ort hinter sich lässt, um sich in die Einsamkeit zu flüchten.

»Hailey, sind wir endlich da?«, vernahm ich Dereks

angestrengte Stimme hinter mir, und hielt mir die Hand vor den Mund, um nicht laut loszulachen.

»Nein, ein bisschen körperlichen Einsatz müssten sie noch aufbringen, Herr Engel«, witzelte ich und rannte die kleine Böschung in Windeseile nach oben. Natürlich nur, damit ich ihn dabei beobachten konnte, wie er sich mühsam nach oben quälte. Ja, ja, daran konnte man zweifelsfrei erkennen, dass Muskeln eben nicht alles waren.

»Hmm. So wie ich das sehe, brauche ich ja nicht nach einem kleinen Wettstreit fragen, schließlich schaffst du es ja nicht einmal im Gehen hier hoch.« Ehe ich mich versah, nahm er die Beine in die Hand und folgte mir nach oben. Nur ein paar Sekunden später tat ich dies ebenfalls und rannte vor ihm davon.

Wer allerdings als Gewinner oben stehen würde, war von Anfang an klar - meine Wenigkeit. Lachend empfing ich Derek auf dem kleinen Hügel.

»Lachen sie mich aus, Frau Wolf?« Sanft zog er mich in seine Arme und schenkte mir einen langen sehnsuchtsvollen Kuss.

»Ich lächle sie an, Herr Engel«, erwiderte ich schwer atmend und zog ihn zu der einzigen freien Stelle, an der man kilometerweit in die Ferne blicken konnte. Von hier oben sah alles so klein aus, und so wunderschön, im Lichterglanz des hereinbrechenden Abends.

»Der Anblick ist absolut fantastisch.« Dem konnte ich nur wortlos zustimmen. Von hier oben sah es aus, als würden tausend kleine Glühwürmchen um die Wette flimmern, und meine Probleme flogen für einen kurzen Moment mit ihnen davon.

An Derek gelehnt, seine Arme um mich geschlungen, genossen wir die Aussicht und die Nähe des anderen. Zeit war ein kostbares Geschenk und deshalb gerade wertvoller als jedes Wort, was wir uns hätten sagen können.

Kapitel 20
Derek

»Das ist ein schlechter Scherz!« Ungehalten lauschte ich Deans Erzählungen. Es grenzte an purer Überheblichkeit, dass die Bande offenbar versuchte, alle auszuschalten, die sich ihnen in den Weg stellen wollten. Was jedoch am schlimmsten war, war die Tatsache, dass man zu wissen schien, wer wir waren. Da konnte selbst Deans Beichte nichts mehr toppen. Gut, vermutlich wäre es hilfreich gewesen zu wissen, dass er mit Avery Willkons ins Bett stieg und sie dieser mysteriöse Serienkiller war, über den selbst in Deutschland schon berichtet wurde. Jedenfalls stand es des Öfteren in der Tageszeitung.

Wenn diese Situation nicht extrem bedrohlich für uns wäre, dann hätte ich gelacht. Seit Jahren kannte ich diesen Mann, zählte ihn zu meinen besten Freunden und nun wurden wir auf diese Probe gestellt.

»Ich spreche mit meinem Mitarbeiter und setze weitere Männer darauf an. Vielleicht kommen wir über die Serverdaten weiter. Sorg du dafür, dass du Avery jetzt pausenlos an deiner Seite hast. Ich werde Hailey ab sofort ebenfalls selbst bewachen. Glaub mir, wer sich sicher fühlt, wird irgendwann einen Fehler machen und dann sind wir bereit.«

»Ich melde mich, sobald ich etwas Neues in Erfahrung bringen kann. Bis dahin solltet ihr ebenfalls vorsichtig sein.« Das würde ich. Hier ging es immerhin um mein Baby und Hailey hatte genug gelitten.

»Hey, du bist ja noch hier!« Gut gelaunt betrat John mein kleines Büro.

»Offenbar. Was hast du auf dem Herzen?« Seine Erheiterung nahm zu, als er sich auf den freien Stuhl, mir gegenüber, setzte.

»Nichts, du wirst mich gleich lieben«, amüsierte er sich und reichte mir eine kleine rote Akte.

»Lieben vielleicht nicht, aber wenn du recht behältst, dann hast du dir eine Woche extra Urlaub verdient.«

Nervös schlug ich den Ordner auf und fand sofort einige Fotos. Ohne Frage handelte es sich bei diesen Aufnahmen immer um den gleichen Mann, der rein optisch nur gravierende Änderungen vorgenommen hatte. Fragend sah ich zu John, der nur auf meine Reaktion gewartet hatte.

»Es hat ewig gedauert, bis ich auf diesen Pfad gekommen und ihm gefolgt bin.« Warum sprach dieser Mann immer in Rätseln?

»Oh man, Zwillinge«, sagte er schnell und fuhr sich mit der Hand über den Bart.

»Es gibt zwei?« Irgendwie war das nicht die Info, die mich fröhlich gestimmt hätte.

»Nein. Es gab doch den Autounfall vor einigen Jahren, worüber es keinen Eintrag im Melderegister gab, lediglich den Zeitungsausschnitt. Offenbar lief dieses Spiel nicht zum ersten Mal. 1993 vergewaltigte er seine Tochter, die sie leider wirklich ist, und ging dann mit seiner wahren Identität zurück in die Vereinigten Staaten, nachdem er seine Haftstrafe abgesessen hatte.

Ich konnte seine Aktivitäten bis ins Teenager-Alter zurückverfolgen. Aber sieh dir die Akte in Ruhe an.

Was allerdings noch sehr interessant ist, sein Bruder starb damals im Alter von sechs Jahren. Wieso das unter

den Tisch gefallen ist, habe ich noch nicht herausgefunden. Aber wir wissen zumindest einen Bruchteil mehr.
Wegen der Internetgeschichte habe ich meine Kontakte bei der Polizei noch einmal spielen lassen. Sobald ich etwas Neues weiß, lasse ich es dich wieder wissen.«
John war im Begriff zu gehen, doch ich hielt ihn mit einem leichten Räuspern zurück.
»Was glaubst du, warum hat er solch ein Interesse an Hailey und Avery?« Warum mir ausgerechnet diese Frage durch den Kopf schoss, ich wusste es nicht.
»Eigentlich müsste ich dir jetzt sagen: Lies die Akte, doch ich sehe es dir an. Hailey und Avery sind die einzigen beiden Frauen, die diese Übergriffe überlebt haben, und sie teilen sich eine unschöne Verbindung.
Seit Jahren hat das FBI und auch die CIA ein Auge auf diesen Bastard geworfen, allerdings konnte man ihm nie etwas nachweisen. Frag mich nicht, wie er es geschafft hat, bei den beiden nur mit blauen Flecken davon zu kommen.«
Die Antwort hatte ich erwartet, sie zu hören, war jedoch etwas vollkommen anderes. Gedankenversunken starrte ich auf die Blätter vor mir. Jede Seite enthüllte das Leben dieses Mannes und ließ meine Wut fast

überkochen.

Die Tatsache jedoch, die mir die letzte Seite offenbarte, lag wie ein Stein in meiner Magengegend. Sofort nahm ich mein Telefon und wählte erneut Deans Nummer, der nur kurze Zeit später das Gespräch entgegennahm.

»Ich will nicht lange um den heißen Brei herum reden. Setz dich mit Avery sofort in den nächsten Flieger und komm nach Deutschland.« Fassungslos hörte ich ihn nach Luft schnappen.

»Was hast du herausgefunden?« Auch in seiner Stimme konnte ich die Anspannung vernehmen.

»Nichts Gutes, aber ich will darüber nicht am Telefon sprechen.«

»Ich melde mich, bevor wir in den Flieger steigen.« Immer mehr wuchs das ungute Gefühl und die Erkenntnis, dass es mehr als Glück brauchte, um aus dieser Sache heil herauszukommen. Hailey und Avery waren in großer Gefahr und nun wusste ich auch warum.

~~~

Den gesamten Abend starrte ich auf mein Handy und wartete auf den Anruf von Dean. Je mehr ich mir die Tatsachen durch den Kopf gehen ließ, desto mehr wuchs die Angst, wie die beiden Frauen auf die neuen

Erkenntnisse reagieren würden. Gerade Hailey, die mir vor einigen Wochen schon einen Schreck mit ihrem Zusammenbruch eingejagt hatte. Vielleicht lag ich aber auch daneben und die beiden würden sich mit der Situation arrangieren und gemeinsam kämpfen.

»Schlechte Nachrichten von deinem Freund?« Lächelnd sah Hailey mich an, während ich sanft durch ihre Haare strich, ihr Kopf ruhte dabei auf meinem Schoß.

»Nichts, was theoretisch nicht bis morgen früh warten könnte«, log ich und versuchte, meine Gedanken zu verdrängen.

»Ich enge dich ziemlich ein, oder?« Ihre Frage überraschte und schockte mich zugleich. Wie kam sie nur auf diese Gedanken? Offenbar benahm ich mich in letzter Zeit wirklich nicht so, wie sie es verdiente.

»Das ist doch Blödsinn, Hailey. In meinem Job schaltet man nur schwer ab, das ist alles«, beruhigte ich sie und küsste sanft ihre Stirn. Wie konnte Hailey nur denken, dass ich die Zeit mit ihr einengend fand? Sie war mir wichtiger als alles andere in meinem Leben. Am liebsten würde ich jede Minute des Tages nutzen, und mit ihr zusammen sein.

»Ich meine ja nur. Du musst dich zu nichts verpflichtet fühlen, nur weil sich die Dinge jetzt so drastisch entwickeln.« War das zu fassen?

»Madame, ich glaube, wenn noch einer dieser blödsinnigen Gedanken deinen Mund verlässt, dann wirst du im Studio dafür bestraft.« Kaum merklich spannte sich ihr Körper an.

»Geht das nur, wenn ich böse bin?« Verwirrt blickte ich zu ihr hinab.

»Es ist immer wieder das Gleiche mit den Damen, haben sie erst einmal Blut geleckt, dann wollen sie immer mehr. Gut, Number One - ab mit dir nach unten.«

Frech grinsend erhob sich Hailey und ging mit einem süßen, wackelnden Hintern davon. Was sollte ich dazu noch sagen?

Einen Moment verharrte ich, bis ich ihr ebenfalls folgte. Zu meiner Überraschung befand sich Hailey bereits auf ihrem Platz, als ich das Zimmer betrat. Es fühlte sich anders an, seitdem sie das erste Mal hier drinnen stand. Zu meinen Diamonds hatte ich nie ein privates Verhältnis. Sie kamen, spielten und gingen. Was nicht hieß, dass sie mich nicht interessierten.

Ich lehnte mich gegen den Türrahmen und nahm das Bild vor mir, in mich auf. Dabei erinnerte ich mich an den Tag, an dem ich sie das erste Mal im Club gesehen hatte. *Schneewittchen.* Grinsend betrat ich in mein

Studio und ging auf direktem Weg zu meinen Spielzeugen. Schon interessant, wie sehr dieser Spitzname Hailey in Wirklichkeit widerspiegelte. Und das bezog sich nicht nur auf ihre Optik.

Vor Jahren hatte sie in einen sauren Apfel beißen müssen und nicht nur ihre Kindheit verloren, nein, auch einen Teil ihrer selbst eingebüßt. Hailey glich der Märchenprinzessin im Verhalten so sehr, dass auch sie ihren Prinzen brauchte, um wieder ins Leben zurückzukehren. Ich konnte kaum glauben, dass ich das dachte.

Seufzend nahm ich die Peitsche von ihrem Platz. Heute fiel es mir schwer, mich in meiner Rolle zurechtzufinden. Viel lieber hätte ich meine Number One über die Schulter geworfen und direkt in mein Schlafzimmer verfrachtet. Eindeutig gehörte diese Frau dahin und seinem ersten Impuls sollte man immer folgen.

Ohne Vorwarnung packte ich mein Mädchen, hob sie über die Schulter, und trug sie in Richtung Schlafzimmer. Ihr Quieken und Zetern bekräftigte meine Entscheidung, dass es gut war, die Peitsche mitgenommen zu haben. Spielen konnte ich immerhin auch dort.

Mit einem diabolischen Grinsen schloss ich die Tür hinter mir - Schlaf würde es jedenfalls jetzt nicht mehr geben.

Kapitel 21
Raven

Fortwährend spürte ich die Riemen der Peitsche auf meiner Haut, sowie das sanfte Brennen, welches in ein leichtes Prickeln überging und in mir tausende Gefühle auslöste. Jede Berührung war so intensiv, dass ich mich ihr entziehen wollte, nur um Derek gleich darauf wieder meinen Hintern entgegenzustrecken.
Schmerz gewandelt in pure Lust. Ich wusste nicht mehr, weshalb ich stöhnte und wimmerte. Was ich allerdings wusste - ich wollte mehr.
Erst den Schlag, dann seine Hände auf meiner glühenden Haut und zum perfekten Abschluss, Derek in mir.

Dass er mich einfach ins Schlafzimmer trug, hatte mich verwirrt. Im Grunde schien es jedoch egal zu sein, wo wir spielten - der Reiz würde überall derselbe sein.

»Dieser Anblick ist einfach zu gefährlich für mich«, raunte Derek. Nur einen kurzen Moment später warf er die Peitsche durch den Raum, die laut auf den Boden knallte. Besitzergreifend packte er meine Hüften, um sich im gleichen Augenblick tief in mir zu versenken. Stöhnend nahm ich ihn ganz in mir auf, genoss das Gefühl, komplett von ihm ausgefüllt zu sein, und meinen glühenden Hintern. Jeder Stoß erinnerte mich an das, was er eben mit mir angestellt hatte und nach wie vor tat. Hart packte er meine schwarzen Haare, schlang sie um sein Handgelenk und zog meinen Kopf nach hinten. Gott, langsam bekam ich eine Ahnung davon, dass Dominanz nicht nur die Ausübung von Macht war.

Immer härter stieß er in mich, hielt mich gefangen und jagte meine Leidenschaft stetig nach oben.

Jede Faser in mir brannte, spannte sich an und suchte nach der endgültigen Erlösung. Und sie kam. Durch das Spiel aufgeladen, durch seine Dominanz überreizt, schrie ich meinen Höhepunkt laut hinaus, während ich das Nachbeben auskostete.

Erschöpft und zufrieden verharrte ich in der Position und

lauschte mit geschlossenen Augen dem Klang von Dereks sich beruhigendem Atem.

»Bei deinem geilen Arsch werde ich irgendwie schwach«, bemerkte er überrascht, strich über die überhitzte Haut an meinem Hintern und zog sich dann aus mir zurück.

»Hmm«, erwiderte ich müde. Irgendwie fühlte ich mich gerade nicht in der Lage dazu, zu sprechen oder gar mich zu bewegen. Eine tiefe innere Ruhe hatte von mir Besitz ergriffen und breitete sich wellenförmig aus. Sanft schoben sich Dereks Hände unter meinen Bauch und drehten mich auf den Rücken.

»Spielen macht sehr müde, ich weiß.« Ohne mich loszulassen, zog er die Decke über uns. Befriedigt, und innerlich vollkommen ruhig, kuschelte ich mich näher an ihn.

»Schlaf schön, Liebste.«

~~~

»Warum bist du denn so nervös?« Bereits seit Stunden sah Derek unentwegt auf sein Handy und wurde immer unruhiger.

»Ich warte auf eine Nachricht aus Amerika, das ist alles.« Seufzend stand ich vom Frühstückstisch auf, um mich auf Dereks Schoß zu setzen.

»Willst du mir nicht endlich sagen, was wirklich los ist? Ich spüre doch, dass etwas nicht stimmt.« Liebevoll schlang er seine Arme um meine Taille und vergrub den Kopf in meinem Nacken.

»John hat mir gestern neue Ermittlungsergebnisse vorgelegt. Genau aus diesem Grund habe ich Dean und Avery gebeten, nach Deutschland zu kommen.« Stirnrunzelnd ließ ich mir seine Worte durch den Kopf gehen. Die beiden würden also zu uns kommen, dann konnte er nichts Gutes herausgefunden haben.

»Möchtest du mir sagen, um was es genau dabei geht? Was hat er recherchiert?« Ob ich die Antwort auf meine Frage wirklich hören wollte - ich wusste es nicht. In den letzten Wochen hatte ich das Empfinden, das meine Vergangenheit sich wiederholen würde.

»Lass uns darüber sprechen, wenn sie hier sind. Ich denke, Avery sollte dabei sein.« Was er auch wusste, ich würde ihn nicht dazu zwingen es mir zu verraten, selbst wenn es mir den Verstand raubte, nicht zu wissen, worum es ging.

»In Ordnung. Schweigen wir uns bis dahin bitte nicht weiter an?« Seufzend hob er den Kopf und sah mich an.

»Tut mir leid, Baby. Ich mache mir nur Sorgen um dich.

Du hast in den letzten Jahren so viel durchmachen müssen und nun wiederholt sich das Kapitel. Dass mir die Hände gebunden sind, kratzt gewaltig an meinem Ego.«

Ehe ich mich versah, hob er mich von seinem Schoß.

Wie sollte ich diesem wundervollen Mann nur klarmachen, dass ich nichts erwartete! Denn so war es. Wäre ich nicht in den Club gegangen und hätte ihn getroffen, stünde ich dem allein gegenüber. Oder wäre bereits tot, rief ich mir ins Gedächtnis. Vielleicht war allerdings auch der Club der Schlüssel zu allem.

»Hast du schon darüber nachgedacht, es mit einem Lockvogel zu probieren? Ich meine, die Sicherheit könntest du ja durch Kameras gewährleisten.« Meine Gedanken diesbezüglich überraschten mich selbst. Derek jedoch fixierte mich, als müsste er erst die Zusammenhänge in seinem Kopf verknüpfen.

»Wie kommst du jetzt darauf?«, wollte er wissen, während er sich gegen die Fensterbank lehnte, ohne den Blick von mir zu wenden.

»Weil es im Prinzip sehr einfach ist. Wenn du mit all deinen Vermutungen richtig liegst, dann ist es nur logisch, dass man die Chance nutzt, sobald ich allein dort bin. Ich bin jung, hübsch und sitze allein. Zudem werden sie wissen, wer ich bin. Eine bessere Möglichkeit gibt es doch gerade nicht.« Wütend schnitt er mir mit einer eindeutigen Handbewegung das Wort ab.

»Vergiss es, Hailey. Ich werde dich nicht als Lockmittel mitten in ein Wespennest setzen. Nach wie vor wissen wir nicht, wie viele Menschen darin involviert sind und mit wem wir es zu tun haben. Ich kann nicht einmal zu hundert Prozent sagen, dass keiner meiner Mitarbeiter in den Scheiß verwickelt ist.« Eines vergaß er lediglich bei seinen Ausführungen - es ging schon lange nicht mehr nur um mich. Ein Mal in meinem Leben wollte ich das Richtige tun und mich nicht länger verstecken. Damals war ich schwach und gebrochen, doch Derek gab mir alles Stück für Stück wieder. Hier kam die Chance, auf die ich gewartet hatte. Jetzt konnte ich mit meiner Vergangenheit abschließen und zudem noch anderen Frauen helfen, sodass ihnen nicht das Gleiche widerfahren würde.

»Nimm mein Angebot an und hilf mir, oder ich mache es auf eigene Faust, deine Entscheidung!« Kurzerhand lief ich in den Flur, schnappte meine Jacke und eilte nach draußen. Ich musste für mich sein, auch wenn das Risiko groß war. Seit meiner kleinen Aktion vor einiger Zeit, passte immer jemand auf mich auf und nahm mir die Luft zum Atmen.

Gedankenversunken rannte ich direkt in den Park, der sich nicht weit von Dereks Wohnung befand. Um diese Uhrzeit war es ruhig und nur vereinzelt überholte mich ein Jogger.

An einer Parkbank blieb ich stehen und atmete durch. Einfach wegzulaufen erschien mir inzwischen als falsch, aber als Kopfmensch brauchte ich Zeit für mich.

So viele Dinge hingen wie klebrige Fäden in meinem Kopf fest und es schien so, als würden es stetig mehr werden. Auch Dereks Andeutung, dass Avery und Dean auf dem Weg nach Deutschland waren. Was hatte er herausgefunden, dass es nach derartigen Maßnahmen verlangte? Vermutlich würde ich es bald wissen.

Niedergeschlagen trat ich den Rückweg an. Ich wollte Derek nicht noch mehr Sorgen bereiten, als er ohnehin schon meinetwegen hatte. Etwas entspannter ging ich den kleinen Kiesweg entlang und nahm die Ruhe, die mich umgab, in mir auf. So, wie ich es mit Derek vor ein paar Tagen tat, als wir den Ausblick auf das nächtliche Braunschweig genossen. Dieser Augenblick hatte mir so viel gegeben, weshalb ich versuchte, mich an dieses Gefühl zu klammern. Es war nicht immer leicht, wenn die Dämonen stärker waren, als die glücklichen Momente. Es schien, als befände man sich ständig in einem Kampf, und manchmal musste man sich eingestehen, dass man verlor. Und das traf auf jeden Menschen zu, wenn auch mit den unterschiedlichsten Problemen. Wir alle trugen unser Päckchen - für einige jedoch, war dieses viel zu schwer.

Ich erreichte den Ausgang des Parkes. Nur wenige Meter davon entfernt, befand sich Dereks Wohnung, in die ich schnellstens zurückwollte, denn mich beschlich eine seltsame Ahnung. Wahrscheinlich eine Nebenerscheinung der Dinge, die seit Kurzem mein Leben durcheinanderbrachten.

Unsicher sah ich mich um, konnte jedoch niemanden entdecken, bis auf ein Taxi, welches gerade vor Dereks Wohnhaus parkte. Einen kurzen Moment zögerte ich, bis ich auf die Straße trat. Nur am Rande registrierte ich den blauen VW-Bus, der mit quietschenden Reifen direkt neben mir zum Stehen kam. In Zeitlupe liefen die Ereignisse vor meinen Augen ab.

»Nun schnapp sie dir endlich«, hörte ich eine männliche Stimme schreien. Alles in mir drängte mich zur Flucht, doch mein Körper konnte sich nicht rühren. Nicht einmal die Panik, die mich erzittern ließ, weckte meinen

Fluchtinstinkt. Sie hatten nur darauf gewartet, dass ich allein war, schoss es mir durch den Kopf.

Kräftige Arme umschlossen mich fest und endlich setzte mein Hirn wieder ein. So laut ich konnte, brüllte ich um Hilfe und wehrte mich dagegen, in den Bulli gezogen zu werden.

»Das würde ich an deiner Stelle lassen«, erklang eine helle weibliche Stimme durch den Tumult. Panisch sah ich auf und blickte in eiskalte Augen. Die Waffe zielsicher in der Hand, zielte die Frau direkt auf den Angreifer.

»Ich wiederhole mich kein weiteres Mal«, bemerkte sie seelenruhig. Sie strahlte eine Aura aus, die pure Angst in mir auslöste und mir dennoch Sicherheit vermittelte.

Halb in der Tür, halb auf der Straße wog der Mann ab, was er tun sollte. Entschied sich jedoch, mich gegen die Frau zu stoßen.

Mit quietschenden Reifen brauste der Transporter davon, während ich mich mühsam aufrappelte und eine Entschuldigung murmelte. Zu mehr war ich nicht in der Lage. Ich zitterte und das Adrenalin ebbte so schnell ab, dass mein Kreislauf beinahe versagte.

»Geht es dir gut?«, wollte die Fremde wissen und ich nickte. Das stimmte nur bedingt, doch mehr wollte ich mir nicht anmerken lassen.

»Und ich dachte immer, dass es in Deutschland ruhiger zugeht.« Erst jetzt bemerkte ich den leichten Akzent, mit dem sie sprach.

Dass sie nicht mit mir sprach, fiel mir erst auf, als ein Mann sich zu ihr gesellte.

»In Deutschland ist es nicht sehr clever, gleich die Waffe zu zücken«, schalt er sie. Ich wollte dieser Situation jedoch nur noch entfliehen und zurück zu Derek. Vollkommen neben mir setze ich mich in Bewegung, wurde jedoch von der Frau zurückgehalten.

»Hey, warte. Ich bringe dich nach Hause. Wo wohnst du?«, wollte sie wissen. Unsicher deutete ich auf den Komplex zu meiner Rechten.

»Gut, da müssen wir zufällig auch hin. Kennst du einen Derek Engel?« Bei seinem Namen zuckte ich zusammen, denn ich ahnte, wer mich gerade vor Schlimmerem bewahrt hatte.

»Du bist Avery?« Es war mehr eine Frage, als eine Feststellung.

»Ja, schön, dass ich so bekannt bin«, amüsierte sie sich und lachte leicht auf.

»Ich bin Hailey, und Derek erwartet euch bereits.« Die beiden tauschten einen fragenden Blick, so, als würde ihnen erst jetzt die Tragweite, des eben Geschehenen bewusst werden. Alles drehte sich, mein Herz fing panisch an zu rasen, bis es um mich herum dunkel wurde.

Kapitel 22
Derek

Ich hätte es besser wissen müssen, doch ich wollte Hailey einen Moment gönnen, in dem sie in Ruhe ihre Gedanken ordnen konnte. Eine reine Fehlentscheidung, wie ich nun wusste. Mein Mädchen hatte verdammtes Glück gehabt. Allerdings zeigte es mir auch, wie aggressiv die Bande inzwischen vorging und dass wir bereits in den Fokus geraten waren. Es musste ein Plan her. Um so glücklicher fühlte ich mich, Dean an meiner Seite zu wissen.

»Es ist nicht deine Schuld. Und zum Glück ist auch nichts passiert. Wir sollten unsere Recherchen dennoch verstärken. Das Gefühl, an den Eiern gepackt worden zu sein, gefällt mir überhaupt nicht«, bemerkte Dean, und zog mich aus dem Wohnzimmer, wo sich Avery fürsorglich um Hailey kümmerte. Wenn die beiden doch nur endlich erfahren könnten, wie sie zueinander standen. Allerdings musste das warten, bis ich mit Dean gesprochen hatte. Kurzerhand führte ich ihn in mein Arbeitszimmer.

»Sprich. Warum sollten wir nach Deutschland kommen?« Ich nahm die Akte von meinem Schreibtisch und reichte sie ihm. Er sollte sich sein eigenes Bild über die Dinge machen. Vielleicht sah er es anders und ich wollte ihn nicht durch meine Sichtweise beeinflussen. Zudem ging mir der Vorfall mit Hailey einfach nicht aus dem Kopf. Ich ahnte schon lange, dass man es auf sie abgesehen haben könnte, dennoch war mir die Situation aus den Fingern geglitten.

»Wann willst du es den beiden sagen?«, riss mich Dean aus meinen Gedanken. Sein Blick glitt zwischen Unglauben und Schock hin und her.

»Ich weiß es nicht. Das ist ein einschneidender Eingriff in ihr Leben und wird vermutlich einiges verändern. Noch dazu konfrontieren wir Avery mit einer sehr unschönen Wahrheit. An erster Stelle sollten jedoch unsere Ermittlungen stehen. Der Ring weiß inzwischen, dass jemand auf ihre Spur gekommen ist, und setzt offenbar alles daran, uns davon abzuhalten. Mittlerweile bin ich mir auch sicher, dass sie von Deutschland aus agieren.« Nickend stimmte Dean mir zu und legte die Akte zurück auf den Tisch.

»In zwei Tagen werden drei weitere Ermittler nach Deutschland kommen, und mit den Behörden hier, habe ich bereits gesprochen. Doch wir beide müssen uns klar darüber sein, dass wir diesen Kampf nicht alleine gewinnen können. Selbst in den USA wird die Größe dieser Bande auf mehrere tausend Menschen geschätzt. Zudem habe ich dank Averys Tipp, noch einen weiteren Namen auf meiner Liste. Die Observationen blieben bis heute jedoch ergebnislos. Entweder, er hatte damals nur etwas damit am Hut oder er tarnt es gut. Wie dem auch sei. Wenn dein Club ein Ziel für diesen Ring darstellt, dann sollten wir ihnen etwas zum Locken geben.« Dasselbe meinte Hailey bereits vor wenigen Stunden zu mir, und der Gedanke missfiel mir nach wie vor. Ich wollte keine Frau in diese Gefahr bringen. Noch dazu, welche würde sich freiwillig dazu melden?

»Ich fühle mich nicht wohl mit dem Gedanken, jemanden in Gefahr zu bringen. Im Moment traue ich nicht einmal meinen Mitarbeitern.« Und das entsprach den Tatsachen.

Man konnte Menschen nur vor den Kopf schauen, selbst wenn ich durch meinen Job oftmals auch einen Blick hinter die Fassade werfen konnte.

»Wir beide sind Profis und werden schon aufpassen.« Schnaufend ließ ich mich in meinen Stuhl fallen.

»Und dann? Der Chef persönlich wird diese abartigen Filme nicht drehen. Wenn, dann erwischen wir nur ein ganz kleines Licht, und nicht den dicken Fisch.« Wieder ein Fakt, gegen den es keinerlei Option gab.

»Das stimmt allerdings. Wir können aber auch nicht hier sitzen und zusehen. Ich würde sagen, dass wir Avery diesen Job machen lassen. Wenn wir wirklich schon unter genauer Beobachtung stehen, dann wird er inzwischen wissen, dass sie ebenfalls in Deutschland ist.« Dean erstaunte mich. Noch nie hatte ich ihn mit einer Frau zusammen gesehen, weshalb die meisten ihn auch für schwul hielten. Allerdings schockierte mich auch, dass er sie ohne Weiteres den Wölfen zum Fraß vorwerfen wollte.

Zugegeben, sie war eine wirklich hübsche Frau, ganz anders als Hailey, aber nicht minder an der gleichen Ausstrahlung. Man sah den beiden ihre Verbindung an, jedoch hatte Avery einen anderen Weg gewählt, als es

Hailey tat.

»Die Kleine bedeutet dir etwas«, stellte ich unumwunden fest.

»Dir bedeutet die andere Kleine auch etwas. Ziemliche Pattsituation würde ich sagen.« Lachend warf er sich in seinem Stuhl zurück und ich kam nicht umhin, es ihm gleichzutun.

»Nachdem wir diesen Punkt nun geklärt haben, was machen wir?« Und genau an dieser Stelle, wussten wir es beide nicht. Egal, in welche Richtungen unsere Ideen auch gingen, bis zum Boss würden wir es nicht schaffen.

~~~

»Geht es dir besser?« Sanft zog ich mein Mädchen an mich, die nach wie vor auf dem Sofa saß und sich von dem Schock erholte. Sie war immer noch blass und ich konnte sehen, dass sie geweint hatte. Umso mehr hielt ich Hailey umschlungen und gab ihr die Sicherheit, auf die sie in den letzten Stunden verzichten musste.

»Es geht schon wieder. Ich möchte mir nicht ausmalen, was passiert wäre, wenn Avery nicht gekommen wäre.«

Aus ihrer Stimme heraus konnte ich entnehmen, wie viel Angst Hailey nach wie vor hatte.

»Ich weiß, Baby.« Liebevoll küsste ich ihre Stirn und drückte sie noch fester an mich. Ich wüsste nicht, was ich getan hätte, wenn diese Idioten ihr Ziel erreicht hätten. Wahrscheinlich würde ich Amok laufen und dabei die gesamte Braunschweiger Innenstadt in Schutt und Asche legen.

»Du hast uns herbestellt, erfahren wir nun auch den Grund?«, wandte sich Avery an mich, die an dem großen Wohnzimmerfenster stand und nach draußen sah. Nervös atmete ich ein paar Mal ein und aus, ehe ich die beiden mit meinen Informationen konfrontierte.

»Ich habe einige Details bezüglich des Mannes herausgefunden, der diesen Ring offenbar führt. Jetzt kommen wir zum spannenden Teil der Recherche. Mein Mitarbeiter hat etwas tiefer gewühlt und ist auf ein nicht unwesentliches Detail gestoßen. Walter Wolf und Michael Willkons sind ein und dieselbe Person.« Sowohl Hailey, als auch Avery zogen scharf die Luft ein.

»Was mich daran verwundert hat, normalerweise dürfen Menschen wie er, die vorbestraft sind, nicht so ohne Weiteres in die Vereinigten Staaten einreisen. Also haben wir noch tiefer gegraben und sind auf ein brisantes

Detail gestoßen. Offiziell lebte der Mann, der jetzt auch nach wie vor am Leben ist und den ihr beide kennt, in den USA. Dass er so einfach zwischen den beiden Ländern hin und her konnte, wie es ihm beliebte, lag daran, dass er einen Zwillingsbruder hatte. Bevor Hailey geboren wurde, starb dieser allerdings bei einem Autounfall, der nie offiziell in den Akten aufgenommen wurde. Man findet in den Archiven nur einen Artikel darüber. Ein DNA-Test beweist auch, dass die beiden Männer ein und derselbe sind.« Es herrschte Stille, was ich allerdings auch nicht anders erwartet hatte. Ich spürte regelrecht, wie sich Hailey in meinen Armen immer mehr verspannte.

»Nun kommen wir zum wesentlichen Detail, weshalb ich wollte, dass ihr nach Deutschland kommt. Wenn ihr das wünscht, dann könnt ihr euch später die Akte ansehen.« Ich atmete noch einmal tief durch, bevor ich den beiden alles offenbarte.

»Avery, deine Mutter war offenbar in diversen Punkten nicht ehrlich zu dir, ansonsten wüsstest du vermutlich, wer dein leiblicher Vater ist.« Meine Worte trafen die junge Frau so sehr, dass sie ihre Fassade für einen Augenblick fallen ließ.

»Um es für euch deutlich zu machen: Im Jahre 1987, so

geht es aus einem Polizeibericht hervor, wurden Beamte von Nachbarn zu einer Ruhestörung gerufen. In ihrem Mietshaus würde man seit Stunden Schreie hören und man hatte die Befürchtung, dass es sich dabei um häusliche Gewalt handeln könnte. Vorgefunden hat man deine Mutter, schwer misshandelt und vergewaltigt. Eine Anzeige oder eine Gerichtsverhandlung hat es nie gegeben. Was aber für diese Zeit nicht ungewöhnlich war. Die Details liest du dir in Ruhe durch, wenn du es wünschst.« Dean hatte sich inzwischen zu Avery gestellt und hielt sie fest in seinen Armen.

»Wir erstellen inzwischen eine zeitliche Abfolge aller Ereignisse, da es doch sehr verwirrend ist und ich meiner Meinung nach wesentliche Details übersehe. Aber als mir klar wurde, dass deine Mutter vergewaltigt wurde, habe ich meinen Mitarbeiter gebeten, einen DNA-Test mit euch beiden durchzuführen. Das Ergebnis war positiv. Ihr beide seid Schwestern, beziehungsweise Halbschwestern.« Die Wahrheit hing wie grauer Nebel in der Luft. Niemand traute sich zu atmen oder etwas zu sagen.

Wie auch immer dieser Mann all diese zeitlichen Abläufe bewerkstelligen konnte, der Test bewies mir, dass er es zweifelslos hinbekam. Irgendwo in all diesen

Unterlagen stand das Geheimnis, doch ich war zu blind, um dieses aufzudecken - noch!

Kapitel 23
Raven

Die neuen Entwicklungen trafen mich wie eine Faust ins Gesicht. Selbst wenn Derek noch nicht alle Puzzleteile zusammensetzen konnte, so gab es keinen Zweifel an dem Test, den er machen ließ. Ich hatte eine Schwester, beziehungsweise eine Halbschwester, und zwar aus einem grausamen Grund. Die Gründe dafür verstand ich jedoch nicht. Wie konnte diese Frau solch einen Menschen wieder in die Nähe ihres Kindes lassen oder wusste sie gar nicht, wer sie damals vergewaltigte? Tausend Fragen schossen durch meinen Kopf, doch nicht eine davon wagte ich laut auszusprechen. Die Stille im

Raum war schneidend und ich wusste nicht, wie ich mich verhalten sollte.

Kurzerhand schob ich Dereks Arm beiseite, stand auf und verließ das Wohnzimmer. Wieder davonzulaufen erschien mir falsch, dennoch musste ich dieser Ruhe entfliehen. Seit Wochen lief mein Leben komplett aus dem Ruder. Beinahe jeden Tag jagte eine schlechte Nachricht die vorherige. Zeit, um etwas zu verarbeiten, blieb nicht und ich spürte regelrecht, wie sich der Knoten in mir zu einem explosionsartigen Knäuel formte, welches langsam zu platzen drohte.

Ein einziger Mensch hatte so viele Leben zerstört und tat es weiterhin, ohne, dass ihn jemand daran hinderte. Vielleicht waren Avery und ich nicht seine einzigen Kinder! Was, wenn es noch mehr gab und niemand etwas davon wusste? Wie konnte er nur jeden Tag in den Spiegel sehen und so tun, als wäre die Welt in Ordnung? Wie hielt er es aus, seine eigenen Töchter missbrauchen zu lassen und es sogar selbst zu tun?

Mein Magen rebellierte so stark, dass ich hektisch vom Bett aufsprang und ins Badezimmer rannte. Im letzten Moment bekam ich den Toilettendeckel hochgerissen, als sich mein Frühstück auch schon verabschiedete.

»Baby«, erklang Dereks fürsorgliche Stimme. Sofort

kniete er sich neben mich und hielt mir die Haare aus dem Gesicht.

»Es ist okay«, beruhigte er mich, während er ebenfalls zärtlich meinen Rücken streichelte. Seine Nähe tat so unsagbar gut. Erschöpft ließ ich mich auf den Boden sinken.

»Komm, du solltest dich ein wenig ausruhen. Das heute, war eindeutig zu viel.« Sanft schob Derek seine Arme unter meine Knie und hob mich mühelos hoch. Müde klammerte ich mich an ihn und legte den Kopf an seine starke Brust.

»Bleibst du bei mir? Ich möchte nicht allein sein.« Langsam ließ er mich auf sein Bett sinken und kam meiner Bitte nach.

»Ich bin immer für dich da, Hailey. Versuch jetzt trotzdem zu schlafen. Dean und Avery haben sich auch zurückgezogen. In ein paar Stunden sieht die Welt schon anders aus und ich verspreche dir, ich werde all die bösen Geister aus deiner Vergangenheit dem Erdboden gleichmachen - koste es, was es wolle.«

Beruhigt kuschelte ich mich an ihn und glitt mit seinen letzten Worten in einen traumlosen Schlaf.

~~~

Die Seite neben mir war verlassen, das wusste ich, bevor ich die Augen öffnete. Der Schlaf war alles andere als erholsam gewesen und ich fühlte mich erschöpfter als vorher. Trotzdem rappelte ich mich auf und ging langsam ins Wohnzimmer. Bis auf Avery, die mit einer Akte auf dem Sofa saß, war niemand anwesend. Offenbar hatte sie bereits die Kraft gefunden und sah sich die Beweise an. Normalerweise hätte ich dies ebenfalls tun sollen, doch mir fehlte die Kraft. In diesem Punkt hatte ich mit ihr nichts gemeinsam. Avery war eine Frau, die ihrer Vergangenheit Einhalt gebot, wenn auch nicht auf dem Wege der Vernunft. Gewalt, oder gar Mord, gehörten zwar in meine Gedankenwelt, dennoch würde ich diesen Schritt nie wagen. Nichtsdestotrotz beneidete ich sie dafür. Sie war um so vieles stärker, als ich es je sein könnte.

»Hey«, sagte ich kurz und wartete auf ihre Reaktion, schließlich störte ich sie gerade.

»Konntest du ein wenig Ruhe finden?« Mit einem schüchternen Lächeln sah sie zu mir auf, und deutete auf den Platz neben sich, damit ich mich zu ihr setzte.

»Es geht. Irgendwie bekomme ich das alles noch nicht

ganz in meinen Kopf. In den letzten Wochen ist so vieles passiert, dass man gar nicht weiß, womit man anfangen soll.« Seufzend legte sie die Akte auf den Tisch.

»Das Leben ist nie einfach. Gerade in dem Moment wenn du denkst, du hast eine Frage beantwortet, entscheidet sich das Leben um und stellt eine neue. Es wird nie einen Anfang und niemals ein Ende geben. Und es wird ebenso Dinge geben, die wir nicht ändern können.« Averys Blick glitt ins Leere und ich spürte, wie sehr auch sie die Situation mitnahm. Die taffe Frau neben mir wirkte entsetzlich verletzt und gedemütigt und ich konnte sie verstehen. All die Jahre gab ich mich diesen Gefühlen hin, ohne jemals einen Ausweg dafür zu finden. Ich dachte immer, ich wäre zu schwach, doch wenn ich Avery jetzt sah, dann hatte es weniger etwas mit Schwäche zu tun. Wir beide wurden aufs Grausamste von unserem Leben getrennt. Wir wurden verdammt, mit einem Schmerz zu leben, der nie gänzlich abklingen würde. Trotzdem fühlte ich mich an ihrer Seite nicht mehr so allein. Es war, als hätte das Schicksal genau das hier beabsichtigt.

»Du hast noch einen Halbbruder, oder?«, wollte ich wissen, auch wenn das Thema mir mehr als unpassend erschien.

»Ja, Nolan. Er ist jünger und ein ziemlicher Freak. Ohne ihn wäre ich aufgeschmissen.« Ich schluckte, denn ein gewaltiger Schmerz nistete sich in meinem Herzen fest, als ich an Amy dachte.

»Es tut mir leid, Hailey. Ich hätte das nicht sagen dürfen.« Liebevoll schlang sie die Arme um mich. Auch wenn ich mir fest vorgenommen hatte nicht zu weinen, ließ ich den Tränen freien Lauf.

»Er ist ein mieses Schwein und hat so viele Menschen zerstört. Ich möchte diesen Mann nur noch an seinen Weichteilen baumeln sehen.« Ja, Avery war eindeutig anders.

»Dazu müssten wir ihn finden, und wie du mitbekommen hast, Derek und Dean haben auch keinen Schimmer, wo sie beginnen sollen.«

»Vielleicht wird es Zeit, dass wir das Ruder übernehmen. Ich kann jedenfalls nicht länger hier herumsitzen und warten.« Ruckartig nahm ich den Kopf nach oben und sah sie an. Es war ihr todernst!

»Und wie willst du das anstellen?«, fragte ich vorsichtig, denn die Antwort würde mir sicherlich nicht gefallen.

»Wir beide werden uns aufhübschen und auf die Jagd gehen. Es wäre ja wohl gelacht, wenn wir diesen Drecksack nicht an den Eiern packen könnten.«

Unsicher erwiderte ich ihren entschlossenen Blick. Das war definitiv keine gute Idee und Dean und Derek würden dazu sicherlich nicht ihre Zustimmung geben.
»Und du glaubst, das kannst du den beiden so verkaufen?«
»Ganz im Ernst, Hailey. Die beiden versuchen alles professionell zu lösen. Ich bin der Meinung, dass es nicht immer der richtige Weg ist. Manchmal muss man ein Risiko eingehen, um zum Ziel zu gelangen. Ich für meinen Teil, werde mich heute ein wenig im Club umsehen. Was ist mit dir? Wirst du mich begleiten?«
Das kam so unerwartet, dass ich im ersten Moment nichts erwidern konnte. Was ist, wenn ihr Plan fehlschlug und wir direkt in die Falle gerieten? Und mal davon abgesehen, was würden Dean und Derek davon halten?
Ohne meine Antwort abzuwarten, griff Avery meine Hand, zog mich nach oben und steuerte mit mir im Schlepptau direkt zur Tür.
Eigentlich hätte ich mich dagegen wehren müssen, doch im Stillen gab ich ihr Recht. Hin und wieder musste man einfach ein Risiko eingehen und auf der Stelle zu bleiben, würde über kurz oder lang ebenfalls unser Todesurteil sein.

»Mach dir keine Gedanken. Die beiden werden sich auch wieder beruhigen und was unsere Sicherheit anbelangt, meine Waffe ist jederzeit einsatzbereit.«

Ich lächelte zaghaft und ließ mich in die kalte Nacht hinausziehen. An dieser Stelle musste ich Avery vertrauen und hoffen, dass sie wusste, was sie tat.

Kapitel 24

»Du elender Idiot. Bist du zu dämlich einen simplen Auftrag auszuführen?« Schon wieder war sein Masterplan gekippt und ihm die Frau durch die Lappen gegangen.

Und zu allem Übel von Avery, von der er gehofft hatte, dass sich die Leute in den USA besser darum kümmern würden. Wütend rieb er sich die Stirn, bevor er seinen Kompagnon wieder ansah.

»Ich dulde derartige Fehler nicht«, zischte er. Noch ehe sich der junge Handlager versah, wurde er gepackt und aus dem Raum geschleift. Unter tösenden Geschrei, in dem er um Gnade bat, wurde die Tür geschlossen und der Big Boss war allein.

Hailey und Avery waren zusammen, hier in Deutschland. Eine Wendung, die durchaus in seinen Plan passte, wären da nicht diese Trottel und die Tatsache, dass die beiden Frauen hinter das Geheimnis gekommen sein könnten.

Alles passte wahrlich nicht in seinen Plan, jedenfalls nicht so lange, bis die Lieferung unter Dach und Fach war. Und im Moment sah es so aus, als würde das Eis immer dünner für den Ring werden. Auch dadurch, dass die Russen, zu denen Derek Engel zufällig engen Kontakt pflegte, plötzlich Interesse an seinem Geschäft zeigten.

Ein Klopfen an der Tür ließ den Big Boss hochschrecken.

»Chef, sie sollten sich das ansehen«, schrie sein Mitarbeiter durch die geschlossene Tür. Genervt hievte er seinen Hintern nach oben und trat in den Flur.

»Was gibt es?« Mit einem Wink bat er den dicklichen Mann, ihm zu folgen. Es war eine clevere Idee gewesen, den Club mit Kameras zu versehen. An einem kleinen PC-Platz blieben die beiden Männer stehen. Sofort sah er, warum sein Handlanger ihn gerufen hatte. Auf dem Bild konnte man zwei Frauen sehen, genau die beiden, nach denen er so lange Ausschau gehalten hatte. Doch er vermutete eine Falle. Nie im Leben würden sie ohne Schutz im Club verweilen. Nein, so einfach würde er sie nicht schnappen. Dafür brauchte er schon einen ausgereiften Plan.

»Hol mir Sven und seine Leute. Heute Abend könnte es interessant werden.« Im Kopf des Big Bosses reifte ein Plan, der durchaus Aussicht auf Erfolg hätte. Alles, was es dafür benötigte, waren ein paar Männer und die richtige Prise Verwirrung.

Zufrieden rieb er seine Hände aneinander und verließ mit einem bösartigen Grinsen den Raum.

Hailey und Avery ... in ein paar Stunden würden sich die beiden wünschen, nie geboren worden zu sein, dessen war er sich sicher - sehr sicher.

Kapitel 25
Derek

Am liebsten würde ich den beiden Damen den Hintern so dermaßen versohlen, dass sie drei Wochen nicht sitzen könnten. In der Zeit, in der ich mich mit John und Dean über die weitere Vorgehensweise unterhielt, türmten die beiden aus der Wohnung. Das konnte nur auf Averys Mist gewachsen sein, denn Haileys Charakter entsprach es nicht. Zu meinem Leidwesen, hatte ich auch nicht mal eine Ahnung, wann sie die Wohnung verlassen hatten. Lediglich das Ziel war mir klar - sie würden im Club eigene Recherchen anstellen.

»Sag mal, sollten echte Retter nicht einen Mustang besitzen?«, stachelte mich Dean an, als er neben meinem

SUV stand. Wie konnte er in dieser Situation nur so ruhig bleiben, immerhin war Avery seine Freundin.

»Wenn ich die beiden erwische«, polterte ich, während Dean nur ein Grinsen für meine Reaktion übrig hatte.

»Komm, im Grunde haben sie uns die Entscheidung nur abgenommen. Und wenn du ehrlich bist, könnten wir keinen besseren Schritt machen. Anders werden wir nie an diesen Ring herankommen.« War das zu fassen? Jetzt unterstützte er Hailey und Avery auch noch bei ihrem Himmelfahrtskommando.

»Wenn den beiden etwas passiert, dann drehe ich nicht nur ihnen den Kopf um, sondern auch dir.« Lachend stieg Dean ins Auto. Bei mir jedoch wuchs die Sorge, je mehr Zeit verstrich.

Hailey war meine Number One, mein Baby, und inzwischen mehr, als eine einfache Fickgeschichte. Wenn ich ehrlich zu mir selbst war, dann weckte diese Frau Gefühle in mir, die ich lange verschlossen hielt. Nicht aus Angst vor Enttäuschung, nein, aber genau vor dem, was sich gerade anbahnte. Sie schwebte in Gefahr und die Zweifel, ob ich rechtzeitig zur Stelle sein würde, fraßen mich schier auf.

»Beruhige dich, Avery weiß zu neunzig Prozent, was sie tut. Wenn mich diese Lady eins gelehrt hat dann, dass sie sehr gut auf sich aufpassen kann, und sie würde es nicht zulassen, dass Hailey etwas passiert. Hoffen wir darauf, dass die Bande den Köder schluckt.« Deans Worte beruhigten mich kein Stück, denn die beiden wurden nicht ohne Grund in den Fokus gerückt. Zu dieser Erkenntnis war ich inzwischen gelangt. Offenbar wollte jemand noch eine Rechnung begleichen, und wie die aussah, konnte ich mir vorstellen.

~~~

»Alles okay, Derek. Nach deinem Anruf haben wir unser Hauptaugenmerk nur noch darauf gelegt«, empfing mich John, kaum das ich den Club betreten hatte. Erleichterung machte sich breit, sodass die Anspannung von mir wich. Dennoch wollte ich nichts sehnlicher, als mein Mädchen in die Arme nehmen und sie nie wieder allein lassen.
»Wir gehen ins Büro und werden weiter beobachten«, schlug John vor und ich stimmte widerwillig zu. Keinen Plan zu haben, zerrte allerdings an meinen Nerven.
»Collin hat sich ein wenig um die Serverdaten gekümmert. Du hattest mit deiner Vermutung recht,

diese Schweine agieren in Deutschland ...«, er verstummte, denn Deans Handy klingelte. Ich nahm die Akte vom Tisch und sah mir die Unterlagen an, während ein Ohr an Deans Gespräch hing.

»Das sind doch erfreuliche Neuigkeiten. So wie es aussieht, können wir sicherlich hier auch bald einen Erfolg erzielen. Ich bleibe dran und du meldest dich, sobald der Drecksack etwas Wesentliches beim Verhör auspackt.«

Aus den Daten ging hervor, dass hauptsächlich deutsche Server benutzt wurden, um die Filme für den Vertrieb online zu stellen. Allerdings waren diese so gut gesichert, dass eine genaue Lokalisierung unmöglich erschien. Selbst das Geld, welches durch die illegale Plattform erwirtschaftet wurde, ging an ein Nummernkonto in der Schweiz.

»Wir konnten drüben auch endlich einen Erfolg verbuchen. Avery nannte mir doch den Namen eines Mannes, der diese Treffen organisierte. Wir haben ihn observiert und gestern ist uns ein Zugriff gelungen. Offenbar hat man nicht nur Geld mit dem Herstellen von Pornos gemacht, sondern auch mit Menschenschmuggel. Gestern Nacht kam eine Lieferung aus Übersee mit knapp zweihundertfünfzig Asiatinnen. In weniger als drei Tagen sollte der Container weiter nach Deutschland verschifft werden.« Ungläubig schüttelte ich den Kopf. Was wussten wir alles noch nicht? Menschenschmuggel war ein hartes Vergehen und selbst die Russen hielten sich in letzter Zeit stark zurück, denn die Gefahr aufzufliegen war extrem hoch.

»Wir sollten noch vorsichtiger sein. Wenn all das wirklich zusammenhängt, dann muss dieser Ring größer sein, als wir vorerst vermutet hatten. Zum Schmuggel gehörte einiges, vor allem Geld und genügend skrupellose Mitarbeiter.« Nickend stimmte Dean mir zu. John, der nach wie vor im Türrahmen stand, lauschte uns aufmerksam.

»Hast du etwas über die Ermittlungen der Polizei herausfinden können?«, wandte ich mich an ihn.

»Die Ermittlungen werden sicherlich eingestellt. Ohne Beweise ... du weißt es selbst.« Ja, das wusste ich. Und ich wusste auch, wie vielen Menschen wir in den letzten Jahren schon in derartigen Situationen geholfen hatten. Nun musste ich mich um meinen eigenen Auftrag kümmern und stand im Prinzip mit nichts in den Händen da.

»Derek, es tut sich etwas«, riss Dean mich aus den Gedanken. Sofort eilte ich an den anderen Schreibtisch und sah auf den Monitor.

Hailey und Avery saßen an der Bar und tranken einen Cocktail. Zwei Männer hatten sich zu ihnen gesellt und schienen in ein harmloses Gespräch vertieft zu sein. Kein Anzeichen für irgendwelche ungewöhnlichen Aktivitäten.

»Was glaubst du?«, wandte sich Dean an mich.

»Die Männer sind lediglich interessiert. Die Körpersprache spricht weniger für einen ausgeklügelten Übergriff.« Beruhigt ließ sich Dean in den Sitz sinken.

»Ich freue mich irgendwie nicht, dass jemand Avery anziehend findet«, bemerkte er geknickt. Ja, zugegebenermaßen fand ich es auch nicht schön, dass jemand gerade mein Baby anbaggerte, aber im Moment war das wirklich unser kleinstes Problem. Zur Sicherheit nahm ich jedoch meine Waffe aus dem Safe. Falls es zu einer Eskalation kam, dann blieb dafür keine Zeit.

»Allzeit bereit, hmm?« Eine Antwort blieb ich ihm schuldig, meine gesamte Aufmerksamkeit galt den Monitoren. Nur gut, dass Claude heute seinen freien Tag hatte, diesem ganzen undurchdachten Plan, hätte er niemals zugestimmt, obwohl ich es insgeheim auch nicht tat.

»Derek, du musst sofort mit runterkommen. Unten ist

ein riesen Tumult ausgebrochen«, rief John zur Tür hinein, und machte sofort auf dem Absatz kehrt. Ich wechselte nur einen kurzen Blick mit Dean, bevor ich John folgte. Meine Gedanken kreisten nur um Hailey und Avery, die dringend den Club verlassen mussten.

Unten angekommen, war die Prügelei schon in vollem Gange und von einem Ausmaß, durch das ich kaum in der Lage war, die Situation zu überblicken.

Ohne zu zögern, stürzte ich mich ins Geschehen und zog die ersten beiden Streithähne auseinander. Natürlich nicht, ohne vom nächsten am Hemdkragen gepackt zu werden. Immer mehr verlor ich den Überblick, denn nun beteiligten sich auch noch die Clubmitglieder. Inständig hoffte ich, dass Avery Hailey in Sicherheit brachte. Aktuell konnte ich mir nicht auch noch einen Kopf um ihre Obhut machen.

Nach einer Dreiviertelstunde hatten wir wieder Ruhe ins Geschehen gebracht, und die Unruhestifter des Hauses verwiesen.

»Ich rufe Avery gleich an. Aus den Augenwinkeln konnte ich sehen, wie sie mit Hailey nach draußen gegangen ist«, wandte sich Dean an mich und zückte das Handy. Mir schwante nichts Gutes, denn diese Rauferei war alles andere als harmlos und wie aus dem Nichts entstanden.

»Sie geht nicht an ihr Handy. Vermutlich sind die beiden längst zu Hause. Lass uns die Schweinerei noch aufräumen und dann ebenfalls verschwinden.« Ich nickte abwesend, denn mein Bauchgefühl sagte mir, dass etwas nicht stimmte. Dies bestätigte sich noch mehr, als auch Hailey nicht an ihr Handy ging. Entweder war ich bereits paranoid oder ich hatte diese Szene eben vollkommen unterschätzt. Ohne auf Dean zu achten, rannte ich nach oben in mein Büro, um mir die Videoaufzeichnungen anzusehen. Gleichzeitig hoffte ich, dass Variante eins der Auslöser für mein ungutes Gefühl war.

Kapitel 26
Raven

Averys Idee, sich einfach an die Bar zu setzen und abzuwarten, stimmte mich nicht besonders zuversichtlich. Wir hätten einfach mit Dean und Derek darüber sprechen müssen, anstatt diesen Alleingang zu wagen.
Die Situation verschlimmerte sich, als sich zwei Männer zu uns gesellten und eine rege Unterhaltung begannen. Zum Glück schienen sie allerdings nichts mit der Bande gemein zu haben. Auf höfliche aber bestimmte Art, bat Avery die beiden zu gehen. Sehr zu meiner Erleichterung, denn ich wollte mir nicht ausmalen, was Derek davon halten könnte, wenn sich ein anderer Mann

für mich interessierte.

»Derek und du, ihr beide seid also in diesem Bereich aktiv?«, wollte sie unsicher wissen und sah mich erwartungsvoll an. Wieder kam ich nicht umhin festzustellen, wie schön Avery im Gegensatz zu mir war. Sie war größer als ich und wesentlich schlanker. Ihre langen, rotblonden Haare hatte sie zu einem Pferdeschwanz gebunden. Obwohl es bis auf die Haarfarbe, die Größe und die Körperproportionen durchaus auch Parallelen gab. Die lagen bei uns definitiv im Gesicht. Wir beide besaßen dieses süße »Babyface«, oder wie Derek es gern nannte, den Bambistatus. Lediglich die Umstände, die uns zu Halbschwestern machten, verdaute ich nur schwerlich. Averys Mutter war vergewaltigt worden und lebte danach einige Zeit mit diesem Mann zusammen. Das alles wollte mir einfach nicht in den Kopf.

»Noch nicht sehr lange. Das Ganze ist, sagen wir es mal so, sehr kompliziert.« Mir erschien nicht der passende Moment, um ihr von meinen Problemen zu erzählen. Es fiel mir schon schwer, vor Derek die kleinen Details zu offenbaren.

»Dean hat mir ein wenig über dich erzählt, jedenfalls das, was Derek ihm anvertraut hat. Aber keine Sorge, mehr, als dass du sehr darunter gelitten hast, weiß ich nicht.« Mitfühlend streichelte sie meinen Unterarm. Die Geste löste etwas in mir aus, was ich seit Längerem nicht mehr gespürt hatte. Eine Wärme, wie ich sie oftmals von meiner kleinen Schwester erfahren hatte.

»Es war nicht leicht für mich, plötzlich allein zu sein und unter Fremden aufzuwachsen. Noch dazu, weil ich mich für Amy's Tod verantwortlich gefühlt habe«, antwortete ich ehrlich, doch ich konnte Avery nicht dabei ansehen. Nach all den Jahren blutete diese Wunde noch so stark, wie an dem Tag, an dem man sie mir zufügte.

»Nicht du bist schuld, sondern er. Unser Erzeuger ist ein mieses Dreckschwein, der an seinen Eingeweiden baumeln sollte. Ihn müsste man über einen Bock binden und von Hunderten Schwulen durchficken lassen, damit er ungefähr eine Ahnung davon hat, was er uns und all den anderen angetan hat.« Ich verschluckte mich halb an meinem Drink, denn die Vorstellung jagte mir einen eiskalten Schauer über den Rücken.

»Wie fühlt sich das an, einen Menschen zu töten?« Die Frage schoss mir einfach durch den Kopf, denn von Derek wusste ich, wie Avery ihre Vergangenheit verarbeitete.

»Der Erste hat mich sehr viel Überwindung gekostet,

aber ich hatte jederzeit im Hinterkopf, was sie mir antaten. Meistens haben sie mich verhöhnt und es genossen, daran erinnert zu werden. Das macht es leichter. Jeder von ihnen hat das bekommen, was er verdiente.« Abwesend nickte ich, denn meine Wahl würde es nicht werden. Und auf eine Weise, hatten wir beide den falschen Weg gewählt. Avery überspannte den Bogen und ich nahm ihn erst gar nicht in die Hand.

»Du Wichser hast mein Mädchen angefasst.« Erschrocken fuhren wir herum, denn nur zwei Meter entfernt entbrannte eine hitzige Diskussion, die nur Augenblicke später durch einen Kinnhaken ihre Fortsetzung fand.

»Mir gefällt das nicht. Lass uns gehen«, schrie Avery über den Tumult hinweg und zog mich bereits am Arm hinter sich her. Beim Verlassen des Clubs konnte ich einen kurzen Blick auf Derek werfen.

Vor der Tür zog mich Avery weiter in die kleine Seitengasse, in der ich meinen Wagen geparkt hatte. Gerade, als ich das Auto aufschließen wollte, hörte ich einen dumpfen Schlag. Nur einen Bruchteil später spürte ich ein Tuch, welches fest auf meinen Mund gepresst wurde. Krampfhaft wehrte ich mich dagegen, doch vergebens. Die Luft wurde knapp und ich atmete den süßlichen Geruch ein. Meine Muskeln entspannten sich und die Augenlider fielen zu, bis mich totale Finsternis einhüllte.

~~~

Mein Kopf schmerzte höllisch, als hätten sich tausende Hornissen darin festgesetzt, die sich gerade darum stritten, wer die schönste Blume gefunden hatte. Mühsam rappelte ich mich auf und versuchte irgendeinen Halt zu finden, denn die Augen zu öffnen fiel mir schwer.
Doch die Angst um Avery bewog mich dazu, es Stück für Stück zu probieren.
»Avery?« Keine Reaktion. Langsam griff Panik nach mir. Was war eigentlich passiert? Das Letzte, woran ich mich erinnern konnte, war mein Wagen und dann hörte es auch schon auf.
Langsam klärte sich mein Blick und dennoch umfing mich Dunkelheit. Lediglich ein kleiner Lichtstrahl schien am anderen Ende des Raumes.
Langsam kniete ich mich auf den Boden, um auf allen Vieren nach Avery zu suchen. *Bitte lass sie hier*

irgendwo sein.

»Hailey?« Leicht krächzend vernahm ich ihre Stimme und atmete das erste Mal erleichtert auf, selbst wenn mir bereits schon die Tränen in die Augen stiegen. Ich hatte eine panische Angst und war dennoch überglücklich, Avery an meiner Seite zu wissen.

»Geht es dir gut?«, wollte ich sofort wissen, nachdem ich sie erreicht hatte.

»Ich wurde niedergeschlagen. Diese Dreckschweine.« Stöhnend setzte sich Avery auf, während sie meine Hand hielt.

»Beruhige dich, Hailey. Uns wird nichts passieren. Das verspreche ich dir.« Doch das konnte ich einfach nicht. Wie sollte ich mich jetzt runterfahren? Derek und Dean hatten keine Ahnung, was mit uns geschah und vermutlich würden sie unser Fehlen zu spät bemerken. Wir beide standen dem sozusagen allein gegenüber, und ich hatte keine Ahnung, ob ich für eine Konfrontation schon stark genug war.

»Wichtig ist, dass wir beide jetzt die Nerven behalten. Machen wir uns nichts vor, wir wissen, wer dafür verantwortlich ist und auch, was vermutlich bald folgen wird. Es wird erniedrigend und es wird hart. Dennoch solltest du dir nichts anmerken lassen. Egal, was dann auch geschehen mag, Dean und Derek werden uns bereits suchen, wir müssen nur durchhalten, falls mir kein guter Plan einfällt.« An Avery gekuschelt, erlaubte ich mir einen kleinen Hoffnungsschimmer. Obwohl er kleiner war, als eine Stecknadel. Derek würde alles tun, was in seiner Macht stand, um uns zu finden. Er hatte mir sein Wort gegeben und ich vertraute ihm. Vielleicht wäre dieser Albtraum dann endlich vorbei.

»Weißt du, es ist leichter, weil ich weiß, dass du hier bist. Allein würde ich durchdrehen.« Fürsorglich streichelte Avery mein Haar und presste mich noch fester an sich.

»Alles wird wieder gut. Wenn wir dieses Kapitel geschlossen haben, können wir unser Leben endlich neu schreiben, ohne dabei an die alten Zeiten denken zu müssen. Jeder bekommt irgendwann seine Strafe und die Zeit ist reif dafür, dass er seine erhält.« Ihre Worte jagten mir zum zweiten Mal an diesem Tag einen Schauer über den Rücken.

»Empfindest du etwas für Dean?« Die falsche Frage in dieser Situation, doch mir war es lieber, darüber zu sprechen, als weiterhin über unser Problem nachzudenken.

»Ich denke schon, dass ich das tue. Er ist praktisch in

mein Leben gesprungen und hat in kurzer Zeit einiges verändert.« Lächelnd genoss ich die Wärme meiner Schwester und dachte über ihre Worte nach. Bei Derek und mir verhielt es sich ähnlich. Auf einmal war er einfach da, und die Welt schien sich nur noch um diesen einen Punkt zu drehen. Es ging nicht mehr darum, wieso oder weshalb - alles, was ihn betraf, fühlte sich richtig an, als würde das Leben selbst seine Finger im Spiel haben.

»Manchmal hat das Schicksal seltsame Wege für uns geplant.« Stille legte sich über den dunklen Raum. Ich dachte an die letzten Wochen, die für mich so wundervoll begonnen hatten. Zum ersten Mal hatte ich Angst vor dem Tod, nach dem ich mich all die Jahre verzweifelt sehnte. All das wegen eines Mannes, der mir gezeigt hat, wie wertvoll und einzigartig ich war. Aber vor allem, wie sehr ich mein Leben liebte. Genau aus diesem Grund durfte und wollte ich nicht aufgeben, oder mich von der Vergangenheit beeinflussen lassen. Nein, es gab ein Ziel und einen Wunsch - ich wollte an Dereks Seite sein, und das für immer.

Mit einem lauten Knarzen öffnete sich die Tür. Das grelle Licht blendete mich und ich schirmte meine Augen mit dem Arm ab.

Offenbar begann hier und jetzt mein letztes Kapitel oder der Neubeginn - jetzt lag es allein an Avery und mir.

Kapitel 27
Derek

Das durfte nicht wahr sein. Auf der Überwachungskamera konnte ich nur erkennen, wie zwei Männer den beiden folgten und anschließend ins Auto schleiften. Man hatte uns gelinkt und nur auf diese Chance gewartet. Zu allem Übel waren die Mädels auch noch so dumm und lieferten sich praktisch aus.

»Mit den Handys der beiden, brauchen wir es nicht versuchen«, bemerkte er niedergeschlagen, während er durch mein Büro schritt.

»Nein, aber ich habe einen Sender in Haileys Uhr einbauen lassen, weil ich mit derartigen Zwischenfällen rechnen musste. Gib mir einen Augenblick.« Nervös öffnete ich die Seite, mit der ich Hailey orten konnte.

Dass man ihr die Uhr wegnehmen würde, hielt ich für unwahrscheinlich. Hoffentlich behielt ich damit recht. Schon öfter musste ich in meinem Job eine List anwenden, um ans Ziel zu gelangen. Dies war eine davon.

»Treffer, das alte Gewerbegebiet in Salzgitter.« Sofort sprang ich auf und rannte die Treppe nach unten.

»John, ich brauche dich und alle verfügbaren Männer, die die Firma hergibt. Wir holen die Ladys zurück und werden gleichzeitig einen Ring sprengen. Dean?« Auch er war mir gefolgt und nickte.

»Ich verständige die deutschen Kollegen.« Augenblicklich verließ ich den Club und rannte zu meinem Wagen. Uns blieb keine Zeit, um auf die anderen zu warten. Mir blieb sie nicht, denn ich hatte meinem Mädchen ein Versprechen gegeben, und das würde ich halten - komme, was wolle.

»Nur für den Fall, dass wir beide da unbeschadet rauskommen, erinnere mich daran, dass ich den Ladys den Hintern versohle.« Lachend nahm Dean auf dem Beifahrersitz Platz.

»Ich glaube, dieses Mal hat sich auch Avery eine ordentliche Tracht Prügel verdient. Falls du also nichts dagegen hast, borge ich mir dein Spielzeug für eine

Weile.«

Mit quietschenden Reifen fuhr ich davon. Bis nach Salzgitter war es nicht weit, allerdings kam man nur über Umwege in das alte Gewerbegebiet. Das würde uns zusätzlich Zeit kosten, die wir eigentlich schon durch die Prügelei verloren hatten. Vom Braunschweiger Innenstadtverkehr ganz abgesehen.

Meine Hoffnung bestand jedoch nach wie vor darin, dass der Erzeuger der beiden sich Zeit ließ, weil er sich sicher fühlte. Hailey durfte einfach nichts passieren, das würde ich mir niemals verzeihen. Wie wütend ich auch jetzt auf sie war, ich liebte meine Number One, und mehr als alles andere, wollte ich Hailey wieder sicher an meiner Seite wissen - dort, wo sie hingehörte.

~~~

»Wo fangen wir an? Das Gelände ist riesig und nichts deutet auf ein Versteck hin.« Auch mich stimmte die Situation nicht minder ratlos. Wie gut diese Sender auch waren, sie zeigten einem lediglich den Umkreis an. So blieb uns nur die Suche und das konnte aufgrund der Dunkelheit und des großen Geländes ewig dauern. Eilig öffnete ich den Kofferraum und nahm zwei Headsets heraus. Wir mussten uns trennen, aber gleichzeitig den Kontakt zueinander halten. Bis John mit den anderen kam, konnte noch einige Zeit vergehen.

»Hier, über das Headset können wir uns wenigstens austauschen. John kennt meine Vorgehensweise und wird sich sicher melden, wenn er mit den anderen hier ist.« Dean nahm es entgegen und nickte zur Bestätigung. »Wir werden sie finden. Lass uns auf die Jagd gehen.« Da Dean sich für die linke Seite entschied, begann ich mit der rechten Seite. Noch vor ein paar Jahren blühte hier eine starke Industrie, doch die wirtschaftlich schlechte Lage forderte auch dieses Unternehmen. Inzwischen, knapp sechs Jahre später, deutete nichts mehr darauf hin. Die Gebäude waren heruntergekommen und Unkraut überwucherte die einstigen Wege. Hier kam niemand her, außer, er hatte etwas zu verstecken. Dennoch wurde ich das Gefühl nicht los, dass ich etwas übersah. All die Unterlagen auf meinem Schreibtisch bildeten ein Puzzle, doch das Teil in der Mitte fehlte mir. Dass der Erzeuger der beiden ein Interesse an den Mädchen zeigte, hatte einen anderen Grund, als die Pornoproduktion und den Menschenhandel. Alles passte einfach nicht zusammen. Warum ausgerechnet jetzt? All die Jahre hatte er einen ungehinderten Zugriff auf Avery und Hailey, und dennoch nutzte er ihn nicht. Wieso gerade jetzt und mit einer derartigen kriminellen Energie? Selbst Averys Rache sah ich nicht als ausschlaggebenden Grund.

»Derek, wir sind einsatzbereit und warten auf deine Instruktionen«, erklang Johns Stimme. Erleichtert atmete ich aus.

»Teilt euch in drei Gruppen auf und sucht in verschiedenen Richtungen. Es wird nicht zugegriffen, bevor Dean oder ich anwesend sind.« Auf eine Zustimmung musste ich nicht warten, denn mein bester Freund und ich arbeiteten seit Jahren zusammen und konnten uns blind vertrauen.

Insgeheim dachte ich an mein Mädchen und hoffte, dass dieser Drecksack es sich nicht wagen würde, sie anzurühren. Jede Verletzung würde er mit seinem Blut bezahlen.

»Derek, etwa fünfhundert Meter westlich von dem Standpunkt, an dem wir uns getrennt haben, habe ich frische Reifenspuren entdeckt.«

»Ich komme zu dir, warte dort auf mich.« Ich machte auf dem Absatz kehrt und lief über das dunkle Gelände in die Richtung, die Dean angab.

»Sieh dir das an. Hier scheint in letzter Zeit viel Verkehr gewesen zu sein. Ungewöhnlich, findest du nicht?« Im Dunkeln konnte man wenig, wenn auch genug erkennen. Sofort sah ich mich in der näheren Umgebung um, doch bis auf ein paar alte Schuppen konnte ich nichts erkennen.

»Wir müssen auf der richtigen Spur sein, doch wir übersehen etwas«, sprach er meine Gedanken laut aus. Das taten wir, aber was? Normalerweise war ich ein Perfektionist, mir entging niemals ein noch so kleines Detail. Die Sorge um Hailey und Avery jedoch, überschattete meinen sonst klaren Kopf.

»Ich möchte euch alle an den Schuppen, am westlichen Teil des Geländes haben«, verkündete ich und sah mich weiter um.

»KELLER«, schrie ich auf, als der Groschen endlich fiel. Um eine Belastung der Natur zu vermeiden, baute man damals unterirdische Schächte mit diversen Lagerungsmöglichkeiten. Ein besseres Versteck konnte man nicht wählen, denn von außen war es nicht einsehbar, und wenn man sich auskannte, dann konnten diese unterirdischen Gänge auch gut zur Flucht verhelfen.

»Wir müssen in die alten Lagerhallen, die man unter der

Erde gebaut hat. Dean, du nimmst dir den linken Teil vor und sei vorsichtig.« Nickend kam er meiner Weisung nach, während fünfzehn weitere Männer, inklusive John, ebenfalls auf mich zutraten.

»John, wir bilden drei Teams.« Ich stellte die Männer zusammen und schickte den ersten Schwung Dean hinterher. Mit weiteren fünf Männern nahm ich mir den rechten Flügel vor, während John sich mit seinem Team zur Mitte durchkämpfte.

Unmittelbar, nachdem wir die Tür öffneten, schlug uns ein metallischer Geruch, vermischt mit Erbrochenem entgegen. Das war die Gewissheit, dass wir uns auf der richtigen Fährte befanden. Bevor ich Hailey nicht wieder in meinen Armen halten konnte, wollte ich mir nicht ausmalen, welche Taten hier ausgeführt wurden. Eines stand allerdings fest - es waren Grausame. Direkt am Abgang verstärkte sich der Geruch.

»Mike, Stefan. Ihr beide sichert nach hinten ab. Wir anderen achten auf unsere Köpfe. Mir gefällt das nicht.« Zustimmend nickten meine Jungs und ich wagte den ersten Schritt hinab. Meine Nervenenden vibrierten, und Adrenalin schoss durch meinen Körper.

Am Treppenabsatz angekommen, konnte man bereits erstes Stimmengewirr vernehmen und zu meinem

Leidwesen auch Schreie. Mir lief es eiskalt den Rücken herunter, selbst wenn ich zu hundert Prozent sagen konnte, dass es sich dabei weder um Hailey noch um Avery handelte.

»Wir haben hier etwas gefunden. Wie ist der Stand bei euch?«

»Negativ«, bestätigte John und gleich darauf auch Dean.

»Arbeitet euch weiter voran und schneidet ihnen im Notfall den Weg ab, falls jemand stiften gehen will«, wies ich die beiden an. Selbst wenn ich gern nach vorn gepprescht wäre, unsere Eigensicherung hatte nach wie vor höchste Priorität.

Nur mit Blickkontakt signalisierte ich, dass ich die Tür zu meiner rechten öffnen würde. Unsicher was mich erwartete, drückte ich sie auf. Es reichte ein kurzer Moment, bevor sich mir der Magen umdrehte. Dieser Raum war ein verdammtes Grab und entbehrte jeder Vorstellung.

»Gott«, entwich es einem meiner Mitarbeiter, bevor er sich laut würgend übergab. Ich selbst hielt diesen Drang zurück. Wie viele Frauen hier übereinander gehäuft lagen, konnte ich nicht erkennen, doch im Moment hielt sich mein Drang zurück, es herausfinden zu wollen.

»Weiter.« Mehr brachte ich im Moment nicht heraus. Im

nächsten Zimmer befanden sich zwei Betten, die jedoch leer waren. So zog es sich im Gang weiter, bis wir einen Durchgang erreichten.

»Ich sehe drei Männer, unbewaffnet. Der Raum ist allerdings zu groß, um dies zu hundert Prozent zu bestätigen.« Ich zog mich ein Stück zurück. Wenn wir jetzt stürmten, dann mussten wir uns über die Konsequenzen im Klaren sein.

Doch meine Entscheidung wurde mir je abgenommen, als Avery und Hailey in die Halle gezerrt wurden.

»Zielobjekte in Sichtweite. Wir machen uns bereit für einen Zugriff. Wie ist der Stand bei euch?«

»Wir kämpfen uns durch die Gänge. Bis jetzt ohne Vorkommnisse.«

Meine Nerven lagen blank. Ich hatte keinerlei Einsicht, wie viele potenzielle Gegner mich hier erwarteten oder ob sie bewaffnet waren.

»Hört mir zu. Unsere Zielobjekte haben soeben die Bildfläche betreten. Ich habe keine Kenntnis über die Anzahl der Männer und deren Bewaffnung.« Mein Team nickte zur Bestätigung, dass sie mich verstanden hatten und was meine Aussage bedeutete.

Doch eins wussten sie alle - wir mussten Avery und Hailey ohne Schaden herausholen. Danach würde ich höchstpersönlich dieses abartige Kabinett dem Erdboden gleichmachen und den Besitzer ebenfalls, denn dieser betrat soeben den Raum und ging zielgerichtet auf die beiden Frauen zu.

»Dean, er ist jetzt ebenfalls anwesend. Ich starte meinen Zugriff. Beeilt euch.« Ein letztes Mal atmete ich tief durch. Die Frau, die ich liebte, stand nur wenige Meter von mir entfernt und ich durfte mir jetzt keine Schwäche erlauben. Ich hielt meine Versprechen immer und jenes, welches ich ihr gab, würde ich nicht aus Unvorsichtigkeit brechen.

Kapitel 28
Raven

»Ich hatte mir nie erhofft, eine von meinen beiden Töchtern wiederzusehen. Um so größer ist meine Freude, dass ihr nun beide den Weg in meine geheiligten Hallen gefunden habt.« Angewidert rümpfte ich meine Nase. Selbst wenn es Jahre her war, diese Stimme würde ich in meinem Leben niemals vergessen können. Er war hier und er wagte es wahrlich, uns als seine Kinder zu bezeichnen. Die Frauen, die er eigenhändig missbraucht und geschändet hatte. Mir drehte sich der Magen um, denn die Bilder fluteten unaufhaltsam meinen Kopf. Jede noch so kleine Erinnerung fühlte sich an, als würde ich sie erneut durchleben müssen.

»Wir haben nicht darum gebeten, deine Töchter zu sein und wenn es eine Möglichkeit gäbe, dann würde ich sie ergreifen und alles ungeschehen machen«, ließ Avery ihren angestauten Gefühlen freien Lauf, während sie mich schützend hinter sich schob.

»Na na, sagt man so etwas zu seinem Vater?« Wie konnte ich nur jemals für einen Menschen wie ihn Emotionen haben? Sagte man nicht immer, dass Kinder spüren, wenn jemand böse Absichten hatte? Warum hatte dieser Naturinstinkt bei mir so jämmerlich versagt?

»Du bist nicht unser Vater und du wirst es niemals sein.« Averys Körper zitterte, was ich ihr nur allzu gut nachempfinden konnte. Sie litt am meisten und dennoch stellte sie sich ihm ohne Weiteres entgegen. Wie sehr wünschte ich mir, auch nur einen Funken von ihrem Mut zu besitzen.

»Zugegeben, ihr beide seid so eigentlich nicht geplant gewesen. Besser gesagt, für euch war etwas anderes vorgesehen. Leider haben gewisse Dinge meine Planung durcheinandergebracht. Umso erfreulicher ist es jetzt, dass sich das Blatt gewendet hat. Ich möchte euch bitten, mir nach draußen zu folgen. In ein paar Minuten beginnt die Show und ich habe euch Plätze in der ersten Reihe reserviert.« Abermals kämpfte ich gegen die starke

Übelkeit an, um meinen Mageninhalt nicht von mir zu geben.

Avery nahm meine Hand in ihre und folgte Walter nach draußen. Noch immer schmerzte mein Kopf, was durch die vielen Scheinwerfer verstärkt wurde.

»Ihr seid zwei große Mädchen. Geht den Gang bis zum Schluss, dort werdet ihr auf einen weiteren Raum stoßen. Ich bin pünktlich zur Vorstellung bei euch.«

Avery sah zu mir und signalisierte, dass wir vorerst machen sollten, was er uns sagte. Obwohl ich ahne, wie ungern sie dem nachkam.

»Wir beide sind zusammen und das zählt.« Sie lächelte leicht, doch es erreichte ihre Augen nicht.

Am Ende angekommen, blieb ich wie angewurzelt stehen. Vor uns erstreckte sich eine riesige Lagerhalle, welche mit diversen Kameras, Lichtquellen und Matratzen ausgestattet waren. Das Schlimmste allerdings, befand sich auf der anderen Seite, direkt gegenüber von dem Platz, an dem wir standen.

»Oh Gott«, entwich es Avery, die sich sofort die Hand auf den Mund presste.

In eine Ecke gedrängt umklammerten sich unzählige Kinder und Frauen - nackt. Ohne etwas dagegen unternehmen zu können, übergab ich mich inmitten des

Flurs.

»Es ist okay, lass es raus.« Behutsam streichelte meine Schwester mich und presste meinen Körper eng an sich.

»Wenn ich die Damen hereinbitten darf.« Ein ungewaschener Mann mit einer Waffe in der Hand trat auf uns zu und winkte an sich vorbei. Schützend schob Avery mich weiter.

Ich kam mir vor wie in einem Horrorkabinett, wie es nicht einmal Hollywood besser inszenieren konnte. All die Menschen hier, wie Vieh gehalten, teilweise schwer misshandelt und blutüberströmt. Inständig betete ich dafür, dass alles nur ein böser Albtraum sei und ich dringend aufwachen müsste.

Der Mann von eben rückte uns zwei Stühle zurecht und deutete darauf. Nur widerwillig nahmen wir darauf Platz und warteten darauf, was auf uns zukommen würde. Walter betrat ebenfalls den Raum und am anderen Ende der endlosen Halle wurde eine Tür geöffnet. Weitere zehn Männer folgten kurz darauf. Die Bilder, die unaufhaltsam meinen Kopf durchfluteten, entleerten auch den Rest meines Magens.

»Wir mussten unsere Vorlieben lange verstecken, und werden von den Menschen gemieden, weil wir diese Perversion haben. Ab heute wird sich das ändern. Zudem freut es mich, dass sich zwei Ehrengäste heute bei uns eingefunden haben.« Grinsend wandte er sich an uns. Ich spürte förmlich, wie mein Kreislauf zu versagen drohte. Dieser Mann war krank und gerade im Moment teilte ich Averys Einstellung in vollen Zügen.

»Sicher fragt ihr euch, was das alles hier ist und warum ihr hier seid. Das ist ganz einfach erklärt. Seht dort rüber«, Walter deutete auf die Gruppe.

»Das alles sind eure Geschwister und meine Kinder. Ich habe sie geschaffen, damit wir ohne jegliche Hindernisse unserer Vorliebe nachgehen können. Mit euch beiden habe ich damals angefangen, doch leider liefen die ersten Versuche nicht nach meinen Wünschen. Zu meiner Erleichterung hat sich das Blatt an dieser Stelle gewendet.« Avery sprang wutentbrannt auf und stieß dabei den Stuhl um.

»Du gehörst weggesperrt, und zwar für immer. Ihr seid allesamt kranke Spinner und verdient weitaus mehr als den Tod«, schrie sie ihm entgegen. Ihre Hände waren fest zusammengepresst.

»Ich hatte gehofft, dass du das sagen würdest. Meine Herren, darf ich Avery vorstellen. Das erste Mädchen, mit dem damals alles begonnen hat. Süße, komm her. Ich finde, du solltest die Chance erhalten, deine Geschwister zu schützen. Schließlich bist du doch die Stärkste von allen und noch dazu, inzwischen ein ziemlicher Wildfang. Ich bin mir sicher, dass jeder Einzelne es genießen wird, deinen Willen zu brechen.« Inzwischen war ich ebenfalls aufgesprungen und stellte mich an die Seite meiner Schwester.

»Ich werde dir deine Eier auf die bestialischste Art und Weise abreißen und sie dir dann in deine Fresse stopfen, bis du daran erstickst.« Lachend warf er den Kopf in den Nacken und beinahe alle Anwesenden taten es ihm gleich.

»Zugriff«, erklang eine männlich markante Stimme von der Seite. Schnell packte ich Averys Hand und zog sie mit mir zu den Mädchen in der Ecke. Der Tumult, der um uns ausbrach, ignorierte ich. Derek wusste, was er tat, dessen war ich mir sicher.

»Wir sollten sie hier wegbringen«, rief ich Avery zu, die wie angewurzelt vor der Gruppe stand. Ich sah mich um, doch nichts Greifbares schien in meiner Nähe. Mir war nicht wohl, sie jetzt alle nach draußen in die Kälte zu führen, doch es war allemal besser, als weiterhin hierzubleiben.

»Los, wir verschwinden hier.« Behutsam führte ich die Gruppe an der Wand entlang nach draußen. Avery

bewegte sich keinen Millimeter.
»Komm schon, Avery«, rief ich ihr erneut zu und verließ die Lagerhalle. Vollkommen verängstigt tasteten wir uns voran, bis wir eine kleine Treppe erreichten.
»Alles in Ordnung. Wir sind von der Polizei«, empfingen uns mehrere bewaffnete Männer vom SEK und führten die anderen und mich aus dem Gebäude. Draußen standen bereits einige Krankenwagen bereit, die sich liebevoll um all die Mädchen kümmerten. Zumindest in diesem Punkt war ich beruhigt, doch Avery, Dean und auch Derek befanden sich nach wie vor da unten. Angespannt blickte ich zum Ausgang und hoffte inständig, dass sie ebenfalls bald nach draußen kamen - unverletzt.
»Sind Sie in Ordnung?« Die ruhige Stimme des Sanitäters ließ mich herumfahren.
»Ja, mir geht es verhältnismäßig gut«, antwortete ich ehrlich und er ging. Jedoch wuchs die Sorge von Minute zu Minute, in denen sich einfach nichts tat. Ich hätte Avery nicht allein lassen dürfen.
Endlich erschien Derek und ich hielt es keine Sekunde länger aus und rannte ihm entgegen. Mit Tränen in den Augen warf ich mich in seine Arme und genoss das vertraute Gefühl.

»Es ist vorbei, Baby. Geht es dir gut?« Fürsorglich tastete er meinen Körper ab, während er mein Gesicht mit Küssen überhäufte.

»Körperlich geht es mir gut. Was ist mit Avery und Dean?« Doch die Antwort sollte er mir schuldig bleiben. Mit Avery auf dem Arm rannte Dean über den Platz. Sofort wuchs die Panik in mir und ich wollte ihm hinterher.

»Nicht. Avery wurde angeschossen. Lass sich die Ärzte darum kümmern.« Derek hielt mich zurück, obwohl ich mich heftig gegen seine Umarmung wehrte.

»Lass mich los«, schrie ich panisch und kämpfte weiter gegen ihn. Aus den Augenwinkeln konnte ich wahrnehmen, wie Avery auf eine Liege im Krankenwagen gelegt wurde und sich sofort mehrere Sanitäter um sie scharten. Die Klamotten wurden eilig vom Körper gerissen und enthüllten eine stark blutende Wunde.

»Vermutlich hat die Kugel ihre Lunge getroffen«, sagte Derek ruhig, wenn auch nicht minder besorgt. Hinter ihm brachten mehrere Männer vom SEK gerade Walter nach oben, gefolgt von weiteren Männern, die ebenfalls in Handschellen über den Platz geführt wurden.

»Du mieses Dreckschwein«, schrie ich unter Tränen. Am

liebsten wollte ich das machen, was Avery mit ihm vorhatte. Er sollte leiden, wie wir es alle taten!
»Shh, Baby. Es ist vorbei. Alles wird wieder gut. Komm, ich bringe dich nach Hause.« Ich schüttelte als Antwort nur den Kopf. Erst musste ich wissen, wie es meiner Schwester ging.
»Und Schock. Nichts.« Verzweifelt stand der Notarzt im Rettungswagen und kämpfte um das Leben von Avery. *Nein ... Nein ... Nein ... nicht jetzt.* Tränen benetzten meine Wangen und eine unheimliche Leere erfüllte mich. So durfte das hier und heute einfach nicht enden. Nicht so!

Kapitel 29
Derek

Die Tage zogen sich schier endlos lang dahin. An Hailey war keinerlei Rankommen mehr. Wie ein Häufchen Elend saß sie entweder im Wohnzimmer oder in meinem Schlafzimmer. Sie aß nicht und gesprochen hatten wir seit dem Vorfall kein einziges Wort mehr.

Zum ersten Mal war ich mit meinem Latein am Ende. Mir blieb nichts übrig, als darauf zu warten und zu hoffen, dass sie ihre Trauer überwand.

»Wie geht es ihr heute?« Mitfühlend legte Dean die Hand auf meine Schulter.

»Keine Chance. Dabei würde ich ihr so gern helfen.« Niedergeschlagen ließ ich mich auf den Sessel fallen und

vergrub mein Gesicht in den Händen.
»Gib ihr Zeit. Es ist für uns alle nicht leicht und für Hailey erst recht nicht.« Ich nickte abwesend, doch seine Worte erreichten mich kaum. Hailey war alles für mich und nun saß ich hier und konnte ihr nicht helfen.
»Mein Flieger geht in drei Stunden. Ich bin nur gekommen, um mich zu verabschieden.« Dean lächelte unsicher und deutete auf die gepackten Koffer im Flur.
»Wirst du damit klarkommen?« Die Frage erübrigte sich und klang nur halb so interessiert, wie sie in seiner Situation klingen sollte.
»Ich habe einiges an Papierkram zu erledigen. Das bringt für den Anfang Ablenkung genug«, bemerkte er beklommen. An seiner Stelle würde es mir nicht besser gehen.
»Pass auf dein Mädchen auf.« Verständnisvoll griff ich nach seinem Arm.
»Pass auf dich auf.« Ohne eine Antwort ließ er mich zurück. Manchmal waren es nicht die Worte, die man hören musste, sondern die Gewissheit, dass jemand da war, wenn man reden wollte. Dean brauchte Zeit für sich, wie auch Hailey. Wenn die beiden irgendwann darüber sprechen wollten, dann war ich bereit dafür, ihnen zuzuhören. Im Moment jedoch, blieb mir nur die

Möglichkeit des Wartens. Und zu meinem Leidwesen, der Blick auf ein Mädchen, das gebrochener war, als je zuvor.

～～

»Wie lange soll das noch so weitergehen?« Wütend knallte ich die Hand auf den Wohnzimmertisch. Meine Freundin glich immer mehr einem Gespenst, an das ich kaum noch herankam. Immer weiter schottete sich Hailey vom Leben ab und allmählich wuchs die Angst, dass sie sich damit selbst umbrachte.
Als wieder einmal keine Antwort von ihr kam, fegte ich mit der Hand einmal quer über den Tisch.
»Auch andere Menschen haben schlimme Dinge erlebt. Was du hier allerdings machst, ist selbstzerstörend.« Wieder nichts. Derartige Gespräche, ob sie fürsorglich oder wütend geführt wurden, probierte ich in den letzten vierzehn Tagen des Öfteren. Langsam war ich mit meinem Latein am Ende. Angst breitete sich in mir aus, dass ich Hailey verlieren könnte.
»Baby, ich will dich nicht verlieren. Noch nie in meinem Leben hat mir ein Mensch so viel bedeutet, wie du es

tust, seitdem du so elegant vom Sitz der Bushaltestelle aufgesprungen bist. Dich bei mir zu wissen, dein Lächeln zu sehen oder wenn du dich nachts an mich klammerst, all das fehlt mir. Sag mir, was ich tun kann, denn ich gehe kaputt. Und weißt du warum? Weil ich dich liebe, Hailey.« Unter Tränen hob sich ihr Blick und Hailey sah mir direkt in die Augen.
»Meinst du das ernst?«, fragte sie unsicher und wischte sich über die feuchten Wangen.
»Jedes Wort davon. Ich liebe dich, Baby. Hoffnungslos und mit einer Intensität, die alles in den Schatten stellt.« Ungestüm warf sich Hailey an meinen Hals und schluchzte.
»Und ich dachte immer, dass ich für dich nur eine Mitleidsnummer bin, bestenfalls eine neue Nummer für dein Spielzimmer.« Seufzend zog ich sie auf den Schoß.
»Das warst du nie. Vom ersten Moment an, habe ich dich als mein Mädchen gesehen. Und die wundervolle Frau, die hinter der knallharten Fassade steckt. Ich habe mich in das Schneewittchen verliebt, das mein Herz gefangen genommen hat. Alles, was ich jetzt möchte ist, dass diese Frau ihr Herz für mich öffnet.«
»Das hat sie längst.« Eng umschlungen küsste ich Hailey und eine unheimliche Last fiel von meinen Schultern.

»Kannst du das wiederholen?« Schmunzelnd küsste ich zuerst ihre Stirn, bevor ich ihr noch einmal sagte, wie sehr ich sie liebte.

Auch wenn der Stress noch nicht beendet war, so hatte ich die Hoffnung, dass Hailey die Strapazen durchstehen würde. Was ihren Vater anbelangte, so erwartete ihn Schlimmeres, als ein Gefängnis in Deutschland. Dean hatte dafür gesorgt, dass er in wenigen Tagen an die amerikanischen Behörden ausgeliefert werden würde. Ich betete nur inständig dafür, dass er die Todesstrafe erhielt.

Ja, und dann waren da noch die Kinder, die er gezeugt hatte. Dem ganzen Ausmaß gegenüberzustehen, hatte selbst mir den Boden unter den Füßen weggezogen.

In all den Jahren, erkaufte sich dieser Mistkerl unzählige Frauen und zeugte mit ihnen Nachwuchs. Dieser wiederum wurde für illegale Kinderpornografie missbraucht. Bei der Durchsuchung fand man unzählige Videobänder und zu meinem Leidwesen, auch viele tote junge Frauen. Dieses Bild würde mich fortan verfolgen.

»Wird er die Todesstrafe bekommen?«, fragte mich Hailey. Seufzend streichelte ich ihren Rücken.

»Sagen wir es mal so: Ob nun durch das Gericht oder anderweitig, er wird im Knast qualvoll sterben. Das ist eine Gewissheit, an die du dich ab heute klammern kannst.« Es passierte schon so einiges, mit dem man nicht rechnete. Ich war mir sicher, dass sein Meister ihm schneller als erwartet den Garaus machen würde.

»Danke, Derek. Ich weiß nicht, wie ich das ohne dich durchgestanden hätte.« Mit dem süßesten Bambiblick schaute sie zu mir auf, während sie sich eine Strähne hinter das Ohr schob.

»Das warst du ganz allein, Baby. Und jetzt schließ dieses Kapitel endlich. Es ist für immer vorbei. Niemand wird dir jemals wieder wehtun. Na gut, mit Ausnahme von mir und auch nur, wenn du das wünschst«, bemerkte ich mit einem wissenden Lächeln.

»Ich bin mir sicher, dass ich es irgendwann wieder wünschen werde. Im Moment möchte ich einfach nur deine Nähe genießen, und all das hinter mir lassen.«

Gemeinsam mit Hailey auf dem Schoß, ließ ich mich gegen die Lehne sinken, und genoss die Stille, die sich angenehm um uns legte.

Ich hatte mein Versprechen gehalten, wenn auch mit Abstrichen, über die ich mit der Zeit ebenfalls hinwegkommen musste. Meine Gedanken waren bei Dean. Hoffentlich stand er die nächste Zeit durch und fand für sich ebenfalls einen Weg, mit den

Geschehnissen zurechtzukommen.

Epilog
Raven
6 Monate später

Sanft fuhren meine Finger über das Leder in meiner Hand. Ich hatte das schönste Geschenk erhalten, das eine SUB bekommen konnte - ein Halsband.

Das unverwechselbare Zeichen, das mich zu seinem Eigentum machte. Von seiner Seite war ich auserkoren.

Mein Blick glitt nach oben, direkt in sein Gesicht, und obwohl wir uns noch in der Spielzeit befanden, erlaubte er es mir.

Vorsichtig nahm er mir mein Geschenk aus der Hand, beugte sich ein Stück zu mir und legte es um meinen Hals.

Ich konnte und ich mochte mich nicht dagegen wehren, denn genau das wollte ich. Meine Sehnsucht wuchs von Mal zu Mal und gipfelte nun endlich in diesem einen Augenblick.

Ich schloss die Augen und genoss das Gefühl, wie das Halsband geschlossen wurde. Von nun an würde es mich zieren und meinen Stand klar und deutlich für jedermann sichtbar machen.

An dem kleinen Ring, der sich vorn befand, klinkte er die Leine ein und zog daran. Brav sank ich auf den Boden, den Hintern nach oben gereckt, die Hände weit nach vorn geschoben.
»Du gehörst mir, Sklavin«, erklang seine markante männliche Stimme mit dem Unterton, der keine Widerworte zuließ.
»Ja, Herr.« Ein leichtes Zittern erfasste meinen Körper. Sämtliche Sinne waren zum Zerreißen gespannt und warteten darauf, dass er einen Befehl geben würde.
»Gefällt dir dein Geschenk, Sklavin?« Niemand, der nicht in meiner Situation war, konnte sich vorstellen, wie sehr es mir gefiel.
»Ja, Herr. Das Geschenk ist wundervoll.« Meine Stimme war leise, sanft und durchweg gehorsam.
Er ließ die Leine neben mir sinken. Seine Finger berührten meinen Körper, beginnend an meiner Schulter. Immer weiter glitt sie über meinen Rücken bis zu meinem Hinterteil.
»Du warst heute sehr brav und hast deinem Herrn eine große Ehre erwiesen. Wähle das Spielzeug.« Schwer atmend und mit einem kleinen zufriedenen Lächeln, wählte ich den Flogger.
Die Schläge waren, je nach Größe des Floggers, mit

denen eines Gürtels zu vergleichen. Zudem konnte mein Herr sie so benutzen, dass ich große Lust oder unsagbare Schmerzen empfand.

»Fünfzehn Schläge auf jede Arschbacke«, ließ er mich wissen, als der erste Treffer bereits auf meinem Hinterteil landete. Süß schoss der Lustschmerz zwischen meine Schenkel.

Vor einem halben Jahr wäre das unvorstellbar gewesen. Vor dieser Zeit quälten mich noch Selbstzweifel.

Ich war allein und gebrochen, doch dank ihm gab es mich wieder.

Es war verwirrend, denn jeder, der es nicht selbst erlebt hatte, würde mich für verrückt erklären. Sich schlagen und benutzen zu lassen, und sich dennoch wie der teuerste Diamant der Welt zu fühlen, weil er mich in all der Zeit nichts anderes empfinden lies.

Genau DAS war ich - der wunderschönste Rohstoff, den die Welt für ihn geschaffen hatte.

Mit der Zeit vertraute ich Derek so sehr, dass das Spielen inzwischen ein fester Bestandteil unserer Beziehung geworden war. Es gab mir den nötigen Halt, den ich nach allem bitter nötig hatte.

Auch der Umstand, dass Walter im Gefängnis seine gerechte Strafe erhielt, trug viel dazu bei, dass ich mein

Leben langsam in die richtigen Bahnen lenken konnte.

»Spielen wir noch oder hängt meine Number One weiter ihren Gedanken nach?« Er kannte mich und meine Körpersprache inzwischen gut.

»Was hältst du davon, wenn wir das »Spielen« ins Schlafzimmer verlegen?« Grinsend hob ich meinen Blick und traf auf freudige Zustimmung.

»Was mache ich nur mit dir?«

»Hmm, wie wäre es mit mehr Durchsetzungsvermögen?« Trotz meiner gefesselten Hände, hob er mich über die Schulter und trug mich eilig aus dem Spielzimmer.

»Vielleicht denke ich morgen darüber nach. Fürs Erste würde ich die Dame gerne in meinem Bett genießen.« Lachend ließ ich mich nach oben tragen und sehnte das nun Folgende herbei.

ENDE

Nachwort

Ein kleines Wort zum Abschluss.

Die Geschichte von Avery und Dean könnt ihr in Kürze ebenfalls lesen.
Ich gebe mir Mühe, dass Kill Fear schnellstmöglich erscheint.

Liebe Grüße

Eure Ani

FIND YOUR WAY

Ein Roman von Ani Briska

Für Rudi

Du hast zu mir gesagt: Schreib, wozu du Lust hast und das habe ich getan.
Seit Januar bist du ein Bestandteil meines Lebens und hast mir einen neuen Weg gezeigt, wofür ich dir mehr als dankbar bin.

Impressum:

Copyright:Franziska Göbke
Postfach 10 13 32
38843 Wernigerode

Lektorat: KKB - Lektorat und Korrektur
Korrektur: KKB - Lektorat und Korrektur
Coverbild: Franziska Göbke unter Verwendung von Fotolia - 80038487

Dieses Werk ist reine Fiktion. Jegliche Ähnlichkeiten mit lebenden oder verstorbenen Personen sowie Schauplätzen sind zufällig und nicht beabsichtigt. Alle darin beschriebenen Vorkommnisse sind frei erfunden.

Der Inhalt dieses Buches ist urheberrechtlich geschützt. Kopieren, Vervielfältigen und Weitergabe sind nur zu privaten Zwecken erlaubt. Der Abdruck des Textes, auch nur in Auszügen, nur mit ausdrücklicher Genehmigung der Autorin.

Mehr Informationen und Kontakt unter:
www.FranziskaGoebke-Autorin.de

WARNUNG

An dieser Stelle sei eine Warnung angebracht. Dieses Buch enthält sehr gewaltvolle Szenen, viel Blut, abartige Sprache und perversen Sex.
Trotz allem basiert dieser Roman auf reiner Fiktion! Nichts davon ist zur Nachahmung empfohlen - wobei sich dieses von selbst verstehen sollte.
Meine Protagonistin lebt ihren Sex ungeschützt, was ich in keiner Form unterstütze, auch das sollte klar sein.

Wenn dir diese Warnung nicht zusagt, dann solltest du diesen Roman schleunigst an die Seite legen, denn ich versichere dir, er wird dir nicht im Ansatz gefallen.

All den anderen Lesern wünsche ich viel Vergnügen mit Avery und ihrer Rache.

Eure Ani Briska

PROLOG

Immer wieder waren es diese Tränen, die mich Nacht für Nacht an meine einzige Schwäche erinnerten. Knallhart fegten sie nach meinen Albträumen über mich hinweg und ließen mich ohnmächtig zurück.

In diesen Momenten lehnte ich mich an das Kopfteil meines großen Bettes, zündete mir eine Zigarette an und wartete darauf, dass mich die ersten Züge beruhigten. Erst danach griff ich nach der Waffe, die auf dem Nachttisch lag. Den Schweiß, der langsam über meine nackte Haut lief, ignorierte ich stoisch. Ebenso die kalte Nachtluft, welche durch das geöffnete Fenster ins Innere drang.

Lächelnd blies ich eine Rauchwolke aus und rief mir die Bilder der letzten Nacht in Erinnerung. Seit fast zwei Jahren war es mein persönlicher Kick, jedes einzelne Schwein dafür bluten zu lassen, dafür, was man mir angetan hatte. Gestern Abend kam es einem Höhepunkt gleich, dem miesen Wichser die Eier abzuschneiden und sie ihm danach in den Mund zu stopfen. Er, Manyell Howard, hatte weitaus mehr verdient, als diesen kurzen Schmerz und die spätere Erlösung durch meine Waffe. Der Geruch des Blutes erfüllte meine

Gedanken und beinahe konnte ich den metallischen Geschmack auf meiner Zunge schmecken.

Ich war schon ein richtig perverses Mädchen. Wobei das Wort Mädchen mit meinen knapp dreißig Jahren kaum zutreffend war. Oftmals sahen mich die Männer jedoch so. Mein süßer Unschuldsblick verstärkte diese Annahme zusätzlich.

Etwas entspannter rutschte ich ein Stück nach unten, sodass mein Kopf das Kissen berührte, und legte mir meine Beretta auf den Bauch. Das kühle Material brannte und erregte meine immer noch glühende Haut.

Grinsend fügte ich dem perversen Mädchen noch die Betitelung abartig hinzu, denn das, was ich nachts heimlich tat, machte mich tierisch an. Es reizte meine Sinne und hinterließ in meinem Höschen stets eine feuchte Spur. Bevor ich es mir heute jedoch deshalb ein letztes Mal besorgen würde, brauchte ich einen Plan für mein Opfer Nummer fünf.

Wie wollte ich vorgehen? Welche Maskerade würde ich benutzen? Schwanz oder Eier abschneiden? Es langsam tun oder schnell?

Seufzend vertagte ich meine Entscheidung auf morgen früh. Allein die Gedanken an frisches Blut, angstgeweitete Augen und diesen einmaligen Duft der Panik, hatten mich komplett in Erregung versetzt.

Meine Waffe landete wieder auf dem Nachttisch und meine Finger direkt zwischen den Beinen. Die Nässe quoll bereits in rauen Mengen hervor, sodass ich ohne Probleme zwei Finger in mir versenken konnte. Mit meiner anderen Hand quälte ich meine Nippel. Ich zog daran, kniff hinein, während ich dem Geräusch meiner schmatzenden Finger lauschte.

In meinem Kopf spielte ein Film, der von harter, roher Gewalt bestimmt wurde. Von Rache und von Sehnsucht. Mein absoluter Kick.

Stöhnend zog ich meine Finger aus der nassen Spalte und begann, wild über meinen Kitzler zu reiben. Pulsierend und heiß, jagte meine Lust durch meinen Körper. Mein erhitzter Leib wurde von der kalten Luft berührt und sorgte für eine gewaltige Reizüberflutung. Die zusätzliche Stimulation meiner Knospe, würde mich in rasender Geschwindigkeit zu meinem ersten Orgasmus bringen. Es war nicht so, dass ich mich mit einem zufrieden gab - das tat ich nie. Ich genoss es, dass meine Pussy nach einigen Orgasmen ordentlich geschwollen war. Ich liebte es, wenn mein Kitzler unfähig dazu war, mit dem Zucken aufzuhören und natürlich, wenn die Erschöpfung mich erfasste und es nur noch die absolute Entspannung gab.

Die Fersen in die Matratze gestemmt, den Kopf in den Nacken gelegt, schrie ich meinen ersten Höhepunkt hinaus. Schweratmend nahm ich die Empfindungen in mir auf, ohne mein Spiel zu unterbrechen. Immer weiter malträtierte ich die empfindlichen Stellen, jagte mich von einem Orgasmus zum nächsten. Nach dem Dritten oder Vierten, sicher war ich mir nicht, flachten sie kaum noch ab. Sie blieben auf einer lustvollen Ebene exquisiter Qualen.

Allerdings war auch der schönste Spaß irgendwann zu Ende. Meiner vollkommenen Erschöpfung hingebend, sank ich noch weiter in meine Kissen. Ich sollte endlich schlafen. Es gab nichts Schlimmeres, als einen Mord zu planen, wenn man hundemüde war. In Vorfreude auf meine nächste Spielzeit schloss ich die Augen und schlief sofort ein.

KAPITEL 1

Mitgenommen rieb ich meine Augen. Obwohl ich ein paar Stunden Schlaf gefunden hatte, fühlte ich mich ausgelaugt. Ein richtiger Schlafrhythmus könnte da Abhilfe schaffen, doch dieser existierte nach den schlimmsten Tagen meines Lebens nicht mehr. Seit knapp fünfzehn Jahren wachte ich Nacht für Nacht von Albträumen auf, kontrollierte, ob meine Waffe noch an Ort und Stelle war, und verschaffte mir etliche Höhepunkte. In Anbetracht dessen, was mir passierte,, war das eigentlich unverständlich. Viele erwarteten vermutlich ein verängstigtes Wesen, das niemals wieder einen Fuß vor die Tür setzte, doch ich war anders. Sex war schon lange zu einer Therapie und Sucht geworden. Das Morden zu meiner Rache. Beides gab mir die innere Ruhe, die ich brauchte, um nicht wahnsinnig zu werden. Damals hatte ich zugelassen, in ein Heim gesteckt zu werden. Begann unzählige, sinnlose Therapien, um dann doch meinen eigenen Weg zu finden.

»Guten Morgen, Avery. Leider habe ich heute keine Post für dich«, witzelte Nolan, während er mir gegenüber am Tisch Platz nahm. Sein voluminöser Körper hatte dabei leichte

Probleme, sich zwischen Tisch und Bank zu quetschen. Auch dieses Schauspiel bestimmte meinen täglichen Tagesablauf.

Das verhielt sich mit dem Kaffee ähnlich, denn Linda, eine Angestellte des Diners, kam bereits zu unserem Platz. Ohne zu fragen, nahm sie eine Tasse, stellte sie vor Nolan und goss die schwarze Teerbrühe hinein. Freundlich lächelte sie und vergaß nicht, beim Gehen betont mit den Hüften zu schwingen. Angewidert wendete ich den Blick ab und konzentrierte mich wieder auf meinen Informanten. Allerdings schien dieser, noch gebannt am Arsch der Kellnerin zu hängen.

»Warum folgst du ihr nicht einfach? Ich bin mir sicher, dass sich ihr Mann, der Küchenchef, riesig darüber freuen würde, wenn es die Würstchen heute umsonst gäbe.« Schockiert sah Nolan mich endlich an, ersparte mir allerdings eine Erwiderung.

»Was heißt das, du hast heute keine Post für mich? Willst du damit andeuten, nichts gefunden zu haben?« Meine Augen verengten sich zu Schlitzen, während ich auf seine Antwort wartete.

»Ach Avery, du hast mich vor zwei Stunden angerufen. Manchmal bin selbst ich kein Zauberer. Im Netz war jedenfalls nichts zu finden und ansonsten bin ich dran.«

Nervös wischte sich Nolan mit einer Serviette den Schweiß von der Stirn.

Was in Dreiteufelsnamen hatte mich bewogen, diesem Trottel zu vertrauen? Ach ja, dieser Idiot war mein Halbbruder. Allerdings hatte sich meine Mutter mit diesem Exemplar männlicher Power, selbst ins Aus geschossen, denn mit meinem kleinen Brüderchen begannen auch meine Probleme.

»Fick dich, Nolan. Noch zwei verdammte Stunden und dann möchte ich endlich Ergebnisse haben.« Angesäuert knallte ich das Geld auf den Tisch, sodass sich alle nach uns umsahen, und verließ das Diner.

Die eiskalten Temperaturen auf den Straßen von Chicago kühlten mich fast augenblicklich ab. Verdammt, ich war ein Typ für Sonne, Strand und Meer. Was tat ich stattdessen? Jagte zweiundzwanzig Männern hinterher, anstatt mit einem heißen Surflehrer zu vögeln. Das war bitter - selbst für meine Verhältnisse.

In meinen Gedanken versunken, die Hände zum Schutz tief in die Taschen versteckt, schlenderte ich die Michigan Ave hinunter. An der Roosevelt Universität verharrte ich einen Moment. Schon öfter hatte ich auf dem Campus einen willigen Studenten gefunden, der mir das Hirn für kurze Zeit rausvögelte. Auch heute könnte es eine Option sein, da ich

Nolan sonst vermutlich wirklich töten würde, falls er in zwei Stunden immer noch keine Adresse für mich hätte.

Ich beherrschte mich jedoch und setzte den Weg zum Motel fort. Der Morgen begann nicht zufriedenstellend. Ein Punkt, der mir zu schaffen machte, denn wenn ich eines mehr hasste, als unzureichende Informationen, waren es gar keine und ein halber Tag Pause. Falls Nolan die Adresse fand, so musste ich mich mit dem Töten beeilen oder es auf den nächsten Tag verschieben.

Ich seufzte schwer, überprüfte, ob meine Waffe noch saß, und erlaubte mir in der Nähe des Parks eine kleine Pause. Trotz der Kälte sank ich auf die Bank und ließ den Blick durch die Runde schweifen. Bis auf ein paar Jogger, Hundebesitzer und Mütter, die spazieren gingen, war niemand zu sehen. An Tagen, an denen ich mich nicht im Killermodus befand, joggte ich regelmäßig. Zurzeit bot sich diese Möglichkeit allerdings nicht. Selbst der unbedachte, tägliche Aufenthalt im Diner war gefährlich. Überhaupt zurück nach Chicago zu kommen, war eine komplett bescheuerte Idee. Ich hatte mich nicht ohne Grund nach Texas zurückgezogen. Dort kannte mich niemand und ich lief keine Gefahr, von jemandem auf damals angesprochen zu werden. Es klingt paranoid, zugegeben. Warum sollte dies in einer Millionenstadt passieren? Die Antwort war

gleichermaßen erschreckend wie einleuchtend. Es reichte den Herren nicht, mich zu vergewaltigen, sich dabei zu filmen, nein, sie verkauften das Video auch massenhaft.
Inzwischen waren fünfzehn Jahre vergangen, ich hatte mich verändert und ich war dafür bereit, sie so zu bestrafen, wie sie es verdient hatten. Einer nach dem anderen, würde qualvoll an seinen Körperteilen ersticken, verbluten oder einen schnellen Tod durch meine Waffe finden. Wie meine Entscheidung auch ausfiel, ich genoss jede Minute davon. In meinen Augen hatte Justitia in meinem Fall eine falsche Entscheidung getroffen. Lediglich drei der Männer wurden verurteilt. Die Restlichen aus Mangel an Beweisen, denn sie waren auf keiner der Aufnahmen eindeutig zu erkennen, freigesprochen oder nicht einmal geladen. Einen härteren Schlag ins Gesicht konnte man als junges Mädchen nicht bekommen.
Jetzt hatte sich das Blatt allerdings gewendet, denn ich besaß erstaunliche Fähigkeiten und ein Ziel.
Erst als ich meine Zehenspitzen vor Kälte nicht mehr spürte, stand ich auf und ging ohne Umwege oder weitere Pausen ins Motel.

~~~

Eine Minute vor Ablauf der Zeit, meldete sich Nolan bei mir und teilte mir tatsächlich eine Adresse mit. Laut meinem eigenen Zeitplan lief alles perfekt. Aus dem Schrank nahm ich meinen Lederoverall, wobei ich auf die Unterwäsche verzichtete, und ging ins Bad. Im großen Spiegel betrachtete ich mich. Zugegeben, die heiße Frau, die mir dort entgegen strahlte, würde meinen heutigen Kandidaten in die Knie zwingen. Im Gegensatz zu damals, hatte ich meinen Babyspeck abgelegt und verfügte über einladende schlanke Kurven. Auch meine Brüste kamen wundervoll zur Geltung. Jetzt musste ich mir nur noch die Haare hochstecken und ein dezentes Make-up wählen, dann stand meiner Rache nichts mehr im Wege.

Von Nolan hatte ich erfahren, dass Michel Havens seit gut einem halben Jahr in Trennung lebte und somit sein Haus allein bewohnte. Störungen waren somit theoretisch ausgeschlossen.

Einen Plan, wie ich vorgehen wollte, besaß ich inzwischen ebenfalls. Aus diesem Grund wählte ich das heutige Equipment auch mit Bedacht. Benötigt wurde nicht viel, um ihn ein wenig zu erleichtern. Wenn mein Kumpel Taylor wüsste, was ich mit den erlernten Fertigkeiten anstellte, dann wäre er sicherlich nicht sehr erfreut. Es war ihm zu verdanken, dass meine Fähigkeit in die richtigen Bahnen gelenkt wurde. Sowohl Schießen, Nahkampf oder kleinere Körperteile selektieren, hatte ich von ihm gelernt. Schon faszinierend, wen man so kennenlernte, wenn man wild durch die Botanik vögelte. Mir jedenfalls, kamen diese Beziehungen sehr zugute.

Ich nahm mein kleines Köfferchen vom Tisch, stopfte das Handy in die kleine Tasche an meiner Wade, die Waffe in den dafür vorgesehenen Gürtel und warf meinen Mantel über. Erst dann, schlüpfte ich in meine Dreizehn-Zentimeter-Mörderabsätze.

Sobald ich aus der Tür trat, würde ich Avery zu Hause lassen und ganz der Racheengel sein, der ich sein wollte. Ob ich eine Sadistin war? Darauf bestand ich, denn so und nicht anders war es. Welche Frau stand schon auf abgeschnittene Körperteile und empfand pure Geilheit jemanden zu töten? Vermutlich niemand außer meiner Person.

Die Tür rastete ins Schloss und ich ließ sämtliche Emotionen und Bedenken dahinter zurück. Jetzt gab es nur noch die Dunkelheit, meine Rache und eine verdammt kranke Frau. Wie gut, dass andere das Problem damit hatten und nicht ich.

Voller Vorfreude stieg ich in meinen Wagen. Ungefähr

zwanzig Minuten außerhalb von Chicago, lag das Ziel des heutigen Abends. Ob man bei der Wahl seines Hauses darauf achten sollte, dass die Nachbarn gleich nebenan wohnten oder wie in diesem Fall so weit weg, dass jeglicher Schrei in der Luft verpuffte? Ja, auch das war ein Punkt, der mir mehr als gefiel. Sie schreien zu hören, ihrem Betteln zu lauschen, sie in Sicherheit zu wiegen und dennoch die Klinge ins Herz zu rammen. Alle hatten es verdient, sogar mehr als das. Normalerweise hätten die Ersten viel mehr leiden müssen. Über Stunden und Tage - immer wieder. Immerhin musste ich Jahre damit leben und konnte es selbst heute nicht vergessen. Ob sie noch Kontakt zueinander hatten und wussten, dass einer nach dem anderen qualvoll zu Tode kam?

Von der Tagespresse bekam ich einen wundervollen Namen, den ich mir regelmäßig auf der Zunge zergehen ließ - Angel of Pain. Diesen bekam ich mit ziemlicher Sicherheit dafür, dass meine Peiniger immer einen Körperteil lassen mussten und das bei lebendigem Leib. Dies hatte zumindest die Polizei in ihrem letzten Bericht veröffentlicht. Diese las ich sehr gerne, nur um sicherzugehen, dass sie weiterhin in die falsche Richtung ermittelten. Bis jetzt gingen sie davon aus, dass nur ein Mann die Kraft besitzen konnte, diese Männer zu töten. Schließlich wurden die Opfer ja zuerst bewusstlos geschlagen, dann wie ein Schwein zum Ausbluten aufgehängt und anschließend ein wenig erleichtert. Einer Frau traute man das nicht zu. Nicht, dass ich böse darum wäre, so blieb es mir erspart, dass man in der Vergangenheit wühlte. Obwohl das natürlich immer noch passieren könnte. Darüber würde ich mir aber erst den Kopf zerbrechen, wenn es so war.

Ich bog auf die Interstate 90, die mich zur I-5 brachte und somit direkt nach South Lawndale führte. Ein interessanter Stadtteil, der vorwiegend von der Arbeiterschicht bevölkert wurde. Hin und wieder fand man jedoch auch einige Villen. Kurzum, eine schöne Gegend, um eine richtige Sauerei zu veranstalten. In knapp fünfundvierzig Minuten würde ich damit beginnen. Bis dahin würde ich mich von Disturbed in die richtige Ekstase versetzen lassen.

KAPITEL 2

Am Ende der Autofahrt blieb ich bei Amaranthe hängen. *Invincible* war genau der richtige Song, um sich auf das Folgende einzustimmen. Ich parkte den Wagen am Ende einer Seitenstraße und würde die paar Meter Fußmarsch in Kauf nehmen. Die leicht abgekühlte Luft würde meine Sinne noch einmal reinigen, bevor ich richtig loslegte. Mein Körper prickelte, als würden kleine Nadeln überall auf meine erhitzte Haut treffen.

Der Klang meiner Absätze hallte in der kleinen Gasse wider, wie man es aus zahlreichen Horrorfilmen kannte. Es war dunkel und kaum ein Mensch hielt sich noch auf der Straße auf, dabei war es gerade einmal kurz nach acht Uhr. Gut so, denn Aufmerksamkeit brauchte ich keine.

An dem Tor des Anwesens angekommen, sah ich mich nach allen Seiten um. Von Nolan wusste ich zwar, dass es eine Kamera in diesem Teil der Straße gab, aber sie war nicht direkt auf das Haus gerichtet. Aus diesem Grund sprang ich beherzt nach oben, hielt mich an der glatten Kante fest und zog mich hoch. Ebenfalls ein Punkt, für den ich Taylor eines Tages danken sollte. Dank ihm, befand sich mein Körper in einem durchaus sportlichen Zustand und selbst ein Zwei-Meter-Zaun, stellte für mich kein Hindernis dar. Leichtfüßig landete ich mit den Absätzen auf dem Steinboden. Dafür waren sie zwar ungeeignet, aber ich liebte diese Dinger einfach. Sie verliehen meinem Auftritt einen Hauch Dramatik.

Auf Zehenspitzen arbeitete ich mich zum Haus vor. Im oberen Teil brannte noch Licht. Michel Havens war also noch wach. Nun musste ich nur noch ins Haus gelangen. Meistens war dies jedoch kein Problem, denn viele verzichteten darauf, ihre Türen zu verschließen. Und genau das fand ich vor. Ohne größere Mühe gelang es mir, die Vordertür zu öffnen. Aus der oberen Etage erklang leise Musik, welche mich sofort zum Schmunzeln brachte. Vivaldi - vier Jahreszeiten - Winter. Der Klassiker, wenn es um das Töten ging.

Schnell vergewisserte ich mich, dass auch niemand in der unteren Etage anwesend war, und stieg die Treppe nach oben. Meine Nervenenden kribbelten und mehr Adrenalin als nötig, flutete mein Blut regelrecht.

Vorsichtig sah ich mich um, konnte allerdings nur aus einem Zimmer eine Lichtquelle entdecken. Zur Sicherheit würde ich mir die anderen Zimmer allerdings trotzdem vornehmen. Zuschauer waren nicht in der Planung vorgesehen.

Ein weiteres Schlafzimmer, das Badezimmer und ein Kinderzimmer waren leer. Jetzt blieb nur noch das Zimmer, aus dem schwaches Licht nach außen drang.
Mit Bedacht spähte ich hinein und fand Michel, auf dem Bett neben seinem Arbeitsplatz liegend. Den Arm hatte er über sein Gesicht gelegt, als hätte er einen schweren Tag hinter sich und wollte ein paar Minuten entspannen. Nun, dieses Vergnügen wird er gleich mit Angel bekommen. Lautlos stieß ich die Tür auf und setzte einen Schritt vor den anderen. Direkt vor meinem Peiniger blieb ich stehen, sah auf ihn hinab und atmete tief durch. Leichter konnte er es mir nicht machen, allerdings ging dann auch mein Spaß baden. Also begnügte ich mich damit, mit dem Absatz meines High Heels über seinen Oberschenkel zu fahren.
»Lena, was soll das? Du kannst nicht immer wieder hierher kommen und ...«, er verstummte, als er sich langsam aufrichtete und eben nicht Lena vor sich sah. Meine Mimik behielt ich vollkommen unter Kontrolle, mein Grinsen hätte vermutlich zu viel verraten.
»Wer sind sie? Wie sind sie hier hereingekommen? Schickt Lena sie?« So viele Fragen. Ich ging einen Schritt zurück, schüttelte dabei kaum merklich den Kopf.
Meine Hände in die Hüften gestemmt, sah ich auf Michel herab, denn er gab sich gar nicht die Mühe, sich zu erheben.

Noch beherrschte er seine Gefühle und ging von keiner Gefahr aus - ich war ja nur eine Frau.
Zuckersüß signalisierte ich ihm mit meinem Zeigefinger, dass er zu mir kommen sollte. Meine andere Hand fuhr dabei von den Brüsten abwärts, zu meinem Schritt. Er verstand den Wink mit dem Zaunpfahl und stand auf. In seinen Augen spiegelten sich Begehren und eine unbändige Lust nach mir. Männer waren so einfach gestrickt, dass man sie praktisch alle damit um den Finger wickeln konnte. Selbst die Gefahr interessierte sie nicht die Bohne, solange sie etwas zum Ficken hatten. Zögerlich kam er auf mich zu.
In meinem Kopf arbeitete es bereits auf Hochtouren. Sobald er in Griffnähe war, würde ich ihm einen ordentlichen Knock-out verpassen, wie es meiner würdig war. *3-2-1*. Blitzschnell ergriff ich meine Chance, trat einen Schritt nach vorn, nutzte seine Verwirrung und schlug ihm kräftig mit dem Handrücken in den Nacken. Augenblicklich sank er auf den Boden und prallte dabei gegen den Fußteil seines Bettes. Doppeltes Glück für mich.
Schnell zog ich den Reißverschluss nach unten und nahm das Seil, welches sich immer an meinem Körper befand, um ihn zu fesseln. Nachdem ich diesen Punkt abhaken konnte, sah ich mich nach einer geeigneten Stelle um, an dem ich mein kleines Schweinchen aufhängen könnte. Sehr zu

meiner Freude, entdeckte ich an der Decke einen alten Karabiner. Offenbar hatte er früher einen wichtigen Zweck erfüllt, denn er war präzise und fest im Beton verankert. Also sollten seine neunzig Kilogramm kein Problem darstellen.

Mit dem langen Teil des Seils bewaffnet, stieg ich auf den Stuhl, fixierte alles mit einem kleinen Metallring. Danach zog ich den schweren Männerkörper an die Stelle unter dem Ring. Was jetzt kam, war körperliche Höchstleistung. Ich musste ihn nach oben ziehen.

Michel war schwerer als gedacht, denn es gelang mir erst nach ein paar Versuchen. Zufrieden begutachtete ich mein Werk und atmete erleichtert aus. Auch diesen Punkt hatte ich mit Bravour gelöst. Nun würde ich ihn untenrum entkleiden und dann dafür Sorge tragen, dass er unser Spiel in vollen Zügen mitbekam.

»Komm, mein kleines Schweinchen, wach auf oder willst du die ganze Show verpassen?« Mit zwei kräftigen Ohrfeigen bekam ich Michel wach, der stöhnend versuchte, sich zu orientieren. Sein leichtes Stöhnen klang wie Musik in meinen Ohren. Ob es ihm gefiel, dass er sich in seiner vollen Mannespracht vor mir befand? Seelenruhig zog ich mir einen Stuhl heran und spielte mit dem Messer in meiner Hand. Er konnte ruhig wissen, was ihn gleich erwarten würde. Obwohl es noch ein wenig dauern würde, bis ich ihm die Weichteile abschnitt.

»Hast du eine Ahnung, wer ich bin?« Meine Stimme klang ruhig und ich erwartete noch keine Antwort. Noch befand er sich in einem Zustand, in dem er kaum etwas von seiner Umwelt wahrnahm.

Sein geschundenes »Was?« bestätigte meine Vermutung. Ja, so ein Schlag in den Nacken konnte böse sein und lange anhalten. Kein Wunder, dass ich diese Variante bevorzugte. Klein aber wirkungsvoll und für jede schwache Frau durchaus umzusetzen. Vielleicht gründe ich nach meiner Rückkehr nach Texas, eine kleine Selbstverteidigungsgruppe für Frauen. Einen Plan, wie es nach meiner Verwüstung weiterging, hatte ich nach wie vor nicht. Sicher war jedoch, dass ich mich nicht länger auf der Ranch meines besten Freundes verstecken wollte. Die Ruhe und Beschaulichkeit dort, brachten einen über kurz oder lang auch nicht an das gewünschte Ziel. Irgendwann musste man wieder unter Menschen und das Leben in Angriff nehmen. Ich würde es nach meiner Rache jedenfalls tun. Wie allerdings, blieb offen.

Noch einmal wiederholte ich meine Frage, während ich die Klinge sanft über den Stoff meines Overalls gleiten ließ. Wie sich mein Messer auf meiner Haut anfühlte, wusste ich

bereits, denn oftmals gab mir das einen richtigen Flash. Lächelnd stand ich auf und trat an Michel heran. Noch immer befand er sich im Dämmerzustand, doch das würde mich nicht abhalten, meine Klinge ein paarmal über sein Gesicht wandern zu lassen. Hmm, der Gedanke, ihm dieses zu zerschneiden war eigentlich auch sehr reizvoll. Doch nur äußerst ungern wich ich von meinem Plan ab und so musste ich auf dieses Vergnügen vorerst verzichten.
»Weißt du, wer ich bin?«, fragte ich noch einmal, während mein Messer über sein Kinn kratzte. Panisch weiteten sich Michels Augen, als ihm bewusst wurde, was ich da gerade tat.
»Nein«, entwich es ihm mit zittriger Stimme. Er tat gut daran, Angst vor mir zu haben - allerdings würde es die Situation, in der er sich befand, nicht verändern. Mit seiner Antwort hatte ich ebenfalls gerechnet.
»Ich bin Avery, das kleine Mädchen, das du mit deinen Kumpels über Tage hinweg vergewaltigt hast«, knurrte ich und ließ das Messer über seine Kehle tanzen. Michel wusste sofort, wovon ich sprach, denn seine Körperhaltung veränderte sich merklich. Angespannt und steif!
»Du?«, spuckte er mir entgegen, als wäre ich der größte Abschaum, den er jemals gesehen hatte.
»Ja, ich bin es. Das Mädchen, deren Arsch du mit deinem

Schwanz gefickt, und anschließend in ihrem eigenen Blut liegen gelassen hast. Genau, die bin ich. Und weißt du was? Ich möchte dir gern ein Geschenk dafür überreichen.« Inzwischen hatte ich meine Emotionen komplett ausgeschaltet, sah nur noch meine Rache und den Schmerz, den ich ihm gleich zufügen würde.
»Was willst du schon tun? Mir Angst einjagen, weil ich gefesselt bin? Du hast doch gar nicht den Mut, mir wehzutun«, amüsierte er sich. Kurzerhand packte ich seinen Schwanz, brachte ihn auf Spannung und setzte das Messer direkt darunter an. Ohne Vorwarnung, trieb ich die Spitze mittendurch. Sein schmerzhafter Schrei ließ beinahe mein Trommelfell platzen. Warm lief das Blut über meine Hände und der bleierne Geruch setzte sich in der Luft fest.
»Sieh dich an! Jetzt weinst du sogar um dein bestes Stück. Ich bin jetzt nett und verrate dir etwas. Wenn ich fertig bin, wirst du daran ersticken.« Die letzten Worte flüsterte ich nur. Wie im Rausch zog ich die Klinge zu mir. Immer mehr Blut lief aus der Wunde, spritze zwischen uns auf und seine Schreie ebbten nicht ab. Es gab keinerlei Gnade, so, wie sie mit mir keine gezeigt hatten. Wie Tiere hatten sie sich an mir vergangen. Sie hatten gelacht und sich gegenseitig angefeuert. Es war, als würde ich wieder in diesem alten Lagerhaus festsitzen. Der modrige Geruch, der Schweiß der

vielen Männer und die Schmerzen - alles kochte in mir hoch, trieb mich an. Mit letzter Kraft zog ich es durch und hielt mein Messer wieder fest in der Hand. Zähflüssig tropfte es an ihm herab, direkt auf den Teppichboden.

Michel war längst bewusstlos, denn offenbar hatte ich die richtige Ader getroffen, sodass er langsam aber sicher verblutete. Ich öffnete meinen kleinen Koffer, sehr darauf achtend, keine Spuren zu hinterlassen, und wickelte das Messer erst in ein Tuch, dann in eine Plastiktüte. Dann nahm ich meine Feuchttücher und wischte die kleinen Tropfen weg.

Ein Blick zur Seite verriet mir, dass es wenig Sinn machte, meine Folter fortzusetzen. In ein paar Minuten war Michel verblutet. Eigentlich schade, denn ich hatte noch so viel vor. Schlimm, wenn ich die Beherrschung verlor. Mit einem weiteren Tuch säuberte ich meine Kleidung und verstaute alles im Case.

Danach setzte ich mich gemütlich auf den Stuhl und sah dem Schwein beim Sterben zu. Mein Körper verarbeitete langsam das überschüssige Adrenalin, was ich an dem Zittern meiner Hände bemerkte. Meine Arbeit hier war erledigt, wieder ein Schwein, was für seine Tat bezahlt hatte. Wenn auch nicht so, wie ich es mir gewünscht hätte, doch meinen Spaß hatte ich trotzdem. Ich stand auf, fühlte seinen

Puls und kontrollierte die Atmung - nichts. Lächelnd fuhr ich mit dem Daumen über seine Lippen.

»Schade. Hoffentlich wird dir der Teufel ordentlich den Arsch ficken, so wie du es bei mir getan hast.« Befriedigt verließ ich das Haus, eilte über den Hof und nahm den gleichen Weg wieder zurück zu meinem Wagen. Dabei achtete ich genaustens darauf, dass mich niemand sah. Beim Wagen angekommen schlüpfte ich hinein und atmete erleichtert aus. Wieder einmal hatte ich es geschafft. Doch ein neues Risiko würde ich wahrscheinlich schon morgen eingehen.

KAPITEL 3

Trotz einer gewissen Genugtuung, stellte sich keinerlei Ruhe ein. Aus diesem Grund hatte ich nach meiner Rückkehr ins Hotel geduscht und mich in ein kurzes Schwarzes geschmissen. Perfekt gestylt, stand ich nun in einem der angesagtesten Clubs der Stadt und hielt nach Beute Ausschau. Heute würde ich definitiv etwas für mein Bett gebrauchen können. Allerdings klang das oftmals leichter, als es in Wirklichkeit war. Entweder hatten die Männer Angst mich anzusprechen oder sie stellten sich nach wenigen Minuten als Flop heraus.
Gab es in diesem Schuppen keinen heißen Kerl, der einem eine schnelle und verdammt geile Nummer liefern konnte? Zum wiederholten Mal ließ ich meinen Blick durch die Runde schweifen. *Zu jung - zu alt - zu hässlich - vergeben.*
Doch dann fiel meine Aufmerksamkeit auf einen Mann, der in einer Gruppe stand. Er war nicht sonderlich groß, besaß dafür aber ein attraktives Muskelpaket. Seine schwarzen Haare trug er kurz, lediglich in der Mitte schienen sie etwas länger - perfekt zum rein greifen. Was mich ebenfalls ansprach, war sein Bart. Normalerweise machte ich mir

nichts daraus, aber der schwarze Flaum um sein Kinn, gepaart mit den freien Stellen, wirkte schrecklich anziehend. Zwischen meinen Beinen lief bereits meine Feuchtigkeit und fast hätte ich es bereut, auf ein Höschen verzichtet zu haben.

Zu meiner Freude trafen sich unsere Blicke und seine Augen wanderten bewundernd über meinen Körper. Viel Fantasie musste er nicht haben, denn das Kleid verdeckte wenig. Mit einem gewissen Lächeln gab ich ihm zu verstehen, dass ich Interesse hatte. Nun lag es ganz allein an ihm.

Leicht beugte er sich zu einem der anwesenden Männer in der Gruppe und sprach mit ihm. Er gab sein Glas aus der Hand und kam auf mich zu. Yeah, so hatte ich mir das gedacht. Auch ich ließ meinen Blick über seinen Körper wandern und blieb an seinem Schritt hängen. Ich hatte ihn also erregt. *Bitte, lass ihn etwas in der Birne haben.* Es verhielt sich ja nicht so, dass ich alles fickte, was sich mir bot. Ein wenig Anspruch hatte auch ich.

Kurz vor mir blieb er stehen und ich nutzte die Gunst der Stunde. Dieses Prachtexemplar war durchaus sehr ansehnlich.

»Ich bin Avery«, stellte ich mich kurz vor und lächelte ihn verführerisch an. Er erwiderte es und stellte sich als Dean vor. Seine Stimme passte zu dem Allgemeinbild, welches ich mir bereits von ihm gemacht hatte. Zudem klang sie verdammt sexy und jagte mir einen Schauer über den Rücken. Also ergriff ich ohne zu zögern die Gelegenheit.

»Ich möchte ehrlich sein. Mein Wagen steht in einer kleinen Seitengasse, keine zwei Minuten entfernt. Wir beide vögeln ein wenig und dann trennen sich unsere Wege.« Als Bekräftigung, dass er mich verstanden hatte, packte er mich und zog mich an sich. Normalerweise würde ich in den Abwehrmodus übergehen, allerdings war ich mir bewusst, dass wir uns inmitten hunderter Menschen befanden und ich somit praktisch geschützt war.

Hart presste er seinen Mund auf meine Lippen und forderte gierig einen Kuss. Ich schob mich weiter an seine Brust, öffnete meine Lippen und setzte zur vollen Erwiderung an. Ausgehungert nahm ich alles, was er mir in diesem Moment gab und weiß Gott, die Nässe lief bereits über meine Schenkel. Seine Lippen katapultierten mich gekonnt in eine Sphäre, in der alles an Bedeutung verlor. Noch nie hatte mich jemand mit Küssen derart erregt, sodass ich vergaß, dass ich mich inmitten eines Clubs befand.

Doch genau das tat ich. Ohne einen weiteren nervenden Gedanken zu verschwenden, nahm ich seine Hände, legte sie auf meinen Hintern und ließ mich auf seine Hüften heben. Die Beine schlang ich fest um ihn und begann sofort, mich an ihm zu reiben. Den Kuss unterbrach keiner von uns beiden. Wild presste ich mein Geschlecht an seinen steifen Schwanz. Ich wollte, dass er mich nahm. Wollte, dass er sich in mir versenkte und dann hart fickte. Zu meinem Leidwesen stellte er mich jedoch zurück auf die Beine. Ich wollte mich gerade darüber beschweren, als er mich auch schon in eine abgelegene Ecke des Clubs zog. Verdeckt von einem Balken presste er mich gegen die Wand, setzte das Spiel seiner Lippen fort und fasste mir zwischen die Schamlippen. Sein zufriedenes Lächeln, welches ich trotz des Kusses bemerkte, signalisierte mir, dass er zufrieden damit war, was er soeben vorgefunden hatte. Eine feuchte Pussy, die danach lechzte, genommen zu werden. Ungestüm umfasste er meine Schenkel, drängte mich nach oben und stieß mit einem harten Stoß zwischen meine Lippen. Seufzend ergab ich mich, genoss, wie sein weiches Fleisch mich teilte und ausfüllte. Meine Fingernägel krallten sich durch das Hemd in seinen Rücken und meine Hüften begannen, sich zu wiegen. Ich befand mich im Nirwana meiner eigenen Lust, die er um ein vielfaches verstärkte, gepaart mit dem Ort, den wir uns dafür ausgesucht hatten. Wild und ungestüm bewegte er sich nun ebenfalls. Teilte meine Lippen, rutschte durch meine geile Nässe und trieb mich an. Wären unsere Lippen nicht miteinander verbunden, würde ich alles vor ungebändigter Geilheit zusammenschreien. Seine Hände lagen auf meinem Hintern, krallten sich in meine Haut. Hart und ungebändigt fickte dieser Kerl mich und ich musste mir eingestehen, noch nie so eine heiße Nummer gehabt zu haben.

Meine Finger griffen in seine Haare, zogen seinen Kopf zurück, denn ich wollte ihm in die Augen sehen, wenn ich für ihn kam. Doch ich war vollkommen zwiegespalten, ich wollte seinen Blick, allerdings auch die hammergeilen Lippen. Viel Zeit dafür blieb nicht, denn mein Höhepunkt kündigte sich an. Unkontrolliert küsste ich ihn wieder, nahm alles bis ins Detail in mir auf und kam heftig, während er es ebenfalls tat. Gott - was für ein geiler Fick. Erschöpft sank mein Kopf gegen die Wand. Ich hatte das Gefühl, dass mein angestauter Druck in alle Himmelsrichtungen verteilt wurde und endlich die ersehnte Ruhe eintrat.

Es war beinahe schade, dass ich dieses Prachtexemplar nicht wiedersehen würde. Eine Affäre wäre genau nach meinem Geschmack gewesen. Langsam ließ er mich zurück auf den Boden sinken. Meine Beine fühlten sich allerdings wie Wackelpudding an, sodass ich mich einen Moment an der Wand festhalten musste.

Während er sich die Kleidung richtete, was mich meinerseits gerade wenig interessierte, beobachtete ich

Dean und die Frage keimte auf, ob er noch mehr zu bieten hatte, als das eben.

Mein Verstand rief mich zum Glück aber schnell zur Vernunft. Ich war hier, weil ich eine Aufgabe zu erfüllen hatte und nicht, weil ich mir ein Betthäschen zulegen wollte. Dean bemerkte meinen Blick, trat nah an mich heran, packte grob meinen Hals und begann erneut mich zu küssen. Sofort flammte meine Lust wieder auf. Mein Kitzler pulsierte und in meiner Pussy zog sich alles köstlich zusammen. Von dem Zustand meiner Nässe wollte ich gar nicht erst sprechen. Gleichzeitig erinnerte mich mein Kopf daran, dass ich es beenden sollte, dafür hatte ich keine Zeit. Gerade, als ich ihn von mir schieben wollte, drangen seine Finger in mich ein. Ich hielt die Luft an und schob kurzerhand meinen Verstand an den Rand meines Gehirns. Dies war unbedingt nötig, denn die Welle, die er jetzt in mir auslöste, verdrängte alles bisher dagewesene. Er bearbeitete meinen G-Punkt so gekonnt, dass ich binnen von Sekunden erneut kam. Dean beendete es jedoch nicht, sondern begann von neuem. Immer heftiger kam ich durch seine Hand. Mein Blick auf die Welt um mich herum verschwamm schon längst. Dass ich noch stand, verdankte ich dem Arm, der sich um meine Hüften geschlungen hatte und mich hielt. *Heilige Scheiße.* Keinen Schimmer, ob ich das inzwischen brüllte oder nur dachte.

Irgendwann, ich hatte jegliches Zeitgefühl verloren, nahm er von mir Abstand. Meine Beine trugen mich kaum mehr und mein System befand sich auf einer Exkursion, und zwar ohne mich. Ich traute mir nicht zu, mich zu bewegen, aus Angst, keinen Schritt vor den anderen setzen zu können. Was aber viel interessanter war, ich verspürte Befriedigung. Lediglich wenn ich seinem wissenden Blick begegnete, meldete sich mein Unterleib erneut zu Wort. Wenn es exzessiven Sex, beziehungsweise Lust gab, dann hatte ich es soeben kennengelernt. Und zu meinem Leidwesen bereute ich es wahrhaftig, dass ich auf meinen Mordmodus nicht verzichten wollte.

KAPITEL 4

Für mich untypisch, erwachte ich erst gegen Mittag. Ein Punkt, der mich zugleich faszinierte und erschreckte. Dermaßen die Kontrolle verloren zu haben, nagte an meinem Verstand. Was hatte dieser Typ nur an sich, dass ich meine Vorsätze eiskalt über Bord hatte fallen lassen?
Wenigstens schaffte ich es, mich aus meiner Starre gestern Abend zu befreien und den Club zu verlassen. Ein wenig bedauerte ich es schon, mir nicht wenigstens seine Nummer geben lassen zu haben. Mit Affären hatte ich die Jahre so einige Erfahrungen gemacht und nach letzter Nacht, würde ich sie alle unter Zeitverschwendung kategorisieren. Allesamt kamen sie nicht mal ansatzweise dem gleich, was ich gestern Abend erfahren hatte. Und dabei wich der Typ keinem Standard ab. Jedenfalls fiel mir nicht ein, was er anderes getan hatte, was nicht schon viele vor ihm gemacht hatten. Das zumindest, verwirrte mich. In den letzten Jahren war ich ein Perfektionist geworden, der immer die Fäden in der Hand hielt und nun? Nun war ich wirklich gefickt und kaum fähig an etwas anderes zu denken.
Mein Handy riss mich aus meinem Gedankenkarussell.

Nolan! Sicherlich fragte er sich, warum ich mich weder am Treffpunkt blicken ließ und mich noch nicht telefonisch bei ihm gemeldet hatte.

Mit einem knappen »Hi«, nahm ich das Telefonat entgegen.

»Hast du eine Ahnung, was ich mir für Sorgen gemacht habe?«, schnauzte er munter darauf los. So kannte ich meinen Halbbruder gar nicht.

»Alles in Ordnung. Ich war gestern Abend noch aus und es ist spät geworden. Heute Morgen habe ich einfach verpennt. Kommt nie wieder vor«, entschuldigte ich mich schnell.

»Ich bin erleichtert. Du hast gestern ja volle Arbeit geleistet. Seit zwanzig Minuten läuft eine Sondersendung auf CNN, bezüglich deiner nächtlichen Aktivität.« Erschrocken fasste ich mir an die Kehle. Ich vermied es jedoch, sofort den Fernseher einzuschalten und wartete ab, was Nolan mir erzählen würde. Ohne Grund rief er sicherlich nicht an.

»Wir sollten langsam wachsamer werden oder eine Weile aufhören. Die Morde geschehen inzwischen zu oft und die Polizei vermutet einen Zusammenhang zwischen den Personen. Avery, leg bitte eine Pause ein. Gönn dir Ruhe und in einem Monat sehen wir weiter.« Sein Tonfall war bittend und er wirkte wirklich besorgt. Allerdings konnte ich nicht noch mehr Zeit in Chicago verbringen. Viel zu lange hatte ich alles vorbereitet und wollte lieber heute als morgen wieder nach Texas. Allerdings gab ich ihm recht, es wurde allmählich gefährlich. Und wenn die Polizei die wahren Hintergründe herausfand, dann kamen sie auf meine Spur.

»Gut, ich werde eine Woche die Füße stillhalten, alles beobachten und dann entscheiden wir neu.« Sein erleichterter Seufzer drang an mein Ohr und stimmte mich etwas milde.

»Mom fragt, ob du am Samstag zum Essen kommst.« Was für ein Themenwechsel. Seitdem ich nach Chicago zurückgekommen bin, vermeide ich den Kontakt mit meiner Mutter weitestgehend. Nach der Geschichte damals war unser Verhältnis einfach in die Brüche gegangen. Ich gestand ihr zu, dass sie sich inzwischen bemühte, nur änderte es nichts.

»Ich überlege es mir und lass es dich wissen«, speiste ich meinen Bruder ab und er erwiderte nichts darauf.

»Lass uns morgen wieder telefonieren«, bat ich ihn und versuchte der Stille, die sich ausgebreitet hatte, zu entkommen.

»Machen wir«, antwortete er schnell, als hätte auch er es verstanden. Ohne ein weiteres Wort beendete ich das Telefonat. Nun musste ich mir etwas einfallen lassen, um die Unruhe erneut im Keim zu ersticken. Zwar konnte ich ohne Nolans Hilfe nichts unternehmen, aber klug war es auch nicht, den Drang zu unterdrücken.

Hier besaß ich außer ihm und meiner Mom niemanden. Was also sollte ich stattdessen machen? Jetzt bereute ich es wahrhaftig, dass ich Deans Nummer nicht hatte. Die Aussicht, mit ihm die Woche einfach zu vervögeln schien geradezu verlockend. Da dies ausfiel, begnügte ich mich damit, nun doch den Fernseher einzuschalten und die Sondersendung auf CNN zu sehen. Vielleicht kam mir hierbei die eine oder andere Idee. Außerdem war ich zeitgleich darüber informiert, auf welchem Stand sich die Polizei wirklich befand - wenigstens halbwegs. Denn alle Ermittlungsergebnisse würden sie kaum an die Öffentlichkeit dringen lassen.

~~~

Nach zwei Stunden schaltete ich den nervigen Kasten endlich aus. Zwar wusste ich nun, dass in die falsche Richtung ermittelt wurde, Nolan würde dies allerdings nicht umstimmen können. Momentan ging die Polizei davon aus, dass es sich um Ritualmorde aus dem Rotlicht-Milleu handelte. Die Brutalität und die Vorgehensweise sprachen laut der Ermittler dafür. Für den Moment beruhigte mich dieses Wissen. An meiner Unruhe änderte es indes nichts. Mir fiel bereits die Decke auf den Kopf, wie sollte ich das eine Woche lang ertragen?

Mein Blick fiel auf mein Case, welches auf dem kleinen Holztisch stand. Ich musste die verräterischen Spuren noch beseitigen, doch was tat ich danach? *Ach Avery.* Von mir selbst enttäuscht, stand ich auf, nahm mein Köfferchen und verschwand im Bad. Auf Bleiche musste ich verzichten, da mein Zimmer hin und wieder gereinigt wurde und der Duft mich verraten könnte. Bei Alkohol sah das schon anders aus. Genau deshalb bediente ich mich dieser Methode. Ich war jung, somit war Alkohol durchaus selbstverständlich. Gründlich säuberte ich mein Lieblingsspielzeug, danach das Waschbecken und trat anschließend unter die Dusche. Vielleicht war meine Zwangspause ein guter Zeitpunkt, um wieder mit dem Joggen anzufangen. Sport war jedenfalls eine Option gegenüber dem, einfach alles auszusitzen. Eilig schrubbte ich meinen Körper und beseitigte die Spuren der letzten Nacht.

Aus meinem Koffer nahm ich das Sportoutfit und die Laufschuhe, welche ich mir damals gegönnt hatte, und kleidete mich an. Meine nassen Haare versteckte ich unter einer Mütze. Lediglich mit einer Laufjacke wagte ich mich vor die Tür. Auf meinem Handy wählte ich eine Route, die mich durch den angrenzenden großen Park führte, und startete blind hinein. Zu meiner Freude fand ich schnell einen Rhythmus. Meine Gedanken schweiften dabei zu Dean, denn das Mysterium unserer Zusammenkunft beschäftigte mich einfach. Was hatte dieser Mann an sich? Lag es daran, dass ich keine Stunde zuvor einen Mann kaltblütig verbluten ließ? Würde es, wenn wir uns wiedertreffen sollten, nicht mehr so sein? Die Nässe, die sich automatisch bildete, sobald ich an ihn dachte, strafte meine Gedanken der Lüge.

Selbst der kalte Lufthauch, der unweigerlich durch meine Jacke drang, verschaffte mir keine Linderung. Meine Hitze schien eine neue Dimension erreicht zu haben und dieser Typ hatte die Macht darüber. Das war so unwirklich, dass ich beinahe lachen musste.

Niemand hatte jemals Macht über mich oder meinen Körper und ein unbedeutender Fick würde es auch nicht schaffen. Energisch schüttelte ich meine Gedanken ab und konzentrierte mich auf meine Laufstrecke, die ich nun zum zweiten Mal begann. Morgen würde ich wahrscheinlich jeden Muskel spüren, im Moment war mir das jedoch herzlich egal. Lieber körperlich ausgepowert, als so poetisch wie eben.

Mit schnellen Schritten bog ich um die Ecke und übersah beinahe die Person, die dort stand und ihre Schnürsenkel zuband. Genervt murmelte ich Arschloch und lief weiter.
»Hey«, rief mir eine männliche Stimme hinterher, die mir seltsam bekannt vorkam. Fassungslos blieb ich stehen und drehte mich um. Eben zerbrach ich mir noch den Kopf über Dean und jetzt hätte ich ihn fast über den Haufen gerannt.
»Du läufst auch?« Die Frage irritierte mich ein paar Sekunden lang. Was erwartete ich auch? Dass er auf mich zukam, mich packte und in einen Busch zerrte? Bei dieser Vorstellung meldete sich meine Pussy sofort zu Wort. Ja, wahrscheinlich hatte ich mir genau das gewünscht.
»Hast du deine Stimme verloren?«, wollte Dean amüsiert wissen, da ich ihm nicht geantwortet hatte und ihn stattdessen nur anstarrte. Seinem Hemd war ein Shirt gewichen, über dem er eine Trainingsjacke trug. Die kurze Hose schmiegte sich eng an seine durchtrainierten Beine. Alleine das war eine Sünde. Mit weitaufgerissenen Augen hörte ich den Blödsinn, den mein Hirn da von sich gab.
»Hab ich dich so schockiert, dass du nicht mehr sprechen kannst?« Langsam ärgerte ich mich über mich selbst. Hirn, bitte gib doch endlich eine Vorlage. Irgendwas.
»Durchaus nicht.« *Klappt doch.* Erleichtert atmete ich wieder, wand jedoch den Blick nicht von Dean ab.

»Dann bin ich ja beruhigt. Mein Ego hätte es nicht ertragen, wenn meine Fähigkeiten nachgelassen hätten.« Belustigt zog ich die Augenbrauen nach oben und verkniff mir ein Grinsen.

»Du bist sehr überzeugt von dir, was das angeht«, stellte ich sachlich fest. Wenigstens schalteten sich nach und nach meine Hirnfunktionen wieder ein.

»Nur was das anbelangt«, raunte er und verminderte den Abstand zwischen uns. Das war keine gute Idee. Irgendwie hatte ich das Gefühl, dass dies nicht gut ausgehen würde. Aus bisher unerklärlichen Gründen zog mich dieser fremde Mann an. Mein Höschen bestand nur noch aus einem Fetzen, die meine Glut übrig gelassen hatte. Mit jedem Schritt, den er näher kam, verpuffte meine Abwehrhaltung.

»Scheiß drauf«, entschlüpfte es mir. Eilig kam ich ihm entgegen, presste meine Lippen auf seine. Deans Antwort kam prompt, indem er seine Hand in meinen Haaren vergrub, die andere ruhte besitzergreifend auf meinem Hintern. Wie auch gestern Abend entflammte ein Feuer, das kaum zu stillen war.

Meine Geilheit übernahm das Ruder, blendete sämtliche Warnungen aus. Hier gab es nur uns zwei - alles andere würde sofort von den Flammen verschlungen werden. Meine Finger krallten sich in seine Haare, um ihn noch näher an mich zu ziehen. Wie zwei Ertrinkende nahmen wir alles, was der andere zu geben bereit war. Ohne Nachfrage, ohne Zweifel, nur von der Lust bestimmt, die uns kontrollierte.

Gierig drängten wir uns in das Gebüsch, um vor neugierigen Blicken etwas geschützt zu sein, wobei mir das inzwischen egal war. Alles, was wir wollten, war unsere Lust aufeinander stillen und das, so schnell wie möglich. Klamotten wurden runtergerissen und achtlos beiseite geworfen. Bei den Temperaturen keine gute Idee, doch meine Pussy glühte wie ein Vulkan, und wenn er mit mir fertig war, konnte ich ohne Hose nach Hause laufen, um die Hitze in mir zu kühlen.

Wie schon am Abend zuvor, hob er mich ohne Anstrengung nach oben und versenkte sich sofort in mir. Meine Pussy war bereits so nass, dass es keines weiteren Vorspiels bedurfte. Seine einmalige dominierende Art heizte mich an. Sprach eine Seite in mir an, die ich vergessen glaubte. Zügellos schob ich mich ihm entgegen. Nahm jeden seiner Stöße tief in mir auf, genoss die Härte, die mich problemlos stimulierte. Eine hammergeile Scheiße, die süchtig machte, die einem den Verstand raubte und selbst die stärksten Mauern in die Tiefe riss.

Meine Nägel krallten sich tiefer in seinen Nacken, pressten

ihn an mich, sodass der Kuss noch intensiver wurde.
Willenlos katapultierten wir uns in kürzester Zeit ins Nirwana. Mein Höhepunkt fegte so gewaltig über mich hinweg, dass kleine Sterne vor meinen Augen tanzten und ich glaubte, ohnmächtig zu werden. Bis gestern erreichte ich diesen Zustand nur nach dem Töten.
Zutiefst befriedigt stellte er mich zurück auf die Beine. Unverzüglich sammelte ich meine Klamotten ein und begann mich anzuziehen.
»Lassen wir es wieder auf den Zufall ankommen?«, wollte Dean wissen und berührte dabei leicht meine Hüfte. Sofort reagierte mein Körper darauf und schien erneut in Flammen zu stehen.
»Aller guten Dinge sind drei! Wenn wir uns noch einmal begegnen, dann gebe ich dir meine Handynummer«, hörte ich mich sagen und bereute es zugleich. Wie gern hätte ich sie ihm einfach gegeben, doch das war unmöglich. Er könnte meinetwegen in Gefahr kommen und das war es nicht wert.
Eilig streifte ich die Laufschuhe über und verschwand kommentarlos. Hoffentlich hatte das Schicksal dennoch Mitleid mit mir, denn wiedersehen wollte ich Dean nur zu gern.

KAPITEL 5

Eins zu eins verschmolz ich mit der Dunkelheit. Jeder Handgriff, jeder Schritt, meine Atmung - alles war perfekt koordiniert. Meine Gedanken fixierten sich auf den heutigen Kandidaten, der mir einiges an Energie abverlangen würde. Jasper Havens. Der ehemalige Footballspieler und inzwischen ein Cop, war mir physisch überlegen. Doch das brachte mich nicht zur Verzweiflung. Selbst eine körperliche Schwäche konnte man mit ein wenig Köpfchen abstellen. Jedenfalls hatte mich Taylor genau das gelehrt. Wie gut, dass er keinerlei Kenntnis darüber hatte, was ich mit diesem Wissen anstellte. Sicherlich träfe es nicht auf seine Zustimmung. Taylor war der Einzige, der mich damals aufgenommen hatte und mir ein Leben abseits vom Medienrummel bot. Weit zurückgezogen, auf seiner Ranch in Texas, gab es nur die unendliche Weite, ein paar Pferde und zu meiner Freude genügend Schusswaffen, deren Umgang ich erlernte. Damals musste ich schwören, dass ich sie nur zur Selbstverteidigung benutzen würde. Im Grunde war dies der Fall, denn ich wehrte mich nur gegen meine Albträume und die Erniedrigung, dass viele von ihnen ungestraft davonkamen. Sie hatten es verdient und die Welt hatte ein Recht darauf, von diesem Abschaum befreit zu werden. Nicht auszudenken, wenn diese Männer noch mehr Mädchen vergewaltigt oder gar umgebracht hatten.

Augenblicklich packte mich die Wut und ließ das Adrenalin in meinem Körper pulsieren. Es wurde Zeit, für den Engel des Todes. Für alles andere gab es später auch noch Zeit.

Ein letztes Mal sah ich mich um, bevor ich auf das Haupthaus zuschritt. Da es sich um das Haus eines Polizisten handelte, vermutete ich Alarmanlagen. Aus diesem Grund musste ich anders agieren.

Aufgeregt packte ich den Saum des roten Kleides und zeriss den Stoff. Das Gleiche passierte an dem dünnen Träger. Für ein passendes Make-up, damit er mir die Nummer auch abkaufte, hatte ich im Motel gesorgt. Nun musste ich lediglich meine Haare ein wenig durcheinanderbringen und hoffen, dass meine schauspielerischen Fähigkeiten perfekt rüberkamen.

Einmal tief durchgeatmet und den Knopf der Klingel gedrückt. *Let's get started.*

»Bitte helfen sie mir«, schrie ich panisch und hämmerte gegen die massive Holztür. Klappte ganz gut, jedenfalls klang es durchaus echt. Immer wieder hämmerte ich gegen die verschlossene Tür und schrie.

Als sie endlich geöffnet wurde, stand mir Jasper gegenüber. Betroffen wanderte sein Blick über meinen Körper. *Bitte lass es funktionieren.*

»Mein Gott, komm rein. Wer hat dir das angetan?« Eiligen Schrittes führte er mich ins Wohnzimmer.

»Keine Sorge, ich bin Polizist und werde sofort alles Weitere in die Wege leiten.« Er war in Begriff nach dem Telefon zu greifen, doch das würde er bleiben lassen.

»Nein«, sagte ich selbstbewusst und war erstaunt, wie sicher meine Stimme klang. Irritiert drehte er sich zu mir. Augenblicklich fiel sein Blick auf meine Beretta, die ich ihm entgegenhielt.

»Ist in Ordnung. Wir können reden.« Oh Gott. Glaubte er wirklich, ich würde mich von seinem Gesülze weichkochen lassen? Typisch Bulle.

»Wirf es auf den Boden und tritt es kaputt«, wies ich ihn an. Nur widerwillig kam er dieser Aufforderung nach.

»Wir können reden. Egal was dich dazu gebracht hat, wir werden sicher eine Lösung finden. Du willst doch bestimmt nicht den Rest deines Lebens im Gefängnis verbringe?.« Er sprach ruhig und hatte keinen Schimmer, wer hier vor ihm stand. Wie sollte er auch? Seit damals hatte ich mich massiv verändert. Aber nun würde ich seine Gedanken auffrischen.

»Können wir das? Hatte ich damals eine Wahl? Gab es eine

Möglichkeit? Nein! Trotz meiner Schreie und meinem Flehen habt ihr mich tagelang misshandelt.« Sämtliche Farbe wich aus seinem Gesicht, als er sich meiner Worte bewusst wurde und nun sah, wer hier vor ihm stand.

»Du?« Ich schüttelte missbilligend den Kopf, denn etwas mehr erwartete ich schon.

»Ja, ich. Und weißt du, warum ich hier bin?« Jasper belächelte mich nur, wie jeder von ihnen davor.

»Du bist der Serienkiller, nach dem wir fieberhaft suchen, stimmt´s? Und jetzt bist du hier, weil ich der Nächste sein soll. Ich kann dir versichern, Avery, ich bin nicht so dumm wie die anderen.« Nun lächelte ich. Etwas anderes hatte ich nicht erwartet. Vielleicht genau deshalb, wurde er Nummer sieben auf der Liste. In der letzten Woche kam ich zur Ruhe und konnte Kräfte sammeln. Die würde ich brauchen. Ich sicherte meine Waffe und steckte sie zurück in den Gürtel, den ich unter dem kurzen Kleid trug.

»Braves Mädchen. Wollen wir noch einmal Spaß haben, oder soll ich dich gleich zu meinen Kollegen bringen?« Diese Überheblichkeit faszinierte und schockierte mich zu gleichen Teilen. Meine Waffe spielte keine Rolle, das tat sie eigentlich selten. Lieber verließ ich mich auf meine Fähigkeiten das zu nutzen, was sich mir bot. So wie das Messer in meinem Stiefelschaft, von dem er nichts wusste.

Fürs Erste jedoch, sollte sich Jasper überlegen fühlen, damit er einen Fehler machte.

»Hast du nicht gewusst, dass sieben eine Unglückszahl ist? Witzig, dass sie dich ausgerechnet zu mir treibt«, verhöhnte er mich und setzte einen Schritt nach vorn. Meine Mimik verriet nicht die geringste Emotion, auch wenn alles in mir vor Zorn kochte.

Auch den zweiten Schritt gewährte ich ihm, ohne mich zu rühren.

»Du bist so still, Avery. Ich habe das anders in Erinnerung.«

Meine Schreie drangen an mein inneres Ohr, hallten in dem alten Lagerhaus wider. Niemand hatte sich daran gestört oder mir geholfen. Keiner von ihnen beendete mein Martyrium.

Aus dem Augenwinkel bemerkte ich seine Bewegung, bevor er sie ausführen konnte und setzte nach vorn. Blitzartig traf ihn mein erster Schlag direkt unterhalb der Nase. Jasper schrie auf, Blut tropfte auf den Boden und er schien wirklich überrascht. Ich nutzte die Chance und brachte mich wieder außer Reichweite. Gefallen würde ihm das nicht. Jetzt hatte ich das Spiel gestartet und konnte mich im Zweifelsfall nur auf die Waffen verlassen und darauf, dass ich sie rechtzeitig zu fassen bekam.

»Du dreckiges Miststück. Das wirst du mir büßen«, brüllte

er und setzte mir nach. Doch ich war ihm immer einen Schritt voraus, brachte mich in Sicherheit und heizte zugleich seinen Zorn an. Wie ein getriebenes Tier, jagte er mich durch das Zimmer. Inventar wurde achtlos zu Boden geschmissen und Möbel verschoben.

Das Ganze kostete wertvolle Zeit, dennoch musste ich mir für den nächsten Vorstoß sicher sein.

»Fuck auf deinen Arsch«, spie er mir entgegen und lief aus dem Zimmer. *Scheiße.* Sofort rannte ich hinterher, denn ich hatte die böse Vorahnung, dass sich im Flur ein weiteres Telefon befand.

Einen kurzen Moment später, fiel mir mein Fehler jedoch auf. Seine Hände packten mich und drängten mich an die Wand. Eine leichte Panik stieg in mir auf und brachte meine Bewegungen zum Stillstand.

»Erwischt.« Ungehindert berührte er mich, roch an meinem Hals, sodass mein Magen rebellierte und mich daran erinnerte, dass ich die Stärkere war.

All die zermürbenden Erinnerungen bündelten sich und verliehen mir Kraft. Ohne Vorwarnung rammte ich mein Knie in seine Weichteile. Vor Schmerz gab er mich frei, doch ich setzte bereits zum nächsten an. Mit den Händen auf seinem Kopf, stieß ich Jasper mein Knie vor die bereits gebrochene Nase. Den finalen Schlag setzte ich im Nacken und sah zu, wie er in sich zusammenfiel.

Schwer atmend sank ich gegen die Wand. Das war haarscharf und hatte mich mehr Zeit gekostet, als ich wirklich erübrigen konnte.

Eilig fischte ich das Seil heraus, fesselte seine Hände und positionierte ihn am Geländer. Dann eilte ich in die Küche und füllte einen Krug mit Wasser. Zurück bei Jasper, entleerte ich diesen in seinem Gesicht. Zu meiner Freude wachte er auf und sah mich benommen an. »Mir fehlt wahrlich die Zeit, es in vollen Zügen zu genießen«, raunte ich und zog das Messer hervor. Ich erleichterte Jasper um seine Hose, während er krampfhaft versuchte, sich zu befreien. Schimpfwörter prasselten auf mich nieder, doch ich war zu sehr im Rausch gefangen, um sie wirklich zu hören.

Hart packte ich seine Hoden, zog daran und sah ihm in die Augen.

»Genieß es - so wie ich es tat.« Der Schrei, als die Klinge durch die Haut fuhr, war markerschütternd. Heiß rann sein Blut über meine Finger, tropfte zu Boden und hinterließ einen klebrigen Film.

Die letzten Zentimeter durch sein Fleisch genoss ich wahrhaftig. Zufrieden hielt ich seine Eier in den Händen und schluckte. Jasper war noch nicht bewusstlos, aber kurz davor. Wenigstens gab er sich die Ehre, mein Spiel bis zum Schluss mitzuspielen.

»Du weißt, was jetzt kommt, nicht wahr?« Seine Augen weiteten sich, während er bittend den Kopf schüttelte. Meine Hand an seinen Kiefermuskel gepresst, zwang ich ihn, den Mund zu öffnen. Ohne hinzusehen, drückte ich ihm sein Gehänge in den Mund. Dabei musste ich mehrfach würgen, hielt es jedoch krampfhaft zurück. Keine unnötigen Spuren.

Jasper röchelte und würgte. Es war widerlich und dennoch drängte ich mich, dabei zuzusehen.

»So hat es sich für mich angefühlt, als du deinen Schwanz immer wieder in meine Kehle gerammt hast. Selbst, als ich mich mehrfach übergeben hatte.«

Mit diesen Worten schnitt ich seine Kehle durch. Es war getan. Wieder fiel eine Last von meinen Schultern und erleichterte mir das Atmen.

Alles Weitere ersparte ich mir, nahm meine Sachen und verließ das Haus.

Mein gesamter Körper zitterte und ich hatte Mühe, meinen Mageninhalt bei mir zu behalten. Doch noch etwas anderes drang an die Oberfläche, meine Tränen. Die einzige Schwäche, die ich mehr als alles andere verachtete.

KAPITEL 6

BRUTALE MORDE GEHEN WEITER

Chicago - Weiterhin versetzt ein brutaler Serienkiller die Stadt in Aufruhr und die Polizei ist machtlos. Gestern, in den späten Abendstunden, fand man den Polizisten Jasper Havens in seiner Wohnung. Der Mörder hatte ihm zuerst bei lebendigem Leib die Hoden abgetrennt und ihn im Anschluss mit einem Schnitt durch die Kehle getötet.
Nach wie vor hat die Polizei keinerlei Spuren, die zum Täter führen. Auch die Recherche in der Vergangenheit aller Opfer brachte nicht den gewünschten Erfolg.
Inzwischen gab es sieben Tote und die Polizei befürchtet weitere.

Ernüchternd faltete ich die Zeitung zusammen, die mir Nolan gereicht hatte.
»Willst du die anderen fünfzehn wirklich auch noch drankriegen? Es wird gefährlich und das weißt du.« Nolan sprach leise, denn das Diner war bis ungewöhnlich voll.
»Mir ist auch nicht wohl bei dem Gedanken, aber es muss sein. Ich bin vorsichtig. Hast du eine neue Adresse für mich?« Nur widerwillig schob er mir einen kleinen Zettel über den Tisch.
»Ich hoffe wirklich, dass du auf dich aufpasst.« Für einen Moment schloss ich die Augen und dachte nach. Gefährlich war dieses Unterfangen von Anfang an und dennoch war ich dieses Wagnis eingegangen. Seit Jahren plante ich alles bis ins letzte Detail und nun sollte ich die Beine stillhalten, wenn es nach meinem Bruder ging. Nein, ich würde es beenden, so wie ich es angefangen hatte. Noch fünfzehn weitere Männer mussten bezahlen.
»Wir treffen uns morgen wieder hier. Den Namen teile ich dir heute Abend mit. Grüß Mom von mir.« Wie immer bezahlte ich die Rechnung und verließ das Diner.
»Yes«, ertönte es laut hinter mir, sodass ich mich schnell umwand. Niemand anderer als Dean stand vor mir. Höllisch sexy grinsend klatschte er sich in die Hände, als wäre ihm soeben eine Million Dollar in den Schoß gefallen.

»Hab ich etwas verpasst?«, wollte ich wissen und unterdrückte meine Freude ebenfalls. So offensichtlich musste ich ihm nicht signalisieren, dass diese Wendung durchaus meinen Zuspruch fand.

»Deine Nummer. Die hattest du mir zugesichert, wenn wir uns noch ein drittes Mal durch Zufall begegnen würden.« Euphorisch zog er sein Handy aus der Hose und wartete darauf, dass ich ihm meine Handynummer mitteilte. Seufzend ergab ich mich und hielt mein Versprechen.

»Was machst du jetzt?«, wollte Dean wissen. Da mein Bruder gerade aus dem Diner trat, mich allerdings stoisch ignorierte, worüber ich dankbar war, wartete ich mit meiner Antwort. Erst als ich mir sicher war, dass Nolan mich nicht hören konnte, gehörte meine Aufmerksamkeit wieder Dean.

»Ich wollte gerade zurück ins Motel und mich noch ein wenig ausruhen. Wieso fragst du?« Natürlich kannte ich den Grund für Deans Nachfrage. Mir ging es nicht anders und dennoch würde er mich zu sehr von meinem Vorhaben ablenken, denn Nummer acht wartete bereits auf mich.

»Wir könnten theoretisch einen Kaffee trinken? Oder wäre dir übereinander herfallen lieber?« Dean grinste verführerisch. Dieser Mann war die pure Versuchung und mein Körper hatte nicht im Ansatz etwas dagegen auszusetzen.

»So gern wie ich das möchte, aber heute wäre das äußerst ungelegen, da ich später noch arbeiten muss und ein wenig Ruhe jetzt besser wäre.« Das entsprach nur der halben Wahrheit, allerdings war es auch keine Lüge. Dieser Kerl befriedigte meinen Racheinstinkt und das war alles andere als gut. Wenn ich jetzt mit ihm schlief, geriet mein Plan komplett ins Wanken.

»Was hältst du davon, wenn du mich morgen anrufst und dann trinken wir einen Kaffee?«, bot ich ihm an und hoffte, dass er nicht allzu enttäuscht war.

»Machen wir. Schade, dass du heute keine Zeit hast, aber ich verstehe das. Bis morgen, Avery. Ich freue mich schon darauf.« Lächelnd entfernte er sich von mir, während ich ihm wehmütig nachsah. Hätte ich dich nicht zu einem Zeitpunkt treffen können, an dem alles geklärt war?

Es half nichts, heute Abend musste es weitergehen, wenn ich mein Leben endlich wieder für mich allein wollte. Und natürlich nicht zu vergessen, dass die gesamte Stadt hinter mir her war.

~~~

Jeder Muskel schmerzte entsetzlich, sodass ich kaum die Kraft aufbringen konnte, Levin nach oben zu ziehen. Musste dieser Kerl so schwer sein? Und wir sprachen hier von einem ordentlichen Fettklops. Er war einer von Dreien, die damals verurteilt wurden. Offenbar gelang es ihm nicht, nach dem Knast wieder auf die Beine zu kommen. Die Wohnung befand sich in einem desolaten Zustand. Überall lag Müll herum und der Gestank war widerlich. Mein Magen krampfte sich automatisch zusammen. Mitleid empfand ich dennoch keines. Damals hatte er eine Wahl und ließ sie ungenutzt verstreichen. Zwar spielte er nur eine kleine Rolle, aber er hatte sich beteiligt und wurde zweifelsfrei auf den Videos identifiziert. Die anderen hatten fein darauf geachtet, dass sie nicht auftauchten.

Das Schicksal, also ich, machte trotzdem kein Halt. Auch er traf mich nun ein zweites Mal wieder und dieses Mal hielt ich die Fäden in der Hand - besser gesagt seinen Schwanz. An dem baumelte der Drecksack nämlich gerade. Sah nicht schön aus, denn das Blut staute sich bei seinem Gewicht bereits. Die Eichel färbte sich blau und schwoll an. Irgendwo hatte ich mal gelesen, dass so ein Schwanz auch platzen konnte. Diese These konnte ich jetzt überprüfen. Inzwischen hatte ich mir einen Stuhl herangezogen und wartete mit gezogener Waffe, dass er wieder zu sich kam.

Langsam sollte ich mir Gedanken machen, ob die Schläge in den Nacken nicht zu viel Zeit kosteten. Aber sie waren einfach am effektivsten, also musste ich mit den »Nebenerscheinungen« leben.

Langsam erwachte Levin stöhnend. Seine Eichel hatte bereits eine gefährliche Größe angenommen und ich zweifelte nicht daran, dass er höllische Schmerzen hatte.

»Weißt du, wer ich bin?« Standardmäßig stellte ich meine Frage und wartete auf die Reaktion. Levin ignorierte mich jedoch, da sein Blick zuerst auf den Teil seines Körpers fiel, welcher am Haken hing.

»Ich würde mich nicht zu sehr bewegen. Du drückst ihn weiter ab und im schlimmsten Fall wird deine Masse ihn vom Rest deines Körpers trennen.« Erst jetzt nahm er mich wahr. Schweißperlen standen auf seiner Stirn und er biss krampfhaft die Zähne zusammen.

»Was willst du?«, presste er unter Schmerzen hervor.

»Ich bin Avery. Erinnerst du dich an mich?« Trotz, dass er kopfüber hing, konnte ich seinen entsetzten Gesichtsausdruck sehen. Oh ja, er erinnerte sich genau an mich.

»Was ... willst ... du?«, stotterte er angsterfüllt, starrte mich aber weiterhin an.

»Gerade im Moment gefällt es mir, wie stark sich dein

bestes Stück verfärbt. Echt krass so eine schwarze Hautfarbe. Aber ärgere dich nicht. Den wirst du in Zukunft nicht mehr brauchen, wenn ich mit dir fertig bin.« Levins gesamter Körper begann zu zittern und vor Angst, erleichterte er sich direkt vor meinen Augen. Mir war so schlecht, dass ich mich einen Moment umdrehen musste.
»Aber es war nicht meine Idee. Ich habe ihnen doch gesagt, sie sollen aufhören. Ehrlich, ich saß doch schon im Knast. Ich habe dafür gebüßt und nie wieder jemanden angerührt. Nicht mal, wenn es gewünscht gewesen wäre. Es tut mir leid, Avery.« Jetzt heulte dieser Kerl auch noch. Aber er zeigte wenigstens ein bisschen Reue, wenn ihm das auch nicht half.
»Mag sein. Aber es wird dich nicht mehr retten. Ich werde jeden von euch dafür bezahlen lassen.«
Entschlossen trat ich an ihn heran. Dafür, dass er sich entschuldigt hatte, erleichterte ich ihm den Tod.
Präzise setzte ich, trotz seiner Gegenwehr, einen kleinen Schnitt direkt über der Halsschlagader und setzte mich genüsslich zurück auf den Stuhl.
Da Levin kopfüber hing, nutzte ich lediglich die Natur der Sache. In ein paar Minuten verblutete er entweder oder die Schwerkraft übernahm den Job für mich - so oder so, er würde sterben.

Entspannt verharrte ich, während er immer ruhiger wurde. Wieder löste sich ein Knoten und gab mich frei. Das Korsett meiner Vergangenheit löste nach und nach seine Schnüre.

In aller Ruhe sammelte ich meine Sachen zusammen, wischte hier und da ein paar Spuren beiseite und verließ stumm die Wohnung. Bei ihm würde es sicherlich etwas dauern, bis man seine Leiche fand. Dies wiederum gab mir Zeit, an Nummer neun zu arbeiten. Allmählich schrumpfte meine Liste, worüber ich dankbar war.

Erschöpft stieg ich in meinen Wagen und brauste durch die Stadt davon.

KAPITEL 7

Ängstlich kauere ich in der Ecke eines abgedunkelten Raumes. Wo ich mich befinde, weiß ich nicht. Das letzte, an das ich mich erinnere, ist, dass ich auf dem Weg nach Hause war und dann wachte ich hier auf. Es ist kalt und der Boden feucht. Überall stinkt es nach Fisch und Schimmel. Angst steckt in jeder Faser meines Körpers.
Polternd wird die Tür aufgestoßen und ein Mann, ich kenne ihn nicht, packt meinen Unterarm. Er ist grob und zerrt mich nach draußen. Vor Angst trete ich nach ihm und schreie. Doch er lässt nicht von mir ab, zerrt mich weiter hinter sich her, bis wir eine große Lagerhalle betreten. Bei dem Anblick der vermoderten Matratze ahne ich Böses. Spätestens jetzt, nachdem ich die anderen Männer sehe, die sich ebenfalls hier befinden.

Ruckartig schreckte ich aus meinem Schlaf hoch. Schweißperlen bedeckten mich und meine Atmung ging schwer. Ängstlich griff ich nach meiner Waffe und hielt sie krampfhaft zwischen den Fingern. Ich wollte nur, dass es aufhört. Die Träume sollten mich nicht jede Nacht daran erinnern, wie schwach ich einmal war. Ich wollte nicht mehr sehen, wie sie sich an mir vergingen, wollte den Schmerz nicht mehr fühlen. Immer und immer wieder, als wäre es gerade erst geschehen, strömten die Bilder auf mich ein. Heiß brannten die Tränen und ich gewährte mir diesen Anflug von Schwäche.

Panik breitete sich in mir aus, ob nach den Morden wirklich Schluss mit den Träumen sein würde. Ob die Gewissheit reichte, dass sie alle dafür bezahlt hatten? Oder kam irgendwann die Reue, dass ich sie überhaupt tötete. Verzweifelt kuschelte ich mich zurück in die Kissen, meine Waffe nach wie vor in der Hand.

Ich wünschte mir doch nichts sehnlicher, als ein normales Leben. Eines, indem es keine Rolle mehr spielte, was vor fünfzehn Jahren passierte. Damals hatte ich so viele Pläne und nicht einen davon hatte ich umgesetzt.

Am meisten vermisste ich die Möglichkeiten. Alles hatte man mir genommen. Den einstigen Wunsch nach einer Familie. Meinen Abschluss und sogar das Studium. Ich war ein Nichts mit einer geladenen Waffe in der Hand, die jede Nacht loszog und sich rächte.

Anstatt etwas aus meinem Leben zu machen, versteckte ich mich, lernte den Umgang mit der Waffe und diverse

Kampftechniken. Verbrachte mehr Zeit im Stall, als in einem Bett. Mit dem Sex kam ich heute doch auch klar, warum also nicht mit dem Rest meines Lebens?

Vielleicht sollte ich mir selbst einen Gnadenschuss verpassen und mir die Ruhe gönnen, nach der ich mich sehnte. Was sollte schon passieren? Überall schien es besser, als hier mit diesem Brandmal herumlaufen zu müssen.

Und dennoch gab es einen Hoffnungsschimmer - Dean. Warum ich gerade jetzt an ihn dachte, wusste ich nicht. Aber ich kam nicht umhin zuzugeben, dass er mich von meinen Mordplänen gekonnt abgelenkt hatte. Er allein schaffte es, dass ich meine Ruhe fand. Die zwei Mal, die wir uns trafen und miteinander schliefen, hatte ich keine Albträume. Augenblicklich setzte ich mich wieder auf, denn die Erkenntnis traf mich unvermittelt. Sollte es plötzlich so einfach sein? Schließlich verband mich nichts mit dem Mann, abgesehen von dem geilen Sex. Wir hatten kaum zwei Worte miteinander gewechselt und dennoch besaß er diese Macht. Oder war es reines Wunschdenken, weil ich einfach nur abgelenkt wurde? Immerhin bestand die Möglichkeit. Für gewöhnlich bestand mein Tagesablauf darin, dass ich mich mit Nolan traf, mir die Adresse geben ließ und den Rest des Tages mit der Planung verbrachte. Nur an den zwei Tagen tat ich es nicht.

Nein, das konnte nicht sein. Ich kuschelte mich wieder zurück, doch Dean ging mir nicht aus dem Kopf. Am besten versuchte ich, noch ein wenig zu schlafen. Mehr als alles andere, hatte ich Schlaf bitter nötig.

~~~

Gegen elf Uhr meldete sich Dean bei mir. Im ersten Moment war ich überrascht, denn ich hatte wirklich nicht damit gerechnet. Gesagt waren Worte oftmals schnell - in die Tat umgesetzt, fiel es den meisten jedoch schwer.
Da ich nach wie vor in meinem Bett lag, wollten wir uns zuerst bei mir treffen. Ich wusste nicht so richtig, ob es wirklich eine gute Idee war. Klar, Dean sprach mich an und die zwei Mal hatten wir verdammt geilen Sex, aber eigentlich konnte ich keinen Ballast in meinem Leben gebrauchen. Auch keinen Positiven.
Dass ein Kaffee aber durchaus annehmbar war, konnte ich meinem Kopf einreden. Bei dem Rest sah das anders aus. Mein Herz klopfte wild und in meinem Körper breitete sich Hitze aus.
Das war ganz und gar nicht fair. Dieser Kerl lenkte mich

vom Wesentlichen ab, mit seiner sexuellen Anziehungskraft. Wütend knallte ich den Schrank zu, aus dem ich mir schnell ein Top herausgenommen hatte. In ein paar Minuten würde Dean hier auftauchen und ich schaffte es gerade einmal, ein Top überzuziehen. Von dem Chaos im Zimmer ganz abgesehen. Mein Blick fiel auf die Waffe. Sollte ich sie hier zurücklassen oder lieber mitnehmen? Normalerweise trug ich sie immer, außer ich joggte. Dean sollte kein Gegner sein, dennoch musste sie nicht frei im Motelzimmer herumliegen. Kurzentschlossen legte ich mir den Gürtel um und verstaute meine Beretta im Polster. Über das Oberteil zog ich ein typisches Cowboy-Hemd und verknotete es am Bauch. So war die Waffe perfekt verdeckt und mein Körper nicht gänzlich enthüllt.

Als es an der Tür klopfte, schlüpfte ich gerade in meine warmen Stiefel und trat nur kurze Zeit danach zu Dean in den Flur.

»Schön, dass du gekommen bist«, bemerkte ich ehrlich, während ich noch den Mantel schloss.

»Mich freut es, dass ich kommen durfte. Worauf hast du Lust? Kuchen und Kaffee oder Kaffee und Kuchen?« Sein Grinsen war unheimlich ansteckend und der Humor sagte mir sofort zu. Mein erster Eindruck bezüglich Dean bestätigte sich. Er besaß Köpfchen und offenbar auch

Humor.

Ohne nachzudenken, hakte ich mich bei ihm unter und ließ mich aus dem Motel führen. Offenbar hatte Dean einen Plan, und wenn ich ehrlich war, dann war mir das durchaus Recht.

Ich war in Chicago aufgewachsen und lebte bis zu dem Vorfall auch hier, doch in einer Stadt wie dieser, veränderte sich alles sehr schnell. Sie war nicht langlebig und pulsierte regelrecht. Ein Grund, warum man problemlos untertauchen konnte oder von den meisten gar nicht wahrgenommen wurde. Hier war man sprichwörtlich die Nadel im Heuhaufen - nicht, dass es mich stören würde. Es verhielt sich durchaus so, wie in Texas. Nur dass man dort lediglich zwanzig Kilometer bis zum nächsten Anwesen hatte. Man ging sozusagen in der Natur unter.

Ich schob den Gedanken an Texas beiseite und konzentrierte mich wieder auf Dean. Mein Körper sprach, was ihn betraf, eine eindeutige Sprache und es verwunderte mich, dass wir noch nicht übereinander hergefallen waren.

»Ist dir schon aufgefallen, wir haben beide unsere Klamotten noch an«, witzelte ich und sah flüchtig zu ihm herüber. Sein Lachen klang wie Balsam für meine geschundene Seele und wirkte mehr als ansteckend. Wann hatte ich dies das letzte Mal gemacht? Einfach nur gelacht?

»Ich kann ja nicht nur diesen«, bemerkte er und hielt zur Verdeutlichung seine Finger nach ob, die mich im Club von Höhepunkt zu Höhepunkt gejagt hatten. Sofort meldete sich meine Pussy zu Wort. Unaufhaltsam befeuchtete meine Nässe den Slip. Wann besaß schon mal ein Mann eine derartige Wirkung auf mich, dass ich binnen von Sekunden auslief? Noch nie!!! Schnell schob ich meine Erregung in die hinterste Ecke meines Kopfes, jedenfalls versuchte ich das und konzentrierte mich wieder auf den Weg vor mir.

»Ich liebe es, den Kopf zu ficken. Erst wenn mir das gelingt und du nass wirst, ohne dass ich dich angefasst habe, dann habe ich es richtig gemacht.« Das kam so unerwartet, dass ich mit meinen Schritten ins Stocken geriet und mich für eine Sekunde an der Wand abstützen musste. Allerdings würde ich mich hüten zuzugeben, dass ihm das vor wenigen Minuten bereits perfekt gelungen war. Mit einem kleinen Lachen quittierte er meine derangierte Situation und führte mich weiter die Straße entlang. Eine gehörige Portion Selbstbewusstsein besaß Dean ja, aber warum auf Kosten meines Höschens? Wenn ich noch mehr Zeit mit ihm verbringen würde, dann musste ich ab sofort immer einen Wechselslip in der Tasche mitführen und am besten gleich ein neues Arsenal in meinem Schrank hinzufügen.

Am Diner angekommen, verhielt sich Dean wie der perfekte

Gentlemen und hielt mir die Tür auf. Grinsend trat ich hinein und war überrascht, wie voll es war. Normalerweise ging ich in das Diner am anderen Ende der Straße, weitab von zu viel Publikumsverkehr. Hier jedoch fanden sich auch regelmäßig Touristen ein.

»Die Burger sind der Hammer«, bemerkte Dean und zog mich an den letzten freien Tisch am Fenster.

»Mir wäre ein Salat lieber. Du weißt schon, ich kann meine durchtrainierte Figur nicht ruinieren.« Mit einem kecken Lächeln nahm ich ihm gegenüber Platz und wartete darauf, dass auch er es tat.

»Du könntest ruhig ein paar Kilo mehr vertragen. Beziehungsweise mal eine Ausnahme in deinem Ernährungsplan machen.« Leicht schüttelte ich den Kopf. Nein, das kam für mich nicht infrage. Jedenfalls nicht, bevor ich meine Angelegenheiten geklärt hatte. Ich musste mich auf meine körperliche Fitness zu Hundert Prozent verlassen können.

»Wirklich, nur einen Salat«, erwiderte ich daher und nahm Deans resigniertes Schulterzucken zur Kenntnis.

»Gut, aber du verpasst wirklich etwas.« Betretenes Schweigen trat ein, bis die Kellnerin an den Tisch kam, um die Bestellung aufzunehmen. Während Dean diesem Part gern nachkam, sah ich mich im Diner um. Die Touristen waren unverkennbar, doch eine Gruppe aus mehreren Männern erregte meine Aufmerksamkeit viel mehr. Sie saßen nur drei Tische von uns entfernt und unterhielten sich rege. Zumindest machte es den Anschein, denn sie gestikulierten und lachten.

Einem dieser Männer schenkte ich jedoch mehr Beachtung, denn auf seltsame Art kam er mir bekannt vor. Auch seine Stimme, die nur leicht zu mir herüberdrang, bekräftigte die Vermutung.

Das konnte nicht sein! Oder doch? Langsam keimte die Erinnerung in mir auf und ich war mir sicher, dass er niemand anderer sein konnte als Malcom, der Nachname fiel mir auf Anhieb nicht ein.

In vielerlei Hinsicht war das Schicksal ein Arschloch. Warum ausgerechnet hier und jetzt? Doch die Gelegenheit konnte ich nicht ungehindert verstreichen lassen. Jedenfalls nicht, wenn sie sich ergeben sollte. Er müsste lediglich die Toiletten aufsuchen und ich hatte eine reelle Chance, ihm den Garaus zu machen.

Ein Problem blieb jedoch - Dean. Ich musste ihn schnellstmöglich los werden, ohne dass er Verdacht schöpfte. Nur wie?

»Irgendwie habe ich keinen Hunger mehr. Lass uns das bitte verschieben«, begann ich und rieb nervös an meiner Stirn.

»Geht es dir nicht gut?« Dean klang ehrlich besorgt und es tat weh, ihm so vor den Kopf zu stoßen.

»Bitte geh Dean und stell keine weiteren Fragen, bitte. Ich erklär dir das alles später, okay?« Einen Moment lang sah er mich an und suchte nach Hinweisen in meinem Blick, doch er fand nichts als Leere. Die Leere, die sich mit meiner Mordlust einherging. Dann schaltete sich die emotionale Ebene aus und nur noch mein Durst nach Blut preschte durch meinen Körper.

»Ich verstehe es nicht ganz, aber ich gehe. Egal was ist, wenn du reden magst, bin ich jederzeit für dich da.« Ohne ein weiteres Wort stand er auf und verließ auf direktem Weg das Diner.

Erleichtert sank ich gegen das Polster und hielt den Blick auf Malcom gerichtet. Hoffentlich ging er wirklich irgendwann zum Männerklo, ansonsten war mein schöner Plan für die Katz. Wobei es Plan nicht traf, denn den hatte ich nicht einmal. Meine Waffe konnte ich kaum nutzen und mein Messer lag im Hotelzimmer.

Als die Bedienung kam, schob ich ihr ein paar Scheine rüber und deutete an, dass sie das Essen wieder mitnehmen konnte.

Und dann endlich ergab sich meine Chance. Malcom ging tatsächlich in Richtung Toiletten davon - ich blieb ihm dicht auf den Fersen.

KAPITEL 8

Die Entscheidung lag nun ganz allein bei mir. Sollte ich in Betracht ziehen, erwischt zu werden, indem ich das Risiko einging und ihn direkt im Männerklo erledigte? Unentschlossen stand ich vor der geschlossenen Tür und überlegte fieberhaft, ob es nicht noch eine andere Möglichkeit gab. Doch mir lief einfach die Zeit davon. Kurzerhand stieß ich die Tür auf und trat ins Innere. Malcom hielt inne und sah mich verdutzt an.

»Das ist das Herrenklo«, echauffierte er sich und steckte das Glied zurück in die Hose.

»Ich bin wegen dir hier. Weißt du, wer ich bin?« Neugierig betrachtete er mich, schien jedoch keine Verknüpfung herstellen zu können.

»Ich bin Avery, das Mädchen, dass du vor fünfzehn Jahren vergewaltigt hast und ich bin hier, weil ich dich jetzt dafür bezahlen lasse.« Kaum hatte ich das gesagt, warf er den Kopf in den Nacken und lachte laut. Offenbar hatten sie alle, selbst nach der langen Zeit, nur ein hämisches Lachen für mich übrig. Keiner, bis auf einen, zeigte wirkliche Reue und das tat mehr weh, als die kleinen Details ihrer Schandtat.

In dem Moment, als er mir gerade die Schulter zudrehte, um nach einem Handtuch zu greifen, nutzte ich meine Chance. Leichtfüßig sprang ich nach vorn und packte seinen Kopf. Leider unterschätzte ich seine körperliche Kraft. Hart wehrte mich Malcom ab und schleuderte mich auf den Boden. Schmerz durchzog meine Rippen und raubte mir den Atem.
»Netter Versuch, Avery.« Provokant baute sich Malcolm vor mir auf. Es war eine bescheuerte Idee, dessen war ich mir inzwischen bewusst, nur gab es jetzt kein zurück mehr. Mit einem harten Tritt in die Weichteile lenkte ich ihn ab, rappelte mich auf und packte erneut seinen Kopf. Ruckartig riss ich ihn zur Seite und lauschte dem lauten Knacken. Wie ein nasser Sack fiel Malcom in sich zusammen. Mir blieb nicht viel Zeit, also verließ ich schleunigst die Herrentoilette und eilte nach draußen.
Mein Magen rebellierte, doch hier konnte ich ihm noch keine Erleichterung verschaffen. Selbst das auf der Toilette, war ein großes Risiko. Wenn jemand reingekommen wäre, dann hätte ich ihn ebenfalls umbringen müssen.
Das war unüberlegt und dumm, selbst wenn ein weiterer Name von meiner Liste gestrichen werden konnte. Blieben nur noch dreizehn Männer. Sich darüber jetzt auch noch den Kopf zu zerbrechen vertagte ich auf später. Bevor man Malcoms Leiche fand, wollte ich im Motelzimmer sein und

mir eine Ausrede einfallen lassen, warum ich das Date mit Dean beendete, ohne ihm einen Grund genannt zu haben.

~~~

Ewigkeiten starrte ich auf mein Handy, begann einen Text und löschte ihn dann doch wieder. Wie sollte ich ihm das erklären? Was ist, wenn er von dem Übergriff in der Zeitung las? Würde er es mit mir in Verbindung bringen? Immerhin hatte ich mich sehr seltsam benommen.
Allerdings musste ich im Zweifelsfall auch eine plausible Geschichte in petto haben, falls der Verdacht nun doch auf mich fiel.
»Hallo Dean, es tut mir leid, wenn ich dich vorhin, ohne jeden Grund gebeten habe zu gehen. Ich bin nicht sonderlich gut, wenn es darum geht, jemanden kennenzulernen. Ich hoffe, du bist mir nicht allzu böse. Avery.«
Damit konnte ich halbwegs leben und es entsprach sogar der Wahrheit, auch wenn das nicht der Grund für mein Verhalten war. Doch genau das zeigte mir wieder, warum es nicht funktionieren würde. Meine Rache war bedeutsamer als ein Mann, mit dem ich schlief. Es gab keine Chance für

Dean und mich - zumal ich das nicht anstrebte. Nein, lediglich Sex interessierte mich und nicht die Person, mit der ich ihn auslebte. Ganz einfache Geschichte. Trotzdem schmeckte dieses Gefühl bitter auf meinen Lippen. Sanft strich ich darüber und erinnerte mich schmerzhaft, wie sich seine darauf angefühlt hatten. Es schien so perfekt, so natürlich, als hätte es nie etwas anderes gegeben. Dean berührte eine Ebene in mir, die ich gut verschlossen hielt und sie niemals an die Oberfläche blitzen lassen wollte. Dennoch besaß er Macht über meinen Körper. Seine braunen Augen, die vollen Lippen - nein, eigentlich alles an ihm sprach mich an und weckte Wünsche, die ich nicht haben durfte. Sie waren falsch - ich war es. Ich war ein gezeichnetes Stück Fleisch, welches man benutzt und dann weggeworfen hatte. Nie in meinem Leben würde sich diese Tatsache ausradieren lassen.

Ich nahm meine Beretta vom Nachttisch und zerlegte sie auf dem Bett in ihre Einzelteile. Eine Waffe zu besitzen war das eine, sie pfleglich zu behandeln das andere. Genau das tat ich täglich, überprüfte jedes noch so kleine Teil, bis ich sie anschließend reinigte. Diesem Baby vertraute ich mein Leben an, also musste ich sie auch Instandhalten.

Zufrieden überprüfte ich nach einiger Zeit mein Werk und schob das Magazin zurück. Von Dean kam in der

Zwischenzeit keine Nachricht. Was hatte ich auch nach der Nummer im Diner erwartet? Er konnte vermutlich jede haben, warum sollte er also mit jemandem vorlieb nehmen, der sich so widersprüchlich verhielt, wie ich es vorhin tat.

Wütend auf mich selbst, auch wenn ich die Meinung vertrat, nichts Falsches getan zu haben, rollte ich mich auf dem Bett zusammen. Kleine Tränen brannten in meinen Augen und für einen kurzen Augenblick hieß ich die Schwäche in mir willkommen. In naher Zukunft konnte ich diesen Punkt für immer beerdigen und ein neues Leben beginnen, wo auch immer ich wollte. Die Männer, die ein Teil meiner selbst genommen hatten, bezahlten es mit ihrem Blut und dennoch überkam mich die Angst, dass die Einsamkeit trotzdem mein Begleiter sein würde. Warum konnte ich Dean nicht kennen lernen, wenn all dies hier nur noch pure Erinnerung war? Warum ausgerechnet jetzt?

Wütend schlug ich auf mein Kissen ein, schrie hinein und weinte noch mehr bittere Tränen.

Das Klopfen an der Tür ließ mich innehalten. Sofort sprang ich auf, entsicherte die Waffe und rannte panisch zur Tür. Mein Herz schlug mir bis zum Hals und mein Puls raste unnatürlich schnell.

»Wer ist da?« Meine Stimme klang ruhig und verriet nichts über meinen inneren Aufruhr, der mich vor wenigen

Sekunden noch gefangen hielt.

»Ich bin es Dean. Ich dachte, es wäre besser dir persönlich auf deine Nachricht zu antworten.« Erleichtert atmete ich aus, sicherte meine Beretta und verstaute sie im Hüftgürtel. Erst dann öffnete ich die Tür.

Sofort glitt sein Blick zu meinen verweinten Augen. Natürlich, daran hätte ich auch vorher denken können.

»Hast du geweint?« Sanft berührte seine Hand meine Wange und löste eine Welle an Empfindungen aus, die ich sofort hinter meiner Fassade verbarrikadierte.

»Du hast mich nur aus dem Schlaf geholt. Ich bin da sehr empfindlich«, log ich und entwand mich seiner Hand.

»Sicher? Dem Schrei vor ein paar Minuten zu urteilen, würde ich eher auf meine Variante tippen.« Selbstsicher verschränkte er die Arme vor der Brust und sah mich an.

»Ja, alles in Ordnung. Vielleicht habe ich geträumt«, beeilte ich mich seine Zweifel zu zerstreuen. Jemanden, der in meiner Lebensgeschichte herumwühlte, brauchte ich nicht.

»Ich glaube dir das jetzt einfach.« Unsicher stand ich Dean nach wie vor gegenüber. Niemand rührte sich auch nur einen Millimeter. Lediglich unser Blick blieb ineinander verwoben. Immer mehr drangen meine Bedenken, die Ängste und die Wut über mich selbst in den Hintergrund. Allein in diese Augen zu sehen, die tiefer in meine Seele blickten, als mir lieb war, reichte aus, um meine Sehnsucht zu wecken.

Kurzerhand überbrückte ich die Distanz zwischen uns, legte die Arme um seinen Nacken und presste meinen Mund auf seine Lippen. Sofort kam er mir entgegen, packte meinen Hintern und drückte mich an seinen Unterleib. Hemmungslos entledigten wir uns der Klamotten, was schwierig schien, denn Dean bemerkte meine Waffe, sagte allerdings nichts dazu. Er war viel zu sehr damit beschäftigt, meine Haut mit Küssen zu bedecken. Beißend zeichnete er den Weg zu meiner Pussy, die bereits vor Geilheit auslief. Meine Finger vergruben sich derweil in seinen schwarzen Haaren. Unten angekommen spreizte ich meine Beine weit auseinander, um ihm den Zugang zu erleichtern.

»So nass«, quittierte er lüstern meine feuchte Spalte und versenkte sofort die Finger darin. Das allein kam einer Explosion gleich. Als er sie auch noch nach vorn kippte und meinen empfindlichen G-Punkt stimulierte, war ich verloren. Es gab keine Gnade. Stürmisch fingerte er mich, jagte mich von einem Orgasmus zum nächsten. Immer heftiger kam ich an seinen Fingern, wusste kaum noch, ob die Höhepunkte einzeln über mich hinwegfegten oder kontinuierlich.

Erst nachdem meine Knie versagten, schob Dean mich zum

Bett. Mein Unterleib pulsierte so heftig, dass ich mich kaum bewegen konnte. Allerdings war die Lust auf ihn nach wie vor nicht verflogen. Das wurde mir klar, als er sich mit einem harten Stoß in mir versenkte. Sein Schwanz teilte mein wundes Fleisch und trieb mich gekonnt wieder nach oben. Orgasmus um Orgasmus schrie ich ihm entgegen und trieb ihn immerfort weiter an. Eine gewaltige Sehnsucht hatte mich gepackt, die nur er stillen konnte. Mit jedem Stoß kam ich ihm weiter entgegen, wollte Dean tief in mir spüren und jedes noch so kleine Gefühl bis zum Bersten in mir aufsaugen.

Meine Stimme versagte allmählich und auch meine Beine konnte ich kaum noch um seine Hüften schlingen.

Selbst Dean schien an seinem Punkt angelangt zu sein. Sein Körper spannte sich an, während er mit einem heiseren Stöhnen all seine angestaute Lust in mir verströmte.

Schweratmend und sämtlicher Kräfte beraubt, blieben wir regungslos auf dem Bett liegen. Heilige Scheiße, das war das Geilste, was ich bis jetzt in meinem Sexleben erfahren hatte.

»Avery, du bist buchstäblich ein wahr gewordener Männertraum.« Ich unterdrückte mein Grinsen nicht, selbst wenn er es nicht sehen konnte.

»Danke, ich werte das als Kompliment.« Er stützte sich auf

den Ellenbogen ab und sah zu mir hinab.

»Das war es.« Sanft strichen seine Lippen über meine und zu meiner Schande musste ich gestehen, dass die Erregung erneut in mir aufflammte. Gott, was war eigentlich mit mir los. Ich war durchaus kein Unschuldslamm und liebte Sex, aber das hier sprengte selbst mein Verständnis.

Dean zog sich aus mir zurück und ließ sich auf den Rücken fallen. Auf seinem Körper tanzten kleine Schweißperlen, was höllisch sexy aussah.

»Komm her«, bot er mir an und öffnete seinen Arm. Ohne Zögern nahm ich seine Einladung an und kuschelte mich in seine Armbeuge.

Ausgelaugt und mit dem Gefühl der inneren Befriedigung schloss ich die Augen. Dass Dean mich in seinen Armen hielt, gab mir ein besonderes Gefühl von Sicherheit. Das erste Mal seit vielen Jahren schloss ich meine Augen und fiel in einen erholsamen Schlaf.

KAPITEL 9

Etwas war anders, das spürte ich sofort, obwohl meine Augenlider geschlossen waren. Das Kissen fühlte sich warm unter meinem Kopf an und auch der süße Duft eines leichten Männerparfüms gehörte hier nicht her. Nur langsam versuchte ich auszumachen, was hier vor sich ging, bis es mir einfiel. Dean kam vorbei und wir hatten den geilsten Sex, den ich je erfahren durfte. Offenbar schliefen wir danach nebeneinander ein. Zufrieden lächelte ich in mich hinein und genoss den Moment noch einen Augenblick. Es fühlte sich so gut an, so richtig und dennoch war es keine gute Idee.

Langsam registrierte ich, dass er mir ebenfalls eine Nacht ohne jegliche Albträume beschert hatte, doch die Wehmut stieg weiterhin an. Es war der falsche Zeitpunkt um Gefühle zu entwickeln. Wenn ich meinen Rachefeldzug weiterhin führen wollte, dann würde ich Dean verletzen, so wie ich es gestern tat.

Doch so sehr ich mir all diese Gedanken in den Kopf brennen wollte, ich schien nicht in der Lage zu sein, mich von ihm fernzuhalten. Auf eine Art gab er mir das, wonach ich seit fünfzehn Jahren suchte - Ruhe.

»Zappel nicht so rum«, bemerkte Dean amüsiert. Nun öffnete ich doch meine Augen und sah ihn an.

»Ich zappel nicht rum, ich strecke nur meine geschundenen Glieder«, gab ich zurück und legte mein schönstes Grinsen auf.

»So? Geschunden also!« Ohne Vorwarnung rollte er sich auf mich und küsste mich fordernd. Allein bei der Berührung seiner Lippen explodierte die Lust zwischen meinen Beinen. Auch der Muskelkater hielt mich nicht davon ab, die Beine um ihn zu schlingen und darauf zu pochen, dass er seinen Schwanz in mir versenkte.

»Uhlala, gibt es dich irgendwann einmal in trocken?« Ungeniert begann ich, zu lachen.

»In deiner Gegenwart wohl nicht.« Und das entsprach der Wahrheit.

Hart stieß er zu und brachte meine Sinne erneut zum Erklingen. Wild und hemmungslos ergaben wir uns der Lust, die zwischen uns Funken schlug. Dieser Mann war der Wahnsinn und je näher er mir kam, desto weniger konnte ich mich gegen ihn wehren.

»Du kommst fast eine Stunde zu spät und hältst es nicht einmal für nötig, mir eine Nachricht zu schreiben«, donnerte Nolan los, obwohl ich nach wie vor stand.

»Es tut mir leid. Ich bin eingeschlafen«, entschuldigte ich mich knapp. Gut, dies entsprach den Tatsachen, allerdings war Dean nicht unbedingt unschuldig an meiner Müdigkeit. Dass ich überhaupt gehen konnte, glich einem Wunder. Bei jedem Schritt spürte ich, wie wund er mich gevögelt hatte - herrlich wund.

»Erklärst du mir das hier.« Wütend warf er mir die aktuelle Tageszeitung auf den Tisch. Was darin stand, konnte ich mir lebhaft vorstellen.

Unerklärliche Morde ebben nicht ab

Chicago - Die Mordserie geht unaufhaltsam weiter und die Polizei gerät immer mehr in Bedrängnis. Durch Zufall entdeckte der Eigentümer eines Mehrfamilienhauses die Leiche seines

Mieters. Auf brutale Art hatte man ihn an seinen Genitalien aufgeknüpft und ihn qualvoll ausbluten lassen. Doch noch ein weiterer Mord, den die Beamten ebenfalls dem Chicagoer Serienkiller zuordnen, erschüttert die Stadt. Inmitten eines belebten Diners wurde die Leiche eines Mannes gefunden. Kampfspuren deuten darauf hin, dass das Opfer um sein Leben bangte und sich nicht so schnell geschlagen geben wollte. Doch die Gegenwehr schien vergebens.
Die Polizei muss sich den Bürgern der Stadt stellen und hat inzwischen eine Sondereinheit zusammengestellt. Wird es ihnen endlich gelingen, die grausamen Morde aufzuklären und weitere zu verhindern?

Schulterzuckend schob ich ihm die Zeitung wieder zu.
»Es ergab sich eben. Was willst du von mir hören?«
Schnaubend quittierte er meine flache Bemerkung und schien das erste Mal verzweifelt.
»Ich mache mir nur Sorgen um dich. Was meinst du, wie

lange es noch geheim bleibt, dass all die Männer eine Gemeinsamkeit haben? Dann wird man auf dich kommen, wenn das nicht schon passiert ist. Verlass für ein paar Tage die Stadt.«

Ungehalten sprang ich auf und funkelte meinen Bruder böse an. Er hatte doch keinerlei Ahnung, was ich alles erdulden musste. Ihn hatte sein Vater in Ruhe gelassen! Mir jedoch tat er diesen Albtraum an. Er verkaufte mich an diese Männer und besaß sogar die Dreistigkeit, meiner Massenvergewaltigung beizuwohnen. Abartig und widerwärtig, mehr fiel mir diesbezüglich nicht ein, außer, dass ich mir ihn bis zum Schluss aufhob.

»Ich habe alles im Griff, darum brauchst du dir keine Sorgen machen. So schnell werden sie nicht auf mich kommen und selbst wenn, wie sollte ich ihrer Meinung nach denn diese körperliche Kraft besitzen? Im Notfall halten wir uns an die Absprachen und fertig.« Mehr hatte ich diesbezüglich nicht zu sagen. Sollte Tag X kommen, blieb mir nur die Option, die ich mir mit Nolan zurechtgelegt hatte. Bis dahin war ich die Ruhe in Person und würde noch mehr auf meine Umgebung achten.

»Hoffentlich weißt du, was du tust.« Unsicher schob mir Nolan die nächste Adresse über den Tisch und ging, ohne sich zu verabschieden. Ungläubig sah ich ihm nach und ließ erschöpft die Schultern hängen.

Um Nolan würde ich mich später kümmern. Wichtiger war in erster Linie der Name, der sich auf dem Blatt Papier befand - Leon Alvarez, meine Nummer zehn.

Wie immer bezahlte ich die Rechnung und verließ das Diner. Bevor ich heute Abend losziehen konnte, musste ich mir Informationen besorgen. Vorzugsweise bekam ich die durch Google Maps und das Internet. Je mehr ich über die Personen herausfinden konnte, desto leichter wurde es. Manchmal half es sogar, dass aktuelle Bilder zu finden waren.

Als ich am Park vorbei kam, überlegte ich kurz, ob ich noch joggen gehen sollte, verwarf den Gedanken allerdings, denn die letzte Nacht hatte mich um einige Kraftreserven gebracht. Am liebsten würde ich mich auch zurück in die Decken kuscheln und schlafen, denn mich erfüllte eine absolute Kraftlosigkeit. Schon aus diesem Grund war Dean gefährlich. Seufzend ergab ich mich dann auch diesem Thema. Auf mich wartete ein Mann, der seine Rechnungen begleichen musste - Schluss mit den Gedankensprüngen.

~~~

Nummer Zehn führte mich wieder einmal in das bessere Viertel der Stadt. Wie diese Männer es geschafft hatten, trotz ihrer Vergehen so erfolgreich zu sein, wollte mir nicht in den Kopf. Die Gosse wäre ein geeigneter Platz für diesen Abschaum gewesen. Von Leon hatte ich relativ wenige Infos aus dem Netz ziehen können und musste mich damit begnügen, spontan auf die örtlichen Begebenheiten einzugehen.

Ohne Schwierigkeiten überwand ich den großen Eisenzaun, der das Grundstück einzäunte. Trotz meiner High Heels konnte ich den weichen Boden deutlich spüren, insbesondere, weil er unnatürlich nachgiebig war. Kein gutes Zeichen, denn im schlimmsten Falle würden die Spuren, die ich hinterließ, sie auf meine Fährte bringen. Auf Zehenspitzen arbeitete ich mich zum Kiesweg vor, dort sollte sich das Problem erledigt haben. Bevor ich mich an der Haustür zu schaffen machte, streifte ich die schwarzen Handschuhe über - sicher ist sicher. In letzter Zeit fiel zu viel Aufmerksamkeit auf meine Person und im Knast wollte ich keineswegs landen.

Wie erwartet gab die Tür nach wenigen Augenblicken nach und schwang nach innen. Stumm lauschte ich ins Innere des Hauses. Was mich hier erwartete, stand im Gegensatz zu den anderen, völlig in den Sternen. Nicht jeder gab seine Daten dem Internet preis und lebte sein privates Leben offen. Leon erarbeitete sich vor wenigen Jahren ein Vermögen und lebte seitdem komplett zurückgezogen. Dazu kam, dass er, neben meinem Stiefvater, der älteste der Männer war. Mit seinen knapp sechzig Jahren, sollte er also keinerlei Hindernis darstellen.

Konzentriert schloss ich die Vordertür und trat hinein. Eine unheimliche Stille hatte sich über das Anwesen gelegt. Meine Aufregung wuchs und mehr Adrenalin als nötig jagte durch meinen Körper. Auf Zehenspitzen, ohne ein Geräusch zu machen, sah ich mich im unteren Bereich um. Auf den ersten Blick deutete nichts darauf hin, dass Leon eine Familie besaß, die mir in die Quere kommen könnte. Die Einrichtung war plastisch gehalten und es mangelte an Fotos und persönlichen Dingen.

Zeit, um mich auch im oberen Bereich umzusehen. Vorsichtig stieg ich die Stufen nach oben, immer darauf bedacht, dass mir jemand entgegenkommen könnte. Auch dort vergewisserte ich mich, allein zu sein, bevor ich in das Zimmer spähte, aus dem ein Lichtstrahl drang. Kein Mucks war zu hören. Langsam schob ich die Tür nach innen und blieb im Türrahmen stehen.

Leon lag auf dem Bett, sein Körper in einer unnatürlichen Haltung. In seiner rechten Hand hielt er eine Waffe, die kurz davor war ihm zu entgleiten.

»Verdammter Arsch, das war mein Job«, fluchte ich und trat auf das Bett zu. Direkt neben ihm lag die aktuelle Tageszeitung und ein weißer Brief.

An Avery,

bevor ich dir diese Genugtuung gebe, habe ich es selbst erledigt. Es war nur eine Frage der Zeit, bis dein Weg dich zu mir geführt hätte.
Und auch jetzt kann ich nur über dich lachen, da ich deinen wundervollen Plan zerstört habe.
Doch lass dir eines sagen: Sie werden dich bekommen und der Todestrakt wartet dann bereits auf dich.

Ungehalten zerknüllte ich das weiße Papier und ließ es auf den Boden sinken. In meiner Wut zog ich das Messer aus der Scheide und schwang mich auf seinen bulligen Körper. Wie besessen stach ich auf Leon ein. Selbst im Tod verfügte er über die Macht, mich zu verletzen und zu demütigen. Selbst wenn er schon längst nicht mehr auf dieser Erde weilte, hielt mich das nicht davon ab, wie eine Verrückte auf ihn einzustechen. Immer und immer wieder glitt das Messer in ihn, bis meine Kraft verebbte.

»Dreckiger Bastard. Auch wenn du mich nicht hören kannst, du bis ein Feigling.« Ich stieg von ihm hinunter, nahm die Tageszeitung und den Brief mit mir. Wer weiß, was dieser Typ noch geplant hatte. Vermutlich kreuzte in wenigen Minuten die Polizei hier auf.

Nicht daran zu denken, was dann mit mir geschehen würde. Panisch stieg ich die Stufen hinab und rannte durch den Vorgarten. Meinem Adrenalin sei Dank, gelang es mir sofort, das Geländer zu überwinden.

Abgekämpft gönnte ich mir eine kleine Pause und lehnte mich dagegen.

»Avery? Oh Gott, was ich denn mit dir passiert?« Ruckartig sah ich in die Richtung, aus der Deans Stimme zu mir drang. Verdammte Scheiße, das hatte mir noch gefehlt. Meine Vermutung schien sich geradewegs zu bestätigen - ihn an mich heranzulassen, war verkehrt.

KAPITEL 10

»Bist du verletzt?« Schützend schlang Dean die Arme um mich und begutachtete mein Gesicht. Ich konnte nur erahnen, wie ich im Moment aussehen mochte. Auch wenn Leon bereits tot war, als ich auf ihn einstach, ohne Blut ging es nie.

»Mir geht es gut, okay?«, wehrte ich seine Bemühungen ab und ging die Straße entlang in Richtung meines Wagens. Auf halber Strecke hielt er mich am Oberarm zurück.

»Wem gehört dann das ganze Blut? Hat dich jemand angegriffen? Rede bitte mit mir.« Seufzend stoppte ich meine Schritte und wand mich ihm zu.

»Müssen wir das ausgerechnet hier besprechen? Setz dich einfach ins Auto und wir reden im Motel darüber, in Ordnung?« Dieses kleine Zugeständnis fiel mir schwer, aber eine Wahl gab es nun nicht mehr. Dean hatte mich gesehen und es war nur eine Frage der Zeit, bis man Leons Leiche fand, selbst, wenn ich keinen aktiven Mord begangen hatte, so stand die Absicht diesbezüglich.

Dean zögerte einen Augenblick, während ich bereits einstieg und den Motor startete. Verdenken konnte man es ihm nicht, immerhin wurde mein Körper von fremdem Blut gezeichnet

und eins und eins zusammenzählen konnte vermutlich auch er.
Zu meiner Überraschung tat er es dennoch. Ohne noch mehr Zeit zu verschwenden, steuerte ich den Wagen in Richtung Interstate. Meine Gedanken kreisten unaufhörlich darum, was ich ihm gleich sagen sollte. *Ach, hey Dean. Ganz nebenbei, ich bin ein Killer!* Hart, aber es traf den Kern der Sache - nichts anderes war ich. Kaltblütig hatte ich neun Menschen getötet und mich vorher noch an ihrem Schmerz vergnügt. Nummer zehn zog es allerdings vor, sich selbst das Leben zu nehmen und mich um meine Rache zu bringen. Aber es signalisierte auch, dass sie sich im Klaren darüber waren, auf wen es der Serienkiller abgesehen hatte. Zumindest traf dies auf Leon zu. Einer von den anderen Verbliebenen konnte zur Polizei gehen und diesen Verdacht äußern. Hoffentlich würde es nicht so weit kommen. Die Hälfte war beinahe vollbracht und danach konnte ich für eine Weile in Texas untertauchen, bis Gras über die Sache gewachsen war und mein Leben von vorn beginnen. Schließlich hatte ich genau für diesen Moment all das hier in kauf genommen!
Der Weg bis ins Motel war kurz und verlief schweigsam. Weder Dean noch meine Wenigkeit sagten ein Wort. Ebenso still führte ich ihn in mein Motelzimmer, in dem wir vor ein

paar Tagen noch wunderschöne Stunden verbracht hatten.
Ohne ihm jegliche Beachtung zu schenken, schälte ich mich aus dem Overall, bis ich nackt vor ihm stand. Danach führte mich mein Weg ins Badezimmer. Wenn ich ein Gespräch mit ihm führen würde, dann sicherlich nicht so, wie ich momentan anzuschauen war. Im Ansatz meiner Haare klebte vertrocknetes Blut und auch mein Gesicht zierten einige Anhaftungen. Eilig wusch ich es herunter, nahm den Bademantel und trat wieder zurück ins Nebenzimmer.
Dean stand nach wie vor an der Tür, als wollte er jeden Augenblick flüchten.
»Setz dich, bitte. Wenn du da so rumstehst, dann machst du mich nervös.« Unsicher kam er meiner Bitte nach und nahm mir gegenüber auf einem Stuhl Platz. Ich hingegen machte es mir auf dem Bett bequem.
»Es wäre schön, wenn du das, was du gesehen hast und auch die Dinge, die ich dir nun erzählen werde, für dich behältst. Ich gebe nicht viel auf Halbwahrheiten und ich weiß ebenso, dass ich dich niemals zwingen könnte und würde, den Mund zu halten. Ich hoffe nur, ehrlich gesagt, darauf.« Stumm nickte Dean. Mehr als um Hoffnung beten, blieb mir in dieser Situation nicht.
»Ich bin in Chicago geboren und aufgewachsen. Bis zu meinem neunten Lebensjahr an der Seite von meinen Eltern.

Von einem Tag auf den nächsten änderte sich alles für mich, als mein Vater bei einem missglückten Raubüberfall, in der Filiale in der er arbeitete, erschossen wurde. Meiner Mutter brach es das Herz und mir ebenso. Lange Zeit zogen wir uns zurück und genossen den Moment unserer Zweisamkeit. Ich besuchte währenddessen keine Schule und die Behörden wurden auf uns aufmerksam. Doch der Sachbearbeiter war nett und schenkte meiner Mutter wieder neue Hoffnung. Regelmäßig besuchte er uns und gab wertvolle Tipps, wie wir beide zurück ins Leben finden konnten. Auch in die Schule ging ich wieder regelmäßig, fand schnell Freunde und hatte wieder Spaß am Leben.

Eines Nachmittags, als ich vom Spielen kam, saß der Mann vom Jugendamt bei meiner Mutter. Die Situation zwischen den beiden schien so vertraut und liebevoll - bis dahin hatte ich nie die Vermutung, dass zwischen den beiden etwas laufen könnte. Dennoch freute es mich, als sie nach geraumer Zeit offen zu ihren Gefühlen standen. Als Tochter wollte ich nur, dass meine Mutter der glücklichste Mensch auf Erden war.

Mit zwölf bekam ich einen Bruder und unsere gesamte familiäre Situation schien wieder in geregelten Bahnen zu verlaufen. Ich war stolz, nun eine große Schwester zu sein und verbrachte sehr viel Zeit mit Nolan. Er war sozusagen, ein echter Sonnenschein und hat mir das Trauern erleichtert, wenn ich mich nach meinem Vater sehnte.

Drei weitere Jahre verliefen ohne Zwischenfälle. Meine Pubertät schritt voran, ich kleidete mich entsprechend, wollte mit meinen Freundinnen auf Partys und entwickelte das erste Interesse für Jungs. Also alles so, wie es für ein fünfzehnjähriges Mädchen sein sollte.« Ich pausierte einen Moment, denn das Nachfolgende hatte sich wie ein Gürtel um meine Seele geschnürt und drohte mir jegliche Luft zu atmen zu nehmen. Während meiner Erzählungen hörte Dean aufmerksam zu, doch ich spürte bereits, dass er ahnte, in welche Richtung mein Geständnis führen würde.

»An diesem einen besagten Tag war ich auf dem Weg nach Hause. Ich spüre heute noch, wie die warme Sommerluft meine Beine kitzelte und meine Haare im Wind tanzen ließ. Die Rosen, die Miss Parker, eine ältere Dame der Nachbarschaft, gepflanzt hatte, rochen so herrlich.

Von einer Sekunde auf die nächste wurde mein Glück jedoch zerstört. Arme packten mich und etwas wurde mir auf Mund und Nase gepresst. Am Anfang wehrte ich mich, doch vergebens - ich musste Luft holen und wurde bewusstlos.

Das Nächste, woran ich mich erinnern kann, ist ein Raum, der nach Schimmel stank und die absolute Dunkelheit. Es war kalt und ich hatte keinen Schimmer, was überhaupt passiert war. Ungewissheit kann dich an die Grenze bringen und dir jegliche Kraft nehmen, das weiß ich heute. Doch ich war jung und gefangen. Immer mehr griff Panik nach mir, sodass ich am liebsten laut geschrien hätte.

Wie lange ich dort festsaß, weiß ich nicht. Irgendwann öffnete sich die Tür und ein Mann zog mich grob hinaus. Schnell registrierte ich, dass ich mich in einem alten Fabrikgelände befand, und ahnte schon, weshalb man mich dorthin verbrachte. Spätestens, nachdem ich in einen Raum geführt wurde, indem eine Kamera aufgebaut worden war und eine schäbige Matratze lag. Erst danach wurde ich mir der vielen Männer bewusst, die sich bereits die Lippen nach mir leckten.

In meiner Angst riss ich mich los und rannte blind über das Gelände, doch meine Chancen waren gleich null. Nur kurze Zeit später hatten sie mich wieder eingefangen und zurück geschleift. All meine Schreie und meine Gegenwehr verpufften.« Erneut legte ich eine Pause ein, denn die Bilder schienen real, beinahe so, als würde es mir erneut passieren. Dean schwieg, doch seine Atmung veränderte sich merklich. Wahrscheinlich konnte ich mir die Fortsetzung sparen, doch er sollte verstehen, warum ich heute so handelte und warum es mir wichtig war, einen nach dem anderen dafür bezahlen zu lassen.

»Meine Hände wurden gefesselt und das schöne Sommerkleid in Fetzen gerissen. Dann begann mein Martyrium. Nacheinander oder auch gemeinsam vergingen sie sich an mir. Ich schrie und weinte, bat darum, dass sie aufhören sollten. Je mehr ich dies tat, desto gröber wurden ihre Übergriffe auf meinen Körper. Jeder Schwanz, der seine Erleichterung in mir suchte, zeriss mein Fleisch, bis ich blutüberströmt dort lag. Doch dies bedeutete keinen Abbruch, nein, schließlich gab es ja weitere Möglichkeiten. Als der erste Mann sich in meinem Hintern versenkte, übergab ich mich und erstickte beinahe daran. So oft hab ich mir gewünscht, dass es wirklich dazu kommen würde. Es hätte mir den Schmerz erspart, der meinen Körper flutete.

Die gesamte Zeit über feuerten sie sich gegenseitig an, lachten und machten derbe Witze. Glaub mir, ich hieß den Tod mehr als willkommen, bat Gott um Erlösung.

Irgendwann nahmen sie auch davon Abstand und versetzten mir den endgültigen Todesstoß. Während sich zweiundzwanzig Männer als krönenden Abschluss noch an meinem Mund vergingen, starb ich innerlich. Ich ließ sie gewähren und schloss mit mir ab. Meine Seele verharrte nicht länger in mir und das war mir recht, so bekam ich die Demütigung, den Schmerz und alles um mich herum nicht mehr mit.

Wie viele Stunden vergingen, bis sie endlich genug von mir hatten und sich zurückzogen, ich weiß es nicht. Das, was ich weiß ist, sie ließen mich wie ein Stück Fleisch dort liegen und nahmen in kauf, dass ich verblutete.

Ich war an einem Punkt angelangt, an dem ich mich der Stille hingab und die Augen schloss.«

Dean sah mich nur an, schwieg jedoch, was ich ihm nicht verübeln konnte. Davon abgesehen, wollte ich sein Mitleid nicht und war dankbar, dass sein Blick davon nichts verriet.

»Ich erwachte im Krankenhaus, ungefähr vier Tage später. Meine Verletzungen wurden versorgt, doch ich hatte so viel Blut verloren, dass es nicht gut um mich stand.

Ein Polizist erzählte mir später, als er meine Aussage aufnahm, dass der Wachmann mich bei seinem Rundgang entdeckte. Das war einen Tag später. Er rief sofort den Krankenwagen, sonst säße ich heute nicht vor dir.

Es dauerte Tage, bis ich meiner Mutter erlaubte, mich zu besuchen. Bis zu diesem Zeitpunkt akzeptierte ich lediglich eine Schwester, die ich von früher kannte, als mein Vater noch lebte. Sie blieb oftmals noch nach Dienstschluss bei mir. Ihr verdanke ich es, dass ich mir nicht im Krankenhaus das Leben nahm.

Naja, das Gespräch mit meiner Mutter war so schrecklich

für mich, dass ich den Kontakt von diesem Tag an sofort abbrach. Mit Susannes Hilfe, also der Schwester, kam ich in ein Projekt vom Jugendamt. Doch auch da fiel es mir schwer, mein Leben wieder in den Griff zu bekommen. Albträume quälten mich Nacht für Nacht und auch die ständigen Verhöre von der Polizei setzten dem kein Ende. Das ging knapp ein ganzes Jahr lang so, dann fand man das Video meiner Vergewaltigung im Internet und konnte recherchieren. Weitere sechs Monate vergingen, bis die Polizei einen brauchbaren Hinweis hatte.

Glaub mir, die Misshandlungen sind ein Punkt, zu erfahren, dass der Stiefvater alles dafür inszeniert hat und mich praktisch verkaufte, ein andere.

Ich ließ die Verhandlungen über mich ergehen, die nur minder befriedigend für mich waren. Nur eine Handvoll Männer wurden dafür bestraft und alle sind heute bereits wieder auf freiem Fuß.

In der Gruppe hielt ich es auch keine Sekunde länger aus, packte meine Taschen und trampte nach Texas. Ich wusste, dass der beste Freund meines Vaters dort eine Ranch bewirtschaftete.

Nach tausenddreihundert Meilen Fußmarsch, ohne etwas zu essen und kaum einer Pause, erreichte ich Carta Valley. Ich war kaum noch in der Lage mich zu bewegen und fiel dem

Besitzer des Stück Landes praktisch in die Arme.

Zwei Tage später erwachte ich in einem gemütlichen Bett und ein junger Mann, gerade mal zwanzig, saß neben mir. Die Panik, die mich in diesem Moment überkam, kannst du dir vorstellen. Doch er beruhigte mich und stellte sich als Taylor vor. Er war der Sohn, des besten Freundes meines Vaters. Er fragte mich aus und ich erzählte ihm alles, so wie dir gerade und bat um Asyl. Zu meinem Glück gewährte er es mir ohne jegliche Bedenken.

Seit diesem Zeitpunkt lebte ich mit auf der Ranch und bewirtschaftete sie mit ihnen zusammen. Taylor lehrte mich den Umgang mit der Waffe und brachte mir diverse Kampftechniken bei. In Texas blühte ich wieder auf und verarbeitete langsam die Vergangenheit.

Vor knapp zwei Jahren erreichte mich ein Brief von meinem Bruder Nolan. Wie er mich gefunden hat, gibt er bis heute nicht Preis. Er war der Grund dafür, warum ich überhaupt in die Stadt zurückkehrte. Ein Jahr lang klappte dies ohne Probleme, bis ich einem der Männer durch Zufall wieder begegnete. Mitten auf der Straße quatschte er mich betrunken an und berührte mich. Instinktiv wehrte ich mich dagegen und brach ihm das Genick. Ein Gefühl von Befreiung erfasste mich und mir wurde bewusst, dass dies eine Möglichkeit sein konnte, gegen die immer währenden

Albträume anzukämpfen.

Ich erzählte meinem Bruder davon und bezog ihn mit ein. Ihm verdanke ich die Informationen und die Adressen. Alles Weitere wirst du sicherlich aus der Zeitung kennen.

Verurteile mich für meine Taten, aber ich bereue nicht eine davon. Natürlich kannst du mit diesem Wissen jetzt zur Polizei gehen, dessen bin ich mir bewusst, aber all das ist nur die Wahrheit, die sonst kaum jemand kennt.« Ich stand vom Bett auf und ging zum Fenster hinüber. Inzwischen kündigte sich ein neuer Tag an und die Sonne erkämpfte sich einen Weg durch die Wolkendecke, die Chicago beinahe täglich gefangen hielt. Auf eine gewisse Art war es mir egal, was Dean nun über mich denken mochte und auch, ob es jetzt vorbei sein könnte. Sowohl zwischen uns als auch mit meiner Rache.

Ihn einfach anzulügen, kam mir nicht in den Sinn, dafür war er mir, leider, schon zu wichtig.

Sanft schlang Dean die Arme um meinen Bauch und lehnte seinen Kopf an meinen. Die Intensität seiner Nähe berührte mich mehr, als ich es erwartete. Sie sprach das aus, was er gerade nicht in Wort fassen konnte.

Wir standen aneinander gekuschelt vor dem Fenster und genossen den Ausblick in vollkommener Ruhe. Oftmals bedarf es keiner Worte, sondern einen Menschen, der dir durch seine Nähe alles gibt, wonach du dich sehnst.

KAPITEL 11

»Du gehst heute sehr offen mit deiner Sexualität um, woran liegt das?« Nachdem wir eine Ewigkeit einfach nur dagestanden hatten, begann Dean mir Fragen zu stellen, die ich ihm auch gewährte. In den letzten Stunden war ich komplett ehrlich zu ihm und es hätte mich gewundert, wenn er keine stellen würde.

»Nach dem ersten Mord habe ich gemerkt, wie eine gewisse Erleichterung mich erfasste und auch sexuelle Neugierde. Anfangs verdrängte ich die Option noch, doch dann ging ich gezielt auf sie ein. Ich begann mehr auf mein äußeres Erscheinungsbild zu achten, woraufhin Männer auf mich aufmerksam wurden. Natürlich funktionierte das nicht auf Anhieb, aber mit der Zeit wurde ich mutiger und vertraute darauf, dass ich mich wehren konnte. Das gab mir sehr viel Selbstvertrauen und seitdem gehe ich offen damit um. Zugegeben, nach dem, was mir passiert ist, nicht die erwartete Reaktion.« Dean schüttelte den Kopf und zog mich enger an seinen Oberkörper.

»Die Wege, die wir manchmal beschreiten, sind nicht für jeden nachvollziehbar. Wie oft wurde dir bei den Therapien ans Herz gelegt, dass du dein Leben wieder leben sollst? Tut es ein Opfer dann, dann wird es abgestempelt. Glaub mir, ich kenne die bittere Realität.« Seine Worte machten mich hellhörig und ich glaubte ihm, dass er meine Gefühle nachempfinden konnte. Zudem traf seine Aussage ins Schwarze. Der Satz kam in diversen Sitzungen als Standardaussage und tat man es wirklich, dann war das Erlebte ja nicht schlimm. Ein Opfer durfte leiden, auch verarbeiten, allerdings niemals einen normalen Weg beschreiten.

»Was ist es bei dir?« Die ganze Zeit hatte sich Dean mit mir beschäftigt und mehr als nur Verständnis für meine Situation gezeigt. Auch ich war neugierig auf den Mann, dem ich gerade meine Welt zu Füßen gelegt hatte.

»Mein Vater leidet seit dem Tod meiner Mutter an Alzheimer. Kannst du dir vorstellen, wie schlimm es ist, ihm jeden Tag sagen zu müssen, dass meine Mum tot ist? Immer wieder versetze ich ihm diesen Stich. Jeden Tag aufs Neue durchlebt er ihren Verlust. Irgendwann kam ich damit nicht mehr klar und verfiel in Depressionen. Nach ein paar Monaten suchte ich mir Hilfe in einer Gruppe für Angehörige von Alzheimerpatienten. Daher weiß ich, wie du dich an manchen Punkten fühlst und wie schwer es für dich ist.« Ich seufzte und nahm seine Finger in meine. Nur im Ansatz konnte ich nachvollziehen, wie schlimm es für ihn sein musste, gerade, weil er seinem Dad nicht helfen konnte.

»Lass uns das Negative für einen Augenblick aus unserem Leben verbannen. Ich bin müde und brauche dringend ein paar Stunden Schlaf und ich denke, dir wird es ähnlich gehen.« Sanft schob mich Dean von seinem Schoß und stand auf. Und wenn ich nicht wollte, dass er ging? In den letzten Stunden hatte ich ihm meine Seele ausgebreitet und mich seiner Nähe bedient, um nicht erneut in dieses schwarze Loch zu fallen.

»Würdest du bei mir bleiben, sodass ich mich in deinen Arm kuscheln kann?« Mir fiel es schwer, Dean darum zu bitte, allerdings brauchte ich seine Nähe jetzt wirklich.

Mit einem Lächeln auf den Lippen streifte er sich die Schuhe ab und legte sich aufs Bett. Da ich nicht sofort reagierte, deutete er auf den Platz neben sich. Glücklich darüber, dass er wirklich blieb, kuschelte ich mich in seine Armbeuge und schloss die Augen.

Nach Jahren fühlte ich mich erleichtert und beschützt zugleich.

»Schlaf gut, Avery.«

»Du auch, Dean.« Mit einem letzten Kuss auf die Stirn versanken wir beide in einen ruhigen Schlaf.

Lautes Klopfen riss mich aus meinem angenehmen Schlaf. Zuerst dachte ich, dass ich es nur geträumt hatte, doch es ging unaufhörlich weiter.

»Aufmachen, Polizei.« Schrecksekunde. Panisch sprang ich aus dem Bett und weckte somit auch Dean. Ohne auf ihn oder meine derangierte Bekleidung zu achten, öffnete ich die Tür. Zwei mit Anzügen gekleidete Männer stürmten sofort herein und bauten sich im Raum auf.

»Sind sie Avery Willkons?«, wollte der ältere der beiden Männer wissen und trat einen Schritt an mich heran.

»Ja, das bin ich. Wie kann ich ihnen helfen, Mr ...?« Er sah auf mich herab, da er einen guten Kopf größer als ich war.

»Detective Simmons. Das ist mein Kollege Detective Calleigh. Können sie sich vorstellen, warum wir sie aufsuchen?« Eine unheimliche Angst kroch in jeden Winkel meines Körpers und raubte mir beinahe die Sprache. Doch ich wusste, dass diese Situation mich irgendwann ereilen konnte und reagierte, zu meiner Überraschung, ruhig.

»Nein. Bis eben habe ich geschlafen, wie sie mitbekommen haben werden. Schießen sie los.« Während beide Polizisten durch mein Zimmer schritten, hier, und da meine Sachen berührten, nahm ich meine Jeans und zog mich in aller Ruhe an. Die Ablenkung war mir lieber, als stumm dazustehen. Auch Dean tat es mir gleich und wirkte selbst, als wäre er die Ruhe in Person.

»Gestern Abend wurde ein älterer Mann getötet, Leon McRaw, sagt ihnen der Name etwas?« Detective Simmons Frage war beiläufig, obwohl ich mir sicher war, dass er mich genaustens musterte.

»Auf Anhieb nicht, nein. Sagen sie mir doch einfach, was ich mit dem ermordeten zu tun habe. Ohne Kaffee fällt es mir schwer, klar zu denken.« Er lachte kehlig und falsch, sodass ich die Brauen nach oben zog. Sollten sie es doch endlich hinter sich bringen und nicht meine Zeit verschwenden.

»Der Tote hatte einen Zettel in seiner Hand, auf dem ihr Name stand. Können sie sich vorstellen, warum?« Nachdenklich nahm ich auf einem Stuhl Platz. Natürlich wusste ich, warum. Dieses Schwein hatte mich erwartet und mir meine Freude genommen.

»Wir haben versucht, in der Vergangenheit dieses Herrn zu recherchieren. Dabei stießen wir auf ihren Namen und auf eine geschlossene Akte.« Jetzt musste ich mein perfektes Pokerface nutzen.

»Ich bin mit fünfzehn vergewaltigt und misshandelt worden. An dieser Tat waren zweiundzwanzig Männer beteiligt. Vielleicht wollte er sich mit dem Zettel entschuldigen, für das, was er mir angetan hatte.
Hören sie, ich bin damals zu einem Freund nach Texas gezogen und nur hier, weil mein Bruder Nolan mich darum gebeten hat. Meine Mutter ist alt und unser Verhältnis seit dem Vorfall zerbrochen. Ich habe mehrere Therapien gemacht und mit dem Ganzen abgeschlossen. All das ist über ein Jahrzehnt her und sie werden verstehen, dass ich mir diese Namen von damals nicht gemerkt habe. Irgendwann möchte man ein neues Leben beginnen.«
Während ich sprach, nickte er und tat so, als würde er meine Situation nachempfinden können.
»Das macht natürlich Sinn. Trotzdem muss ich sie fragen, wo sie gestern Abend gewesen sind.« Bevor ich antworten konnte, kam Dean zu mir hinüber und legte seinen Arm um mich.
»Wir sind seit zwei Tagen unzertrennlich und gestern Abend haben wir es endlich mal geschafft, etwas essen zu gehen. Das kann das Diner, wo wir waren, bestätigen.«
Misstrauisch nickte der Detective und wechselte einen kurzen Blick mit seinem Kollegen.
»Schreiben sie uns den Namen des Lokals auf. Ansonsten

haben wir keine weiteren Fragen und entschuldigen uns für die Störung.« Detective Simmons wartete noch, bis Dean ihm den Namen notiert hat und verließ dann gemeinsam mit seinem Kollegen mein Zimmer.

Erleichtert atmete ich aus, denn das hätte meine Deadline sein können. Aus der Nummer wäre ich vermutlich nicht herausgekommen. Und ich hatte nicht daran gedacht, dass im Badezimmer noch meine blutverschmierten Klamotten und die Waffe lagen. In diesem Punkt behielt ich Recht, Dean lenkte mich massiv von meiner Sicherheit ab und das, obwohl er mir eben ein Alibi gegeben hatte.

»Warum hast du das getan?« Mir wurde jetzt erst bewusst, in welche Schwierigkeiten Dean sich gebracht hatte.

»Wir waren zusammen und nachdem, was du mir erzählt hast, war dieser Typ bereits tot. Also hast du rein praktisch nichts getan. Wir waren zusammen, haben schön gegessen und sind dann wieder zu dir.« Ungläubig sah ich ihn an, kam allerdings nicht umhin, es dabei zu belassen. Ohne Dean hätte ich jetzt ein Problem, neben meinem eigentlichen.

Nun musste ich womöglich wirklich pausieren.

»Ich weiß, dass dich das gerade aus der Bahn geworfen hat. Trübsinnige Gedanken bringen dich nur nicht weiter. Lass uns eine Kleinigkeit frühstücken und dann sieht die Welt schon besser aus.« Ich verkniff mir ein Lächeln. Deans positive Art war einfach ansteckend.

»Du scheinst mir ein richtiger Profi zu sein«, amüsierte ich mich.

»Was gute Laune und Optimismus anbelangt immer.« Das brauchte er mir nicht sagen, denn seitdem ich Dean kannte, empfand ich genau das. Seine lockere Art, der einmalige Charme und der geile Sex taten das Übrige. Kurzum, ich genoss mein Leben in vollen Zügen und blendete selbst jetzt die ernste Situation aus, in der ich mich befand.

»Na los. Für Probleme, negative Gedanken und Pessimismus haben wir auch nach dem Essen noch genug Zeit.« Kopfschüttelnd hakte ich mich bei Dean unter.

Etwas Essbares konnte ich durchaus gut gebrauchen, bevor ich mir einen neuen Plan überlegen konnte. Und sobald wir im Diner waren, sollte ich Nolan eine Nachricht schreiben. Sicher ist sicher.

KAPITEL 12

»Ich weiß nicht, wie oft ich dir das in letzter Zeit schon gesagt habe, aber es war vorprogrammiert. Zurück zu deiner Frage: Die Akte wurde damals unter Verschluss gesetzt. Ausschlaggebend dafür, war ein Antrag von meinem Vater und fünf weiteren Personen. Das Gericht hat diesem Antrag vor knapp zehn Jahren zugestimmt. Da die Frist von fünf Jahren inzwischen verstrichen ist, in der du es hättest rückgängig machen können, wurden sämtliche Unterlagen zu dem Fall vernichtet. Zum einen ist es positiv. Wenn sich nicht zufällig jemand daran erinnert, dann gibt es keinerlei Verbindung zu dir. Negativ ist jedoch, dass es deinen Fall sozusagen nie gegeben hat.« Ich verstand Nolans Worte, doch sie kamen nicht bei mir an. Am liebsten hätte ich alles kurz und klein geschlagen. Durch meine Flucht gab ich ihnen die Möglichkeit fast unbeschadet aus allem zu entfliehen. Verstand es der Staat so, sich um seine Opfer zu kümmern? Sie hatten mich missbraucht und mich in der Absicht zurückgelassen, dass ich sterben würde. Einige der Männer konnten sogar zweifelsfrei durch das Video identifiziert werden und trotzdem gewährte man ihnen Immunität? Ein klarer Punkt für mich, dass ich meinen Rachefeldzug fortsetzen würde, trotz der Gefahr.

»Die Nächsten auf meiner Liste.« Entsetzt sah Nolan mich an, als hätte ich ihm eine schallende Ohrfeige verpasst.

»Bist du komplett bescheuert? Vermutlich observiert man dich schon und du willst trotzdem einfach so weitermachen?« Seine mahnenden Worte waren mir gleich, ich wollte meine Genugtuung - jetzt mehr denn je. »Gib mir die Adresse und gut. Selbst wenn sie mich beobachten, alle werden dafür bluten, bis zum Letzten.«

»Der Nächste beziehungsweise die Nächsten. Ein Zwillingspärchen. Lebt in den Ghettos, in einer kleinen Zweizimmerwohnung. Da es mir sicherer erschien, habe ich einen Freund gebeten, einen Schalldämpfer für deine Waffe zu organisieren. Vielleicht brauchst du ihn.« Während Nolan sich umsah, schob er einen kleinen Koffer über den Tisch. Dankbar nahm ich ihn entgegen, sowie den Zettel mit Namen und Adresse. Auch wenn dieses Gespräch nicht unbedingt positiv verlief, beugte ich mich über den Tisch und drückte meinem kleinen Bruder einen Kuss auf die Stirn.

»Ich hab dich lieb, vergiss das nicht.« Mit den Sachen beladen, verließ ich eilig das Diner. Durch Dean hatte ich keine Zeit meine Klamotten wieder in Ordnung zu bringen und musste nun auf Variante zwei umsteigen - Jeans und Top. Was auch hieß, dass ich meine Sachen später im Wald verbrennen musste. Zusätzliche Zeit, die ich eigentlich nicht besaß.

Als mein Handy klingelte, schloss ich gerade die Tür zu meinem Zimmer auf. Hektisch stellte ich den Koffer ab und nahm das Telefonat an.

»Hi Dean, ist etwas passiert?«

»Können wir uns Treffen, Avery?« Seine Frage irritierte mich, denn eigentlich wollten wir uns erst in zwei Tagen wiedersehen.

»Es passt mir irgendwie gar nicht, aber gut. Magst du vorbeikommen?«

»Ja, bin in zehn Minuten da. Danke.« Was wollte Dean von mir? Seiner Stimme nach zu urteilen, musste es sehr wichtig sein. Hoffentlich kam man uns nicht auf die Schliche, was das falsche Alibi anbelangte.

In dem Moment, als ich meine Waffe verstaut und auch meine Klamotten gereinigt hatte, klopfte es an der Tür. In der Annahme, dass es Dean sei, riss ich sie auf.

»Guten Abend, haben sie einen Moment für mich?« Detective Simmons zu sehen, überraschte mich wirklich. Allerdings auch Dean, der gehetzt den Flur entlang kam.

»Oh schön, dann spare ich mir einen Weg.« Was zum Teufel

sollte das? Hatte man uns doch erwischt und Dean wollte sich deshalb mit mir treffen?

»Detective Simmons, was verschafft uns den erneuten Besuch?« Irritiert sah ich zwischen beiden Männern hin und her. Was hatte ich verpasst, denn es kam mir vor, wie ein Kräftemessen, weniger als höfliche Floskeln.

»Sie hätten mir sagen können, dass sie ebenfalls bei der Polizei sind, Kollege«, gab der Detective bissig von sich. Mir wich in selben Moment jegliche Farbe aus dem Gesicht. Kollege?

»Wenn sie ein bisschen Anstand haben, dann wissen sie, dass ich verdeckt ermittle und keineswegs als Beamter durch Chicago spaziere.« Ich fühlte mich auf einmal so schlecht, dass ich mich setzen musste. Was hatte ich getan? Ich gestand einem Polizisten all meine Taten ohne jegliche Bedenken.

»Ich wollte mich lediglich bei ihnen beiden entschuldigen. Ihr Alibi hat das Diner ebenfalls bestätigt.« Nervös sah ich zwischen den beiden hin und her, doch ein klarer Gedanke war einfach nicht zu fassen. Dean hatte mich belogen, nein, eher hatte er mir ein wichtiges Detail verschwiegen! Sobald der Detective uns alleine lassen würde, musste Dean mir einiges erklären. Und was viel wichtiger war, was wurde nun aus mir?

»War das alles?«, wollte Dean wissen und schob seinen Kollegen praktisch aus dem Zimmer. Die gemurmelten Worte zum Abschied ignorierte ich, aufgrund meines Schocks.

»Hör mir zu. Das wir uns getroffen haben war reiner Zufall. Ich wusste nicht, wer du bist. Als du mir deine Vergangenheit erzählt hast, wusste ich das du Avery Willkons bist, doch ich habe nicht gleich den Mut gefunden mit dir darüber zu sprechen, denn genau das hier wollte ich nicht.« Es schmerzte unheimlich so verraten worden zu sein, denn das tat Dean. Er wusste, wer ich war und dennoch nutzte er mein Vertrauen aus.

»Sei wenigstens jetzt so ehrlich zu mir und sag mir, was du dir davon erhofft hast.« Seufzend zog er sich einen Stuhl heran und setzte sich mir gegenüber.

»Ich bin verdeckter Ermittler und bin einem Pornoring auf den Fersen. Seit zwei Jahren recherchiere ich schon in diesem Bereich. An dem Abend, an dem wir uns kennengelernt haben, waren meine Freunde der Meinung, dass ich dringend etwas Ablenkung bräuchte, da die Ermittlungen ins Stocken gerieten. Dort sind wir uns dann begegnet. Ich schwöre, bis vorgestern hatte ich keinerlei Ahnung, wer du bist.« Deans Worte klangen nach der Wahrheit, dennoch hielt die Enttäuschung mich gefangen.

Ich hatte ihm erzählt, was ich durchmachte und auch, was ich gerade tat.

»Du sagtest, du wüsstest, wer ich bin, nachdem ich dir meine Geschichte erzählt habe, woher?« Misstrauisch beobachtete ich den Mann mir gegenüber.

»Ich kenne deine Akte, denn diesen Ring gibt es tatsächlich schon einige Jahre. Damals brach er durch deine Aussage entzwei. Inzwischen hat man ihn jedoch so groß aufgezogen, dass er sich über die USA hinaus erstreckt. Immer mehr Frauen werden Opfer und die Taten ähneln deiner vor fünfzehn Jahren.

Vorhin habe ich mit einem guten Freund aus Deutschland telefoniert, in dessen Club Frauen betäubt und für Filmaufnahmen missbraucht werden. Anschließend werden die Filme bearbeitet und einem großen Käuferkreis zur Verfügung gestellt. Ziel dieser Bande ist es jedoch, jüngere Frauen von der Straße zu holen. Wir sprechen also inzwischen von Kinderpornographie.« Es gab noch mehr Frauen, die das gleiche Martyrium erlebten wie ich, und nun sollten auch Kinder zum Opfer werden.

»Aber meine Akte wurde doch verschlossen, woher kanntest du also deren Inhalt?«

»Nicht ganz, Avery. Man kann nichts einsehen, wenn man die Täter überprüft, allerdings wurde deine Akte damals bereits in die Ermittlungen gegen diesen Ring verwendet und ist somit vollkommen intakt. Man muss lediglich wissen, wo man danach sucht.«

»Also hast du alles gesehen? Die Berichte und die Fotos, einfach alles?« Es tat weh, wenn ich an die brutalen Einzelheiten dachte oder an die Qual im Krankenhaus. Jedes noch so kleine Detail wurde fotografiert und beschrieben.

»Ja, ich kenne es und es tut meinen Gefühlen für dich keinerlei Abbruch. Das ist fünfzehn Jahre her und berührt mich sehr, dennoch ist es Teil meines Jobs.

Warum ich dich sprechen wollte, ich brauche deine Hilfe Avery.« Stirnrunzelnd blickte ich Dean an. Wie sollte ich ihm helfen können? Er sagte ja selbst, es ist Jahre her.

»Und das kann ich womit?« Ich war skeptisch, denn für mich ging es langsam um mein Leben und das wollte ich sicherlich nicht im Knast verbringen.

»Ich muss mehr über den Mann wissen, der damals mit deiner Mutter zusammen war. Wenn die Informationen aus Deutschland richtig sind, dann gehört ihm dieser Ring. Außerdem hat er sich dort ein neues Leben aufgebaut, unter dem Namen eines anderen.

Und ich gebe dir die Möglichkeit, dass ich die Augen verschließe. Frag die Männer aus, bevor du sie ermordest und ich werde dich schützen.« *Wusch.* Dazu wusste ich nichts zu sagen. Wollte er mich damit reinlegen? Ein Deal, von dem ich nicht einmal wusste, ob er überhaupt Bestand hatte?

»Gib mir bitte etwas Zeit. Gerade im Moment weiß ich zu alledem, was ich gerade erfahren habe, nichts zu sagen. Auch das Denken fällt mir schwer. Bitte lass mich allein.« Irgendwie fühlte ich mich sämtlicher Kräfte beraubt und müde - tierisch müde. Alleinsein schien richtig, damit ich in Ruhe meine Gedanken ordnen konnte.

»Meldest du dich wirklich bei mir?« Noch während Dean sprach, schob ich ihn zur Tür hinaus.

»Ja.« Als das Klicken im Schloss ertönte, ließ ich mich dagegen sinken und hieß meine Tränen willkommen.

KAPITEL 13

Der erste Schlag saß perfekt, doch sofort folgte der nächste. Unaufhörlich schlug ich auf den Mann vor mir ein. Unzählige Flashbacks rauschten durch meinen Kopf, pushten die ohnehin schon düsteren Gedanken, trieben mich an und ließen jeden Schlag wie eine Abrissbirne durch die Gesichter der beiden Männer donnern.

»Ich will Namen«, schrie ich aufgebracht. Jamie und Jackson waren nur noch ein Häufchen ihrer selbst. Ihre Fratzen wurden durch Blut befleckt und die Nasen hatte ich vermutlich schon mehrfach gebrochen. Dennoch schwiegen beide und wollten sich nicht daran erinnern, wer sie damals in das alte Fabrikgelände einlud. Lüge! Ich war ein Kind und somit gehörten sie definitiv einer Organisation an! Das vergaß man nicht einfach.

»Gut, dann brauche ich euch nicht länger«, mokierte ich mich, entsicherte meine Waffe und lud sie durch. An Jacksons Kopf gepresst, zählte ich laut bis drei und drückte ab. Das Blut spritzte in sämtliche Richtungen, nicht zuletzt in mein Gesicht. Panisch wand sich Jamie in den Fesseln, als ich sie an seinen Kopf presste.

»Die Einladungen zu solchen Veranstaltungen kamen via Nachricht. Wir hatten uns zuvor über einen Kontaktmann in die Liste eintragen lassen. Nicholas Klavért, er hat das damals organisiert.« Zu spät und wieder überließ ich meinem Baby, den Dreck zu beseitigen.

Blutdurchtränkt stand ich vor den beiden Toten. Immerhin hatte ich eine kleine Info, wenn auch nicht wirklich etwas Brauchbares. Eilig sammelte ich meine Sachen zusammen, damit ich schnellstens verschwinden und Dean informieren konnte. Auch wenn ich nach wie vor sauer auf ihn war, mir selbst lag etwas daran, diesen Ring zu zerstören.

Am Wagen angekommen, warf ich alles achtlos hinein und griff zu meinem Handy. Bevor ich Dean jedoch anrief, wollte ich so weit wie möglich von hier verschwinden. Mir war bewusst, dass die Detectives ein Auge auf mich haben könnten. Gerade was mein Handy anbelangte. Also schloss ich dieses Risiko wenigstens aus. Außerhalb der Stadt, an einem kleinen Seitenstreifen hielt ich und nahm mein Handy. Schon nach dem zweiten Klingeln ging Dean an sein Telefon.

»Avery? Ist etwas passiert?« Auch wenn er es nicht sah, schüttelte ich den Kopf.

»Nein, ich habe einen Namen für dich. Nicholas Klavért, er soll damals die Anmeldungen für diese Treffen verwaltet und organisiert haben. Angeblich lief alles über einen Verteiler. Vielleicht hilft dir das ein wenig.«

»Avery, es tut mir leid. Bitte glaub mir das.« Ich wusste, dass er mich nicht belog, dennoch war ich noch nicht bereit dafür, ihm zu verzeihen.

»Ich weiß, gib mir bitte etwas Zeit und halt mich auf dem Laufenden.

Auf meiner Liste steht heute noch ein Name. Vielleicht habe ich dann noch mehr Informationen für dich.« Nur widerwillig verstand Dean den Wink mit dem Zaunpfahl.

Ein weiteres Mal würde ich das Risiko auf mich nehmen und einen Namen von der Liste streichen - Randell McGivish. Er gehörte zu denen, die man ohne jeden Zweifel auf den Videoaufnahmen wiedererkennen konnte. Er war es auch, der mich damals aus dem Verschlag gezerrt hatte. In knapp einer halben Stunde würde er mich wiedersehen und darauf freute ich mich bereits. Von Nolan hatte ich erfahren, dass er heute ein kleines Haus samt Farm, außerhalb der Stadt besaß. Wer in der Nähe von Chicago dieses witzige Vorhaben umsetzte, konnte nicht mehr alle Latten am Zaun haben. Es gab definitiv schönere Orte und Landstriche, die zur Bewirtschaftung taugten.

Für mich jedoch wichtig: Auf dem Land gelten andere Gesetze, als in der Stadt. Dort fiel man als Fremder leicht auf und Nachbarn oder Anwohner achteten mehr auf einen Fremden. Zudem kam es, dass eventuell Tiere oder andere Besucher mein Vorhaben stören konnten. Und so leid es mir tat, für den Fall, dass sich auf dem Grundstück ein Vierbeiner befand, hatte ich Giftköder präpariert. Sie würden ihn nicht töten, denn das brachte ich wahrlich nicht übers Herz, aber ein paar Stunden schlafen würde das Tier schon.

Die Fahrt dauerte keine vierzig Minuten. Wie erwartet waren die Bürgersteige nach oben geklappt und niemand tummelte sich auf den Straßen. Die einzige Ampel, die im Kreuzungsbereich stand, blinkte lediglich noch. Kurz dahinter, etwa einen Kilometer am Rande der kleinen Gemeinde, lag das Anwesen, auf dem ich gleich wüten würde.

Das Grundstück schien auf den ersten Blick verlassen und stark runtergekommen zu sein. Überall wucherte das Gras und von jedweder Bepflanzung fehlte jede Spur.

Langsam schob ich mich durch das Dickicht, nach wie vor darauf bedacht, gleich überrascht zu werden.

»Guten Abend, Avery.« Die tiefe Männerstimme ließ mich zusammenfahren. Trotz all der Vorsicht hatte ich ihn nicht kommen hören.

»Ich habe mich seit Tagen schon gefragt, wann du wohl bei

mir auftauchst. Das alte Netz funktioniert nach wie vor noch sehr gut.« Seine Worte machten mich hellhörig. Hatte Dean so etwas in der Art nicht erwähnt? Hier kam meine Chance, vielleicht etwas mehr herauszufinden. Immerhin glaubte er sich in der besseren Situation, mit der Schrotflinte in der Hand.

»Also trefft ihr euch nach wie vor, um kleine Mädchen zu vergewaltigen. Das ist abartig.« Mein Magen meldete sich zu Wort, doch ich schluckte die bösen Erinnerungen hinunter. Es ging um so viel mehr, als nur um mich. Wenn ich mich anstrengen würde, dann könnte ich Dean Infos geben und eventuell gab ihm das die Handhabe, diesen Ring zu zerschlagen.

»Drück es nicht so aus. Ich habe meinen Trieb all die Jahre versteckt und nie ausgelebt, bis zu dem Tag, an dem ich deinen Stiefvater traf. Er hat mir ein Leben ohne Schmerzen oder Zurückhaltung ermöglicht.« Alles in mir glich nur noch einer Feuersbrunst. All das, was er sagte, ging durch Mark und Bein. Es war abartig, wenn ich mir all diese Kinder vorstellte, die diese Männer in ihrem Leben missbraucht hatten. Wie mir, wurde ihnen das Leben genommen und die Täter hatten nicht einmal ein Unrechtsbewusstsein.

»Wir haben lange überlegt, was wir mit dir anstellen können. Eigentlich schreit alles danach, dich an damals zu erinnern, wie schön es doch war. Aber jetzt, wo du so aufreizend vor mir stehst, werde ich wohl doch nicht teilen. Zieh dich aus, Avery.« Mit Nachdruck presste er die Waffe in meine Seite. Bevor ich mich für Randell ausziehen würde, gefror die Hölle zu. In Andeutung, dass ich seiner Anweisung nachkam, bückte ich mich leicht nach vorn, nur um in nächsten Augenblick mit dem Ellenbogen seine Nase zu brechen. Schmerzensschreie hallten durch die Nacht, ebenso wie der Schuss, der sich löste. Adrenalin pumpte wie ein Wasserfall durch meine Adern. Jeder weitere Schlag saß perfekt. Jeder Tritt traf ins Ziel. Unaufhörlich malträtierte ich den Mann, der vor mir auf dem Boden lag, für all die kleinen Mädchen, denen er Gewalt antat und für mich, die er zerstörte.

Mit zitternden Fingern zog ich mein Messer aus dem Schaft, positionierte mich kniend über Randell und durchtrennte seine Kehle. Blut quoll aus seinem Hals, während er panisch versuchte, die Blutung zu stoppen. Röchelnd atmete er bei jedem Atemzug seinen Tod ein und ich stand daneben und sah zu, wie ein weiteres Stück meiner Seele freigelegt wurde.

KAPITEL 14

Im gleichmäßigen Laufschritt hielt ich mein Tempo neben Dean. Obwohl ich nach wie vor wütend auf ihn war, stimmte ich einer gemeinsamen Joggingrunde zu.

3,45 Kilometer und dreißig Minuten später hatte keiner von uns beiden ein Wort gesagt. Wenn ich ehrlich war, dann frustrierte mich diese Situation. Dabei gab es nichts, was noch zwischen uns stand. Beide hatten wir unser kleines Geheimnis und ich war mehr als bereit, ihm auch seines zu verzeihen. Schließlich half er mir auf eine Art. Theoretisch konnte er mich spielend den Behörden übergeben - Dean tat es allerdings nicht.

Weitere fünfhundert Meter liefen wir stumm, bis ich stoppte.

»Ich jogge gern, auch ohne Musik. Doch neben jemanden zu laufen, der mich ignoriert, ist nicht unbedingt das, was ich mir vorstelle.« Ungestüm umfassten seine Hände mein Gesicht und sofort pressten sich seine Lippen gierig auf meinen Mund. Ebenso hitzig schlang ich die Arme um seinen Nacken und presste meinen Körper enger an ihn.

Dabei streifte ich meine Schusswunde, die ich nur notdürftig versorgt hatte. Beim Laufen verdrängte ich es weitestgehend. Der gequälte Laut, den ich ausstieß, ließ Dean aufhorchen.

»Was ist los, Avery?« Kopfschüttelnd entfernte ich mich von ihm, doch zu spät. Durch das Laufen hatte sich der Verband gelöst und mein Shirt war blutdurchtränkt.

»Du bist verletzt. Sag mir, was passiert ist.«

»Beim Zweikampf hat sich gestern Abend ein Schuss gelöst und mich gestreift. Alles halb so wild«, wehrte ich seine Bemühungen ab.

»Dass du damit nicht ins Krankenhaus kannst, ist mir klar, dennoch hättest du mich anrufen können. Lass uns zurück ins Motel gehen und ich werde die Wunde versorgen.« Nur widerwillig stimmte ich seinem Vorschlag zu und ließ mich zurück in mein zu Hause auf Zeit begleiten.

»Zieh das Shirt aus, ich hole nur schnell Verbandsmaterial.« Eilig entschwand Dean in meinem Badezimmer. Das zumindest musste man dem Motel lassen, es war an alles gedacht worden.

»Das war gestern Abend nicht unbedingt klug, Avery. Gleich drei Männer und dann auch noch angeschossen.« Seine mahnenden Worte prallten an mir ab.

Doch Dean gab bei weitem nicht so leicht auf. Wütend

nahm er die Tageszeitung vom Tisch und knalle sie mir vor die Füße.

3 Morde in einer Nacht - warum bleibt die Polizei untätig?

Chicago - brutale Morde gehen weiter und die Polizei sieht sich nicht im Stande. Letzte Nacht fielen gleich drei Männer dem Serienkiller, der seit geraumer Zeit in Chicago wütet zum Opfer. Mehr und mehr fühlt sich die Bevölkerung von den hiesigen Behörden im Stich gelassen.
Wie ein Sprecher der Chicagoer Polizei mitteilte, verlaufen sämtliche Ermittlungen ins Leere. Auch wurden kaum bis keine Spuren am Tatort gefunden. Dies erschwere die Strafverfolgung immens. Sicher ist jedoch eins, der Killer wird immer aggressiver und kein Mensch in dieser Stadt scheint noch sicher zu sein.

Nichts Neues, wie ich fand. Das alles wusste ich bereits vorher. Auch, dass ich nicht gleich drei Männer töten sollte, weil ich so noch mehr Aufsehen erregte. Dennoch war es mir schneller lieber, damit ich das Risiko minimierte.
»Du fängst schon an wie mein Bruder. Es war klar, dass nach so vielen Morden, die Polizei intensiv nach dem Mörder sucht. Das Risiko meiner kleinen nächtlichen Unternehmungen bestand also von Anfang an.«
Viel zu stark presste Dean die Kompresse auf die Wunde und entlockte mir ein schmerzhaftes Stöhnen.
»Ich mache mir einfach Sorgen um dich. Zwar gibt es die Möglichkeit, dich über meine Ermittlungen zu schützen, aber der Grat diesbezüglich ist schmal.« Seufzend ließ er sich neben mir auf das Bett sinken. Seine Sorge konnte ich durchaus verstehen, und es war ja nicht so, als würde ich diese auf die leichte Schulter nehmen.
»Ich höre all eure Bedenken und es ist nicht so, als würde ich sie nicht ernst nehmen. Versteht mich allerdings auch. All die Jahre quälen mich Albträume und die Angst, es würde noch einmal passieren. Ich muss das für mich machen, selbst wenn es nicht der richtige Weg ist - das wird Mord nie sein. Doch es ist mein Weg, die Menschen aus dem Verkehr zu ziehen. Sie werden immer weiter machen

und haben bereits unzählige Kinder missbraucht, während ich auf meinem Selbstfindungstrip war.

Vertrau mir einfach und denk nicht so viel daran, dass ich erwischt werde. Wenn das hier hinter mir liegt, dann fange ich neu an - dann kann ich es endlich.«

Stumm sahen wir beide uns an und keiner wagte es, diese Stille zu stören. Vermutlich gab es noch viele unausgesprochene Dinge, doch im Moment schien nicht der passende Augenblick dafür.

Das Klopfen an meiner Tür jedoch zerstörte diese Ruhe und zwang mich zu einer Reaktion. Vorsichtig zog ich mein Shirt über.

»Bestimmt Nolan, weil ich mich heute noch nicht einmal gemeldet habe«, schulterzuckend öffnete ich die Tür einen Spalt.

Innerhalb einer Millisekunde wurde sie nach innen aufgedrückt und zwei Männer stürmten ins Zimmer. Wie vor den Kopf gestoßen, reagierte ich einen Augenblick lang nicht und sah mich nicht nur den beiden gegenüber, sondern auch ihren gezogenen Messern.

»Hallo Avery, jemand wünscht, dich zu sehen.« Diese Stimme jagte die Erinnerungen in mein Bewusstsein und der Automatismus nahm von mir Besitz. Ein Messer, eigentlich auch zwei, sollten keinerlei Problem für mich darstellen.

In einem gekonnten antäuschenden Blick nach rechts sprang ich zur Überraschung nach links und schaltete Kandidat eins mit einem gezielten Schlag auf die Nase aus. Das Messer entglitt ihm und die Überraschung, welche sich im Gesicht des anderen abzeichnete, nutzte ich ebenfalls für einen erneuten Angriff gegen seine Person.

Dean war inzwischen vom Bett aufgesprungen und zielte mit seiner Dienstwaffe auf die Angreifer, während ich die Tür verriegelte. Nach einem tiefen Atemzug, der mehr zur Beruhigung gedacht war, entfernte ich die Sturmhauben und sah auf das Gesicht eines weiteren Mannes, der mich damals missbraucht hatte.

»Sieh einer an, Joshua Raveland, der Sohn aus gutem Hause, der nur davon kam, weil Mami und Papi über genügend Geld verfügt haben.

Schön das du freiwillig zu mir kommst.« Ganz in meiner Vergangenheit gefangen, ging ich auf die Knie. Da Dean ihn fixierte, musste ich mir keine Gedanken um meine Sicherheit machen.

»Weißt du, was dir jetzt blüht?« Grinsend sah ich in Joshua´s blutiges Gesicht.

»Avery, STOPP. Du kannst ihn nicht hier töten. Wie willst du ihn wegschaffen?«, rief Dean dazwischen, als ich gerade meine Hände um seinen Kopf schlang.

»Mir fucking egal. Er stirbt, wenn auch nicht so blutig wie die Anderen«, ging ich ihn an und brach Joshua kurzerhand das Genick. Dean ließ den leblosen Körper auf den Boden sinken.
»Das war ziemlich dumm, Mädchen. Nun haben wir ein Problem. Was ist, wenn der andere aufwacht? Er könnte dich verraten und auch mich.« Wütend funkelte ich Dean an, kniete mich neben den anderen Mann und brach ihm ebenfalls das Genick.
»Problem gelöst. Ansonsten lass mich telefonieren. Sorg nur dafür, dass niemand die beiden findet, bevor wir sie wegschaffen können.«
Ohne Dean weiter zu beachten, ging ich ins Badezimmer und rief meinen Halbbruder Nolan an.

~~~

Das Wegschaffen der Leichen gestaltete sich leichter als zunächst erwartet. Während Dean und Nolan die Männer in den Wald schleiften, hielt ich Ausschau nach unerwünschten Personen. In diesem Augenblick kam ich mir wirklich wie ein Serienkiller vor. Eigentlich fehlte auch nur noch die Schaufel in der Hand.
Geduldig wartete ich darauf, dass die beiden zurückkamen.

Erst danach würde sich meine Anspannung legen. Jetzt, wo ich wieder klar denken konnte, erschien mir meine vorschnelle Handlungsweise mehr als dumm. Ich hätte auf Dean hören müssen, doch wie immer, setzte ich meinen Dickkopf durch und brachte so alle in Gefahr.

Acht weitere Namen standen noch auf meiner Liste, der Druck nahm zu, nicht zuletzt wegen der Polizei und der Tatsache, dass man mich gefunden hatte. Der Vorfall heute Abend war ein direkter Warnschuss und ihn zu ignorieren, wäre nicht nur dumm, nein, auch lebensgefährlich. Der Ring wollte meinen Kopf und die Männer, die noch übrig waren, wollten ihr Leben retten. Ich wusste nicht viel über diese Gemeinschaft, da Dean mir aus ermittlungstechnischen Gründen nichts verraten durfte. Auch über diesen Nicholas Klavért wusste ich nur, dass er ein Clubbesitzer im schlechtesten Viertel der Stadt war. Besser gesagt, von einem Bordell. Er war vorbestraft wegen Zuhälterei und Köperverletzung.

Dean war dieser Name bis vor kurzem unbekannt, daher ließ er nun auch ihn überwachen, um an die notwendigen Informationen zu gelangen.

»Erledigt«, bemerkt Dean und kam gemeinsam mit meinem Bruder aus dem Dickicht. Nolan würdigte mich keines Blickes und ging in Richtung Auto davon.

»Du bedeutest ihm viel und er macht sich Sorgen um dich. Lass uns darüber bei mir sprechen, hier ist es zu gefährlich und im Motel ebenfalls.«

In diesem Punkt gab ich ihm Recht und ließ mich zum Auto führen. Was Nolan betraf, so würde ich mich später darum kümmern müssen.

KAPITEL 15

»Was soll das heißen, wir müssen sofort nach Deutschland? Hast du den Verstand verloren und dein bester Freund gleich mit?«Wütend ging ich im Wohnzimmer auf und ab und versuchte das eben gesagte zu deuten. Was in aller Welt sollte ich dort? Meine Aufgabe galt es hier zu erfüllen und nicht um den Erdball zu reisen.

Nachdem Dean seinen Freund angerufen, und ihm die Geschehnisse berichtet hatte, dauerte es nicht lange und er rief erneut an.

»Willst du meckern oder etwas gegen den Ring unternehmen? Ich für meinen Teil bin für Option zwei.«

Genervt stopfte ich die eben ausgepackten Klamotten zurück in die Tasche. Fliegen wir halt nach Deutschland. Dean konnte nur hoffen, dass es nicht umsonst war, weil ich ihm ansonsten den Hals umdrehen würde.

»Bin fertig. Ich rufe Nolan an und gebe ihm Bescheid, sodass er sich keine Sorgen macht.« Dean nickte nur knapp, während ich aus dem Zimmer eilte, um meinen Halbbruder anzurufen. Wahrscheinlich genoss er die Zeit, in der ich keinen Mist baute. Bei ihm konnte ich mir das jedenfalls vorstellen.

»Ich bin so weit. Die Tickets sind von Derek bereits hinterlegt.« Der Mann schien sich sicher, dass Dean mich überzeugen könnte.

»Sagst du mir auch, warum wir so dringend kommen sollen? Etwas wird er dir doch verraten haben!« Doch Dean schüttelte nur den Kopf, derweil wir nach unten eilten.

»Er wollte am Telefon nicht darüber sprechen. Und sofern ich es beurteilen kann, agiert der Ring von Deutschland aus. Die Zeit wäre also vermutlich sowieso gekommen, in der wir diese Reise hätten antreten müssen. Und nun steig ins Taxi. Vor uns liegen achtzehn Stunden Flugzeit.« Seufzend reichte ich dem Fahrer meine Tasche und stieg in den Wagen. Ich hoffte inständig, dass Dean wusste, dass er nicht lange leben würde, wenn sich diese Reise als Fehlentscheidung entpuppte. Womit ich wieder am Anfang meiner Gedanken wäre.

~~~

Pünktlich landete unsere Maschine in Hannover, einer Stadt unweit von Braunschweig. Ich war zum ersten Mal in

Deutschland und in diesem Moment dankbar, dass meine Großmutter eine Deutsche war und ich die Sprache verstand.

Noch während des Fluges hatte Dean seinem Freund eine Nachricht geschickt und uns wurde versichert, dass wir von hier aus abgeholt wurden. Da Dean bereits öfter in Deutschland war und sich offenbar auskannte, folgte ich ihm wie eine kleine Ente.

An einem Schalter blieb er stehen und reichte der älteren Dame ein Dokument, welches wir in Chicago bekommen hatten - meinetwegen, denn ich wollte nicht auf meine Beretta verzichten. Diesen Umstand hatte ich klar und deutlich zum Ausdruck gebracht.

Während die Dame nach meinen beiden Koffern suchte, sah Dean mich an. Sofort entspannte ich mich. Was auch immer es war, Dean besaß eine ungeheure Macht über mich und das nicht nur auf sexueller Ebene. Manchmal fühlte es sich so an, als hätte ich mein ganzes Leben nur auf ihn gewartet. Einfach alles gab mir die Empfindung, dass es richtig war und durch nichts abgeändert werden konnte.

Nachdem er meine Sachen endlich bekommen hatte, stiegen wir in den großen Mercedes, plus Fahrer, den Derek uns zur Verfügung stellte, und ließen uns nach Braunschweig bringen.

Während der gesamten Fahrt kam ich nicht umhin festzustellen, dass Deutschland ein recht hübsches Fleckchen Erde war. Zumindest was das anbelangte, was ich aus dem Auto heraus sehen konnte. Auf jeden Fall ging es ruhiger zu als in Chicago und war wesentlich schöner und belebter als in Texas. Und da war sie wieder - die Sehnsucht nach Ruhe. Auch für mich sollte es ein Fleckchen Erde geben, an dem ich mich wohlfühlen könnte, doch stattdessen verfolgten mich die Schatten, wohin ich auch ging. Lediglich Dean schenkte mir einen Hoffnungsschimmer, dass irgendwann alles gut werden könnte.

»Wir sollten gleich da sein. Am liebsten würde ich ins Bett fallen und die nächsten drei Tage durchschlafen.« Ich achtete nicht weiter auf Dean, denn etwas anderes zog meine Aufmerksamkeit auf sich. Genauer gesagt, die junge Frau am Straßenrand, die irgendwie panisch wirkte.

Das Taxi hielt und schneller als beabsichtigt, stieg ich aus. Mein Blick blieb weiterhin auf die Frau gerichtet. Vielleicht ging es ihr nicht gut, denn sie war schrecklich blass. Durch die schwarzen Haare kam dies noch mehr zum Vorschein.

Während Dean bereits unsere Koffer auslud, fuhr ein schwarzer Transporter mit quietschenden Reifen vor. Mehr aus Instinkt kniete ich mich auf den Boden und öffnete mit zitternden Händen meine zwei Alu-Koffer, in denen sich

Magazin und Waffe befanden. Deans fragenden Blick konnte und wollte ich nicht beantworten. In mir wuchs eine innere Unruhe, die sich wie ein Knoten in mir festsetze. Ohne Vorwarnung rannte ich über die Straße, direkt zu dem Transporter, welcher direkt neben der jungen Frau gehalten hatte. Mein Gefühl täuschte mich niemals. So schnell mich meine Beine trugen, rannte ich die Straße hinunter und kam gerade rechtzeitig an, als man sie ins Auto zerren wollte.
Mit meinem Baby in der Hand zielte ich auf den maskierten Mann.
»Das würde ich an deiner Stelle lassen«, sagte ich ruhig und versuchte mir nicht anmerken zu lassen, wie aufgeregt ich in Wirklichkeit war. Der Mann zögerte und sah sich panisch nach seinem Kumpel um.
»Ich wiederhole mich kein weiteres Mal«, sagte ich drohender.
Dann ging alles sehr schnell. Ehe ich reagieren konnte, stieß er die Frau gegen mich und der Transporter fuhr mit quietschenden Reifen davon. Vorsichtig half ich erst ihr auf die Beine, nachdem ich mich selbst aufgerappelt hatte.
»Geht es dir gut?«, wollte ich wissen. Ich war in solchen Dingen wirklich unbeholfen, denn menschliche Kontakte ließ ich in der Regel nicht zu.
Dean kam nun auch dazu und sein Blick verriet alles. Er war

sauer, weil ich sofort zu meiner Waffe gegriffen hatte. Sollte er doch, immerhin hatte ich dieser Frau gerade das Leben gerettet.

»Und ich dachte immer, dass es in Deutschland ruhiger zugeht«, versuchte ich ihn zu beruhigen, bevor er mir einen Vortrag hielt.

»In Deutschland ist es nicht clever, gleich die Waffe zu zücken.« Vergebens. Seufzend wand ich mich wieder der Frau zu, die nach wie vor bei uns stand, jedoch im Begriff war zu gehen.

»Hey, warte. Ich bringe dich nach Hause. Wo wohnst du?« Unsicher hielt ich sie am Arm zurück. Ich wollte nicht, dass sie allein war. Sie deutete auf das Wohnhaus, in das wir ebenfalls gerade gehen wollten.

»Gut, da müssen wir zufällig auch hin. Kennst du einen Derek Engel?« Überrascht sah sie zu mir auf.

»Du bist Avery?« Es war mehr eine Frage, denn eine Feststellung.

»Ja, schön das ich so bekannt bin«, amüsierte ich mich und lachte leicht auf.

»Ich bin Hailey und Derek erwartet euch bereits.« Jetzt war ich es, die einen überraschten Blick mit Dean tauschte. Nicht nur, dass ich sie vor Schlimmerem bewahrt hatte, nein, ich bin inmitten der Hölle gelandet, aus der ich eigentlich entkommen wollte.

Gerade als wir den ersten Schritt über die Straße setzen wollten, sackte Hailey in sich zusammen und ich war froh, dass sie Dean so schnell zu fassen bekam.

»Wir sollten dringend ins Haus.« Nickend stimmte ich dem zu. Wer weiß, wer hier noch alles lauerte.

KAPITEL 16

»Es geht ihr gut«, beruhigte Dean seinen besten Freund, während ich bei Hailey blieb. Konnte ich das Gleiche von mir behaupten? Liebevoll strich ich ihr eine Strähne aus dem Gesicht. Sie sah immer noch sehr blass aus und hatte das Bewusstsein nicht wiedererlangt. Unerwarteterweise traf mich ihre hilflose Art. Normalerweise interessierte ich mich selten für die Menschen in meinem Umfeld und dennoch hatte ich ohne zu zögern nach der Waffe gegriffen. Gut, das tat ich verhältnismäßig oft, allerdings eher um jemanden zu töten, nicht um den rettenden Engel zu spielen.

Stöhnend kam Hailey langsam zu sich und öffnete benommen die Augen. Als sie sich aufsetzen wollte, hielt ich sie jedoch zurück.

»Hey, langsam mit den jungen Pferden. Du hattest einen Kreislaufzusammenbruch und solltest noch etwas liegen bleiben«, wies ich sie an und drückte Hailey zurück auf das Sofa.

»Wo sind Derek und Dean?« Ich atmete kurz ein und deutete auf den in der näheliegenden Treppenabgang.

»Offenbar Männergespräche.« Es war ungewohnt, denn für gewöhnlich halte ich mich von Menschen fern. Ich war ein Einzelgänger und selbst Dean hatte das Maß an Erträglichem weit überschritten. In der Zwischenzeit verhielten wir uns ja sogar schon wie ein Paar. Seufzend schob ich meine Gedanken in die hinterste Ecke meines Kopfes, als Dean und Derek den Raum betraten. Ich betrachtete den Mann, den Hailey für sich gewählt hatte. Er strahlte eine unheimliche Präsenz aus, die ich im Moment nicht zuordnen konnte. Im Normalfall wäre ich unter seinem Blick eingeknickt - doch ich war alles andere als Normal.

Ohne mich weiter zu beachten, kam er auf das Sofa zu, sodass ich aufstand und ans Fenster zu Dean ging. Liebevoll zog Derek Hailey in die Arme und sprach beruhigend auf sie ein. Der Anblick versetzte mir einen kleinen Stich, weshalb ich erneut aus dem Fenster sah und das Gespräch endlich auf unser Kommen lenkte.

»Du hast uns herbestellt, erfahren wir nun auch den Grund?« Meiner Stimme schwang eine leichte Bitterkeit mit. Auch wenn ich keinerlei Blickkontakt mit dem Mann an Haileys Seite hielt, spürte ich seine Unsicherheit.

»Ich habe einige Details bezüglich des Mannes herausgefunden, der diesen Ring offenbar führt. Jetzt kommen wir zum spannenden Teil der Recherche. Mein

Mitarbeiter hat etwas tiefer gewühlt und ist auf ein nicht unwesentliches Detail gestoßen. Walter Wolf und Michael Willkons sind ein und dieselbe Person«, erzählte er ruhiger als erwartet. Nur ein paar Sekunden lang hing die Information in meinem Kopf fest, bis ich ihren Inhalt verstand. Hailey und ich wurden von dem gleichen Mann unserer Kindheit beraubt, schloss ich aus Dereks Aussage.

»Was mich daran verwundert, normalerweise dürfen Menschen die vorbestraft sind nicht so ohne Weiteres in die Vereinigten Staaten einreisen. Also haben wir noch tiefer gegraben und sind auf ein brisantes Detail gestoßen. Offiziell lebte der Mann, der jetzt auch nach wie vor am Leben ist und den ihr beide kennt, in den USA. Dass er so einfach zwischen den beiden Ländern hin und her fliegen konnte, wie es ihm beliebte, lag daran, dass er einen Zwillingsbruder hatte. Bevor Hailey geboren wurde, starb dieser allerdings bei einem Autounfall, der nie offiziell in den Akten aufgenommen wurde. Man findet in den Archiven nur einen Artikel darüber. Ein DNA-Test beweist auch, dass die beiden Männer ein und derselbe sind.« Ich hörte Derek aufmerksam zu und verstand nun seinen Wunsch, dass wir nach Deutschland reisen sollten. Wir jagten ein und dasselbe Schwein. Dennoch kam ich nicht umhin, mich an meinen Gedanken festzuklammern, dass ich es sein würde, die ihm das Leben nahm. Grausam, brutal und bis zum bitteren Ende.

»Nun kommen wir zum wesentlichen Detail, weshalb ich wollte, dass ihr nach Deutschland kommt. Wenn ihr das wünscht, dann könnt ihr euch später die Akte ansehen.« Derek pausierte einen Moment, zog scharf die Luft ein und fuhr dann fort. Jede Faser meines Körpers war zum Zerreißen gespannt, denn ich ahnte, worauf er hinaus wollte.

»Avery, deine Mutter war offenbar in diversen Punkten nicht ehrlich zu dir, ansonsten wüsstest du vermutlich, wer dein leiblicher Vater ist.« Endlich fand ich den Mut und drehte mich zu den beiden um. Wenn ich eben schon dachte, dass Hailey blass war, dann belehrte sie mich jetzt eines Besseren. Ihre Augen waren geweitet, während sich bereits die ersten Tränen darin sammelten. Ich jedoch stand nur wie angewurzelt da, während mein Herz immer schneller schlug.

»Um es für euch deutlich zu machen: Im Jahre 1987, so geht es aus einem Polizeibericht hervor, wurden Beamte von Nachbarn zu einer Ruhestörung gerufen. In ihrem Mietshaus würde man seit Stunden Schreie hören und man hatte die Befürchtung, dass es sich dabei um häusliche Gewalt handeln könnte. Vorgefunden hat man deine Mutter, schwer misshandelt und vergewaltigt. Eine Anzeige oder eine Gerichtsverhandlung hat es nie gegeben. Was aber für diese Zeit nicht ungewöhnlich war. Die Details liest du dir in Ruhe durch, wenn du es wünschst.« Innerlich brach ich ein weiteres Mal. Zu erfahren, dass man nicht nur schwer misshandelt wurde, sondern auch das Kind einer Vergewaltigung war, zog mir den Boden unter den Füßen weg. Dean kam zu mir herüber und zog mich vorsichtig in seine Arme. Zu meiner Überraschung ließ ich ihn gewähren, obwohl mein Körper innerlich in Flammen stand.

»Wir erstellen inzwischen eine zeitliche Abfolge aller Ereignisse, da es doch sehr verwirrend ist und ich meiner Meinung nach wesentliche Details übersehe. Aber als ich mir im klaren darüber war, dass deine Mutter vergewaltigt wurde, habe ich meinen Mitarbeiter gebeten, einen DNA-Test mit euch beiden durchzuführen. Das Ergebnis war positiv. Ihr beide seid Schwestern beziehungsweise Halbschwestern.« Ich schloss meine Augen, während meine Gedanken sich überschlugen. Übelkeit bemächtigte sich meiner und zum ersten Mal seit Jahren fühlte ich mich entsetzlich verletzlich und leer. Ich war das Ergebnis einer Vergewaltigung. Ein Mensch, der niemals gewollt war. Eine Markierung, die meine Mutter all die Jahre ertrug.

Nur einen Bruchteil, nachdem Derek die gesamte Wahrheit

offenbart hatte, sprang Hailey auf und rannte aus dem Zimmer. Ich widerstand dem Impuls ihr zu folgen, denn ich sehnte mich genau so sehr nach Ruhe, wie sie es sicherlich gerade tat. Während Derek ihr folgte, blieb ich mit Dean im Wohnzimmer zurück. Er unternahm keinen Versuch mit mir zu sprechen oder mich noch einmal in den Arm zu nehmen und dafür war ich ihm mehr als dankbar. Jegliche Art von menschlicher Zuwendung hätte mir endgültig den Boden unter den Füßen weggezogen.

Allerdings nahm eines stetig zu, die Wut auf meinen Erzeuger! Er war hier, und auch wenn er noch lange nicht an der Reihe war, ich würde es beenden. Inzwischen schuldete ich dies nicht nur mir, sondern auch meiner Halbschwester und meiner Mutter. Doch so sehr ich auch an meinen Mordgedanken festhängen wollte, ich konnte die Gefühle für Hailey nicht unterdrücken. Schon als sie auf dem Sofa lag, hatte mich diese Empfindung ergriffen, doch ich wusste sie bis dahin nicht zuzuordnen. Auch wenn ich mich nicht richtig verhielt, in dem ich die Wahrheit über meine Herkunft ignorierte, gerade in diesem Augenblick gelang mir jedoch nichts anderes.

»Ich habe die Vergangenheit schon einmal akzeptiert und ich werde es wieder tun - wenn er blutend zu meinen Füßen liegt.« Ohne Dean eines Blickes zu würdigen, verließ ich das Wohnzimmer und ging auf die angrenzende Terrasse. Ich hatte nicht all die Jahre gewartet und das Risiko auf mich genommen, um jetzt einen Rückzieher zu machen - das stand fest.

KAPITEL 17

Während die beiden Männer sich schon vor einiger Zeit ins Arbeitszimmer zurückgezogen hatten, saß ich nach wie vor auf dem Sofa und blätterte durch die unzähligen Ermittlungsergebnisse von Derek. Seine Mitarbeiter hatten wirklich gute Arbeit geleistet und an den Tatsachen gab es nicht viel zu rütteln. Sobald ich wieder in Chicago war, würde ich mit meiner Mutter sprechen, selbst wenn es mir alles abverlangte. Ein Geräusch an der Tür ließ mich aufblicken. Unsicher betrat Hailey das Zimmer und kam direkt auf mich zu, um sich neben mich zu setzen.
»Hey«, sagte sie knapp und ich konnte die Erschöpfung in ihre Stimme deutlich heraushören.
»Konntest du ein wenig Ruhe finden?« Die Frage war überflüssig, denn die dunklen Ringe unter ihren Augen verrieten bereits, dass es nicht an dem war.
»Es geht. Irgendwie bekomme ich das alles noch nicht ganz in meinen Kopf. In den letzten Wochen ist so viel passiert, dass man gar nicht weiß, womit man anfangen soll.« Seufzend legte ich die Akte, die ich nach wie vor in der

Hand hielt, zurück auf den Glastisch.

»Das Leben ist nie einfach. Gerade in dem Moment, wenn du denkst, du hast eine Frage beantwortet, entscheidet sich das Leben um und stellt eine neue. Es wird nie einen Anfang und nie ein Ende geben. Und es wird ebenso Dinge geben, die wir nicht ändern können.« Meine eigenen Worte überzeugten mich kein Stück, trotzdem wollte ich vor Hailey nicht zeigen, wie sehr mich das alles ebenfalls mitnahm. Ich musste stark sein, so wie ich es gelernt hatte. Für uns beide.

»Du hast noch einen Halbbruder, oder?« Haileys Frage verwirrte mich einen Moment, denn an Nolan hatte ich keine Sekunde gedacht.

»Ja, Nolan. Er ist jünger und ein ziemlicher Freak. Ohne ihn wäre ich aufgeschmissen.« Ich lächelte bei dem Gedanken daran, dass er oftmals mehr der große Bruder war, als ich eigentlich seine ältere Schwester. Als ich in Haileys Richtung sah, bemerkte ich den leeren Ausdruck in ihren Augen und bereute sofort, nicht genauer über meine Worte nachgedacht zu haben.

»Es tut mir leid, Hailey. Ich hätte das nicht sagen dürfen.« Aus den Akten konnte ich entnehmen, dass ihre jüngere Schwester damals gestorben ist, als sie noch sehr klein war. Ohne darüber nachzudenken, schlang ich die Arme um sie und hielt sie einfach nur fest, während sie ihren Emotionen freien Lauf ließ.

»Er ist ein mieses Schwein und hat so viele Menschen zerstört. Ich möchte diesen Mann nur noch an seinen Weichteilen baumeln sehen.« Genau das war mein Plan, seitdem ich die Wahrheit kannte und mich durch jedes einzelne Blatt Papier gekämpft hatte. Egal was die beiden Männer auch planten, wenn sie es überhaupt taten, das hier war unser Kampf und ich hatte bereits eine Idee, wie wir unseren Erzeuger aus der Reserve locken konnten.

»Dazu müssen wir ihn finden, und wie du mitbekommen hast, Derek und Dean haben auch keinen Schimmer, wo sie beginnen sollen.« Ja, weil die Männer alles aus einem Blickwinkel betrachteten, anstatt alle Seiten der Medaille anzusehen.

»Vielleicht wird es Zeit, dass wir das Ruder übernehmen. Ich kann nicht länger hier herumsitzen und warten.« Skeptisch betrachtete mich Hailey, bevor sie zu einer Antwort ansetzte.

»Und wie willst du das anstellen?« Grinsend erwiderte ich ihren Blick.

»Wir beide werden uns aufhübschen und auf die Jagd gehen. Es wäre ja wohl gelacht, wenn wir uns diesen Drecksack nicht an den Eiern packen könnten.« Mir war klar, dass

Derek und Dean niemals eine solche Aktion erlauben würden. Wenn ich Hailey so betrachtete, dann hegte sie ebenfalls gewaltige Zweifel.

»Und du glaubst, das kannst du den beiden so verkaufen?«

»Ganz im Ernst, Hailey. Die beiden versuchen alles, professionell zu lösen. Ich bin der Meinung, dass es nicht immer der richtige Weg ist. Manchmal muss man ein Risiko eingehen, um zum Ziel zu gelangen. Ich für meinen Teil werde mich heute ein wenig im Club umsehen. Was ist mit dir? Wirst du mich begleiten?« Ich konnte nur darauf hoffen, denn alleine wäre mein Auftauchen für die Katz. Inzwischen wusste er sicher, dass ich mich ebenfalls in Deutschland befand. Nur eine von uns zu erwischen, läge sicherlich nicht in seinem Interesse.

Ohne weiter auf ihre Antwort zu warten, packte ich ihren Arm und zog Hailey direkt hinter mir her.

»Mach dir keine Gedanken. Die beiden werden sich auch wieder beruhigen und was unsere Sicherheit anbelangt, meine Waffe ist jederzeit einsatzbereit.« Auch wenn ich mich stets mit meinem Baby sicher fühlte, etwas beunruhigte mich dennoch.

Eilig schob ich den negativen Gedanken beiseite und konzentrierte mich nur noch auf den Abend, von dem ich mir einiges erhoffte.

Nachdem wir uns in Haileys Wohnung umgezogen hatten, steuerten wir direkt Dereks Club an. Während der gesamten Zeit war sie schrecklich still und antwortete nur knapp. Ich konnte die Angst beinahe sehen, die sich in ihrem Körper ausgebreitet hatte. Auch mich befiel sie heute ein ums andere Mal. Immer, wenn ich mich darauf vorbereitete, jemanden zu töten, durchlebte ich eine ähnliche Situation.
»Wir sollten darauf achten, dass Dereks bester Freund nicht gerade heute an der Tür steht. Sollte dem so sein, dann können wir gleich wieder nach Hause fahren.« In Haileys Stimme schwang eine Prise Pessimismus mit, die ich nicht nachvollziehen konnte.
»Wir malen den Teufel jetzt nicht an die Wand. Wichtig ist, dass wir uns so normal und neutral wie möglich verhalten. Wir quatschen ein bisschen und trinken einen Cocktail, so wie Mädels das gern tun«, beruhigte ich Hailey, auch wenn ich keinerlei Ahnung hatte, wie sich Frauen untereinander in

Wirklichkeit verhielten. Ich hatte nie eine Freundin oder eine Schwester. Nach der ganzen Sache hatte ich lediglich Vertrauen zu Taylor gefasst, bis ich Dean kennenlernte. Dieser Mann sicherte sich in Windeseile einen Platz in meinem Leben, was ich selbst kaum nachvollziehen konnte.

Ich parkte den Wagen in einer kleinen Seitengasse, unweit vom Club. Sofort stieg ich aus und ließ Hailey so keinerlei Möglichkeit mehr zum Nachgrübeln.

Ohne Probleme gelangten wir in die Location und selbst ein Platz an der Bar war schnell gefunden. Zufrieden orderte ich für Hailey und mich zwei Drinks, wobei ich darauf achtete, dass sie ohne Alkohol waren. Bei unserem Vorhaben war es besser einen klaren Kopf zu behalten.

Nachdenklich sah ich mich etwas näher in dem Etablissement um. Es wurde offen zur Schau getragen, was hinter den verschlossenen Türen passierte. Angefangen bei den leicht bekleideten Menschen, bis hin zum Geruch von Leder und Holz. Ich bezeichnete mich oftmals als offenen Menschen, doch so richtig konnte ich mir nicht vorstellen, wie die Welt des BDSM aussah.

Aus den Augenwinkeln konnte ich zwei Männer, ungefähr in unserem Alter, erkennen, die locker auf uns zukamen. Sofort verspannte sich mein Körper und bereitete sich darauf vor, dass es sich hierbei um die Gesuchten handeln könnte.

»Hi, ich bin Mark. Das ist mein Bruder Steve. Hättet ihr zwei Hübschen denn Lust auf etwas Gesellschaft?«, wendete sich der etwas größere der beiden an uns. Hilfesuchend sah Hailey zu mir. Für einen Augenblick wirkte die Atmosphäre angespannt, denn ich ließ weder Mark noch Steve aus meinen Augen. Auch wenn ich keine Entwarnung geben konnte, so schien ihr Interesse wirklich keiner bösen Absicht zu unterliegen.

»Jungs, ich finde das mutig, wenn sich heute noch jemand traut eine Frau anzusprechen. Allerdings sind wir beide in festen Händen und genießen lediglich einen kleinen Austausch«, bemerkte ich knapp, wendete mich jedoch nicht ab.

»Schade. Danke für die Ehrlichkeit und einen schönen Abend.« Glücklicherweise schien dieser kleine Zwischenfall schneller behoben, als ich mir das vorstellen konnte. Offenbar galt in diesen Kreisen wirklich so etwas wie »Höflichkeit«. Hailey entspannte sich etwas und sah wieder zu mir.

»Derek und du, ihr beide seid also in diesem Bereich aktiv?«, wechselte ich das Thema. Für mich war es kaum vorstellbar, dass man es als Alternative zu dem sehen konnte, was wir beide erlebt hatten. Gut, ich war auch nicht besser - nur eben anders.

»Noch nicht sehr lange. Das Ganze ist, sagen wir es mal so, kompliziert.« Ich spürte förmlich, wie Hailey mit sich rang. Offenbar wollte sie im Moment nicht über ihre Beziehung zu Derek mit mir sprechen. Dennoch wollte ich mehr über die Frau wissen, mit der ich mehr teilte als eine unschöne Vergangenheit.

»Dean hat mir ein wenig über dich erzählt, jedenfalls das, was Derek ihm anvertraut hat. Aber keine Sorge, mehr, als das du sehr darunter gelitten hast, weiß ich nicht.« Irgendwie klang das von meiner Seite richtig bescheuert. Ich weiß etwas, aber keine Sorge - eigentlich weiß ich nichts. Im Inneren schalt ich mich für meinen Versuch, eine einfache Konversation zu führen. Aus diesem Grund streichelte ich Hailey über den Unterarm, um halbwegs mein Mitgefühl zu zeigen.

»Es war nicht leicht für mich, plötzlich allein zu sein und unter Fremden aufzuwachsen. Noch dazu, weil ich mich für Amy´s Tod verantwortlich gefühlt habe.« In ihren Augen bahnten sich die ersten Tränen an - in mir die Wut. Einiges konnte ich der Akte entnehmen, die Derek mir gegeben hatte, und war durchaus im Bilde. Doch ein Blatt Papier spiegelte keinerlei Gefühle wider. Es las sich wie ein schlechter Thriller. Hailey allerdings so zu sehen, schnürte mir mein nicht mehr vorhandenes Herz zu.

»Nicht du bist schuld, sondern er. Unser Erzeuger ist ein mieses Dreckschwein, der an seinen Eingeweiden baumeln sollte. Ihn müsste man über einen Bock binden und von Hunderten Schwulen durchficken lassen, damit er ansatzweise eine Ahnung davon hat, was er uns und all den anderen angetan hat.« Meine Worte klangen hart und Hailey verschluckte sich beinahe an ihrem Drink. Wie oft ich das in den letzten Tagen erwähnt hatte, konnte ich kaum noch zählen. Doch allein der Gedanke, es ihm heimzuzahlen, ließ mich lächeln.

»Wie fühlt sich das an, einen Menschen zu töten?« Am liebsten hätte ich ihr auf diese Frage mit »Geil« geantwortet, aber in diesem Fall hielt ich mich etwas zurück.

»Der Erste hat mich sehr viel Überwindung gekostet, aber ich hatte jederzeit im Hinterkopf, was sie mir antaten. Meistens haben sie mich verhöhnt und es genossen, daran erinnert zu werden. Das macht es leichter. Jeder von ihnen hat das bekommen, was er verdiente.« Gott, das klang, als würde ich ein Hobby beschreiben! Dabei gab es keinen Grund darauf stolz zu sein, was ich aus meinem Leben gemacht hatte und irgendwann, müsste ich für diesen Weg die bitteren Konsequenzen tragen.

»Du Wichser hast mein Mädchen angefasst.« Zeitgleich

fuhren wir herum und fixierten die beiden Männer, die sich nur ein paar Meter entfernt in einer hitzigen Diskussion befanden, die nur einen Moment später mit einem Kinnhaken ihre Fortsetzung fand.

Meine inneren Alarmglocken schrillten so heftig, dass ich schleunigst das Weite suchen wollte.

»Mir gefällt das nicht. Lass uns gehen«, schrie ich über den Tumult hinweg, zog Hailey allerdings bereits hinter mir her.

Beim Verlassen des Clubs, registrierte ich Dereks und Deans Anwesenheit, hatte jedoch keine Ambitionen, mir weitere Gedanken darüber zu machen.

Mit schnellen Schritten zog ich Hailey weiter hinter mir her, bis wir am Wagen, in der kleinen Seitengasse ankamen. Mit zitternden Händen suchte sie nach dem Schlüssel.

Meine Sinne signalisierten die Gefahr, doch ich war zu starrsinnig, um auf die beiden Männer zu hören. Viel zu spät registrierte ich die Bewegung hinter mir und hatte keine Chance, dem Schlag auf meinem Kopf auszuweichen. Mein letzter Blick glitt zu Hailey, bevor mich die Dunkelheit vollkommen einhüllte.

KAPITEL 18

Der Schmerz in meinem Kopf ging im Gleichtakt mit jedem Schlag meines Herzens. Wild rauschte das Blut durch meine Adern und mobilisierte endlich meine Lebensgeister. Nur schwach konnte ich mich an die letzten Momente erinnern, bevor mich die Dunkelheit umhüllte. Doch gerade hatte ich keinerlei Zeit dafür, denn ich hörte Hailey meinen Namen rufen. Offenbar hatte man uns wenigstens zusammengelassen. Erleichtert versuchte ich, mich aufzusetzen.

»Hailey?«, krächzte ich und räusperte mich leicht. Nur wenige Sekunde später erreichte sie mich. Wo auch immer wir waren, bis auf einen kleinen Lichtschein, der durch die Tür drang, war es stockfinster. Keine Chance auch nur die Hand vor Augen zu erkennen.

»Geht es dir gut?«, wollte sie aufgebracht wissen und ich ergriff ihre kleine Hand und hielt sie fest in meiner.

»Ich wurde niedergeschlagen. Diese Dreckschweine.« Neben dem Puckern in meinem Kopf mischte sich ungebändigter Zorn, der sehnsüchtig nach Entladung suchte.

»Beruhige dich Hailey. Uns wird nichts passieren. Das verspreche ich dir«, tröstete ich sie und hoffte inständig, damit Recht zu behalten. Das alles war meine Schuld. Niemals hätte ich Hailey mitnehmen dürfen. Sie war zu schwach und viel zu lieb für diese Welt und nun saß sie hier, gemeinsam mit mir, und wartete auf das Unvermeidliche. Aber ich durfte ihr meine eigene Angst nicht zeigen! Ich war der »Angel of Pain« und ich würde alles tun, um uns hier wieder herauszumanövrieren.

»Wichtig ist, dass wir beide jetzt die Nerven behalten. Machen wir uns nichts vor, wir wissen, wer dafür verantwortlich ist und auch, was vermutlich bald folgen wird. Es wird erniedrigend und es wird hart. Dennoch solltest du dir nichts anmerken lassen. Egal, was dann auch geschehen mag. Dean und Derek werden uns bereits suchen, wir müssen nur durchhalten, falls mir kein guter Plan einfällt.« Auch wenn ich Hailey in Sicherheit wiegte, dass wir es beide schaffen könnten, war ich mir dessen nicht sicher. Von uns beiden war ich die Stärkere, wenn auch die jüngere. Trotzdem würde ich alles dafür tun, um meine Schwester zu schützen. Er hatte mich einmal gebrochen und ein weiteres Mal gab ich ihm diese Genugtuung nicht, egal wie oft er mich missbrauchen würde. Im Moment zählte nur, dass er Hailey nichts tat, denn der Gedanke schnürte mir die

Kehle zu.

Sanft kuschelte sich Hailey an mich. Ihr Körper glich einem Erdbeben, so sehr zitterte sie.

»Weißt du, es ist leichter, weil ich weiß, dass du hier bist. Allein würde ich durchdrehen.« Liebevoll streichelte ich durch Haileys Haare und presste sie noch fester an mich.

»Alles wird wieder gut. Wenn wir dieses Kapitel geschlossen haben, können wir unser Leben endlich neu schreiben, ohne dabei an die alten Seiten denken zu müssen. Jeder bekommt irgendwann seine Strafe und die Zeit ist reif dafür, dass er seine erhält.« Ich sagte es voller Überzeugung, denn wenn es das Letzte war, was ich tat - dieses Versprechen würde ich nie brechen und so lange durch die Hölle gehen, bis ich es erfüllen konnte.

»Empfindest du etwas für Dean?« Ihre Frage riss mich regelrecht aus meinen Rachegedanken. Wie kam Hailey ausgerechnet jetzt auf ihn? Ich selbst schob Dean in die hinterste Ecke meines Kopfes, denn in der aktuellen Situation schien es wenig hilfreich über etwas zu grübeln, was keine Zukunft hatte. Jedenfalls nicht in meinen Augen. Er war ein Cop - ich die meistgesuchte Killerin in den Vereinigten Staaten. Welche Zukunft sollten wir demnach haben? Trotzdem konnte ich nicht leugnen, dass mir Dean etwas bedeutete. In meinem Geiste tauchte sein Bild auf, die schwarzen Haare, die er an den Seiten kurz trug und oben etwas länger. Das markante Gesicht, das von seinem Bart eingerahmt wurde und sein intensiver Blick aus braunen Augen. Gott, wie sehr sie mich in den Bann zogen. Ich hatte keinen Schimmer, wie man diesen intensiven, dunklen Ton jemals beschreiben könnte.

»Ich denke schon, dass ich das tue. Er ist praktisch in mein Leben gesprungen und hat in kurzer Zeit einiges verändert.« Meine Antwort wahr ehrlich und dennoch weit davon entfernt, was mir dieser Mann wirklich bedeutete, allerdings war ich für mich selbst nicht in der Lage es zuzugeben. Immer wieder hielt ich mir vor, dass es keinerlei Zukunft geben konnte.

An Hailey geklammert, ließ ich einen Bruchteil lang den Schmerz zu, der sich bei dieser Erkenntnis in mir ausbreitete. Unter anderen Umständen hätte ich alles genommen, was er bereit wäre zu geben.

»Manchmal hat das Schicksal seltsame Wege für uns geplant.« Stumm dachte ich darüber nach, während ich immer wieder zu Dean schwenkte. Die Geschichte mit dem »Was-wäre-wenn?« war aussichtslos und brachte mir nichts. Trotzdem verlor ich mich in diesen Bildern in meinem Kopf.

Mit einem lauten Knarzen öffnete sich die Tür vor uns.

Beinahe gleichzeitig hoben wir die Arme, um uns vor dem grellen Licht zu schützen. Stöhnend fegte ich meinen Kopf leer und konzentrierte mich vollkommen auf das nun kommende. Ich brauchte alle meine Sinne, wenn wir auch nur den Hauch einer Chance haben wollten.

»Ich hatte mir nie erhofft, eine von meinen beiden Töchtern wiederzusehen. Um so größer ist meine Freude, dass ihr nun beide den Weg in meine geheiligten Hallen gefunden habt.«
Ein Schauer jagte über meinen Rücken. So viele Jahre war es her, dennoch hallte die Stimme in meinem Kopf wider, als wäre es gestern gewesen.

»Wir haben nicht darum gebeten, deine Töchter zu sein und wenn es eine Möglichkeit gäbe, dann würde ich sie ergreifen und alles ungeschehen machen«, schrie ich ihm entgegen und spürte förmlich, wie sich meine Muskeln verspannten.

»Na Na, sagt man so etwas zu seinem Vater?« Diese Überheblichkeit des Mannes kannte keine Grenzen und reizte mich bis aufs Blut.

»Du bist nicht unser Vater und wirst es niemals sein«, setzte ich nach, während ich Hailey schützend hinter meinen durchtrainierten Körper schob. Ich würde sie schützen, komme, was wolle.

»Zugegeben, ihr beide seid so eigentlich nicht geplant gewesen. Besser gesagt, für euch war etwas anderes vorgesehen. Leider haben gewisse Dinge meine Planung durcheinandergebracht. Umso erfreulicher ist es jetzt, dass sich das Blatt gewendet hat. Ich möchte euch bitten, mir nach draußen zu folgen. In ein paar Minuten beginnt die Show und ich habe euch Plätze in der ersten Reihe reserviert.«

Ich schluckte schwer, um gegen die Übelkeit anzukämpfen, die sich in mir ausbreitete, bevor ich mich innerlich sammelte, um für Hailey und mich stark sein zu können. Mit ihrer Hand in meiner trat ich hinaus zu Walter und vermied jeden Blick in sein Gesicht.

»Ihr seid zwei große Mädchen. Geht den Gang bis zum Schluss, dort werdet ihr auf einen weiteren Raum stoßen. Ich bin pünktlich zur Vorstellung bei euch«, säuselte er leicht hinter uns und ein erneuter Schauer jagte über meinen Rücken.

Ich sah zu meiner Schwester und signalisierte ihr, mir zu folgen, selbst wenn ich dem ungern nachkam. Im Moment hatten wir nur eine Chance, wenn wir uns unauffällig verhielten. Für alles andere musste ich später spontan die Initiative ergreifen.

»Wir sind zusammen und das zählt«, ermutigte ich Hailey und lächelte zaghaft.

Während ich meinen Rücken sicherte, schob ich sie den

langen und schmalen Flur entlang, bis Hailey abrupt stehenblieb. Angespannt folgte ich ihrem Blick und versteifte mich sofort.

Direkt vor uns befand sich eine Lagerhalle, welche mit diversen Kameras, Scheinwerfern und Matratzen ausgestattet war. Das Fürchterlichste offenbarte sich allerdings am gegenüberliegenden Ende dieser Halle.

»Oh Gott«, entwich es mir fassungslos. Aneinander gepresst kauerten unzählige Frauen und Kinder in dieser Ecke. Ihre vor Angst geweiteten Augen, die zahlreichen blauen Flecke und blutverkrusteten Körperstellen ignorierte ich fast, aufgrund der Tatsache, dass niemand von ihnen ein Kleidungsstück am Körper trug.

Neben mir übergab sich Hailey soeben und erinnerte mich daran, dass ich mich vorerst um uns selbst kümmern musste.

»Es ist okay, lass es raus.« Behutsam streichelte ich ihr über den Rücken und zog sie wieder enger an mich. Ich konnte nur hoffen, dass es mir wirklich gelang, sie zu beruhigen, denn ich war alles andere als ruhig. Innerlich kämpfte die Wut mit Unglauben und Verachtungen. Nicht zuletzt auch Mitgefühl, denn ich ahnte, was man all diesen Menschen angetan hatte.

»Wenn ich die Damen hereinbitten darf.« Ein sehr

ungepflegter Mann trat auf uns zu und winkte uns zu sich heran. Der Waffe, die er in der Hand trug, gewann meine Aufmerksamkeit für einen Bruchteil, ehe ich Hailey schützend vor mich herschob.

Grinsend deutete der Typ auf zwei Stühle vor uns, bevor er sich entfernte. Widerwillig ließen wir uns darauf sinken und verharrten in einer recht unangenehmen Sitzposition.

Wenn der Schmerz in meinem Kopf nicht so existent und real wäre, dann würde ich all das hier für einen Albtraum halten. Jetzt, hier in diesem Moment, überkam mich eine unendliche Schwäche, wie ich sie nie vorher gespürt hatte. Meine Wut wurde immer mehr von meinem inneren Schmerz gefressen und das noch vorhandene Adrenalin baute sich in Windeseile ab.

In der Zwischenzeit betrat auch Walter den Raum und eine weitere Tür wurde geöffnet. Eine Schar von Männern betrat die Halle und sah sich vergnügt nach ihrer Beute um. Hailey erbrach neben mir erneut, doch im Augenblick fehlte mir jede erdenkliche Kraft, um mich zu bewegen.

»Wir mussten unsere Vorlieben lange verstecken, und werden von Menschen gemieden, weil wir diese Perversion haben. Ab heute wird sich das ändern. Zudem freut es mich, dass sich heute zwei Ehrengäste bei uns eingefunden haben.« Seiner Rede folgte ein eindeutiger Fingerzeig auf meine Schwester und mich.

»Sicher fragt ihr euch, was das alles hier ist und warum ihr hier seid. Das ist ganz einfach erklärt. Seht dort rüber«, er deutete auf die Menschentraube vor uns.

»Das alles sind eure Geschwister und meine Kinder. Ich habe sie geschaffen, damit wir ohne jegliche Hindernisse unserer Vorliebe nachgeben können. Mit euch beiden habe ich damals angefangen, doch leider liefen die ersten Versuche nicht nach meinen Wünschen. Zu meiner Erleichterung hat sich das Blatt an dieser Stelle gewendet.«

Wutentbrannt sprang ich auf, wobei der Stuhl polternd auf den Boden knallte. Das Geräusch hallte an den Wänden wider und gab mir die Kraft, endlich aus meiner Starre zu erwachen.

»Du gehörst weggesperrt, und zwar für immer. Ihr seid allesamt kranke Spinner und verdient weitaus mehr als den Tod«, brüllte ich darauf los, während sich meine Fingernägel schmerzhaft in meine Handflächen bohrten. Doch genau dieser Schmerz drängte meine sensiblen Empfindungen beiseite.

»Ich hatte gehofft, dass du das sagen würdest. Meine Herren darf ich ihnen Avery vorstellen. Das erste Mädchen, mit dem damals alles begonnen hat. Süße, komm her. Ich finde, du solltest die Chance erhalten, deine Geschwister zu schützen. Schließlich bist du doch die Stärkste von allen und noch dazu inzwischen ein ziemlicher Wildfang. Ich bin mir sicher, dass jeder Einzelne es genießen wird, deinen Willen zu brechen.« Auch Hailey sprang auf und stellte sich selbstbewusst an meine Seite. Ich trat einen Schritt auf Walter zu.

»Ich werde dir deine Eier auf die bestialischste Art und Weise abreißen und sie dir dann in deine Fresse stopfen, bis du daran erstickst.« Und genau das würde ich tun. Es war längst keine leere Drohung mehr, sondern ein Versprechen. Doch Walter legte nur den Kopf in den Nacken und lachte darüber, ebenso, wie alle anderen Anwesenden.

»Zugriff«, ertönte eine Stimme und ein Tumult brach aus. Hailey packte meine Hand und zog mich direkt zu den Mädchen, die in der Ecke kauerten.

»Wir sollten sie hier wegbringen«, schrie sie mich an, doch ich hatte nur noch meinen Drang nach Vergeltung in mir. Derek würde ihm nichts tun und auch Dean hatte lediglich vor, ihn einzubuchten. Hier war sie, meine einzige Chance auf Rache.

Hailey führte die Frauen und Kinder aus der Halle, während ich ohne jede Regung meinen Blick auf Walter gerichtet hatte, der versuchte, sich den Männern zu entziehen, die unaufhaltsam mit ihren Waffen in den Raum drangen. Nur

am Rande bekam ich Haileys Worte mit, denn ich war zu beschäftigt, dem Mann vor mir eine Waffe zu entwenden. Es war nicht mein Baby, doch ich lud sie kurzerhand durch und schlängelte mich durch die Massen.
Allerdings zog sich auch Walter immer mehr zurück. Das SEK stürmte inzwischen ebenfalls hinein. Ich wollte und konnte jetzt einfach nicht nachgeben. All die angestauten Gefühle mussten sich entladen. Ich würde nur gehen, mit der Gewissheit, dass er nie wieder jemanden verletzen konnte. Ohne auf die Entfernung einzugehen, zielte ich auf Walter, der inzwischen in der Falle saß.
»Nehmen sie die Waffe runter«, ertönte es von allen Seiten. Ich war so in meinem Rachefeldzug gefangen, dass ich nicht mitbekam, wie das SEK mich langsam umzingelte. Dean drängte sich nach vorn und suchte verzweifelt meinen Blick.

»Avery, lass die Waffe fallen. Es ist vorbei«, sprach er auf mich ein. Ich löste den Kontakt und sah wieder zu Walter. Nein, ich konnte nicht aufgeben, nicht jetzt. Es musste ein Ende finden - Heute! Hier!
In Zeitlupe betätigte ich den Abzug. Der laute Knall hallte von den Wänden wider. Ein Schrei drang ebenfalls zu mir herüber und ein Schmerz, der mich augenblicklich auf die Knie beförderte.

»Avery.« Bevor ich mit dem Kopf auf den Boden knallte, fing Dean mich auf. In meiner Brust breitete sich der Schmerz unaufhaltsam aus. Sprechen oder gar Luft holen, fiel mir entsetzlich schwer. Ich hatte Walter nicht getroffen - man hatte mich angeschossen.

»Halt durch, Baby. Alles wird gut. Sieh mich an. Hey, nicht einschlafen.« Ich lächelte schwach und dankte innerlich dafür, dass Dean bei mir war.

»Wir brauchen einen Arzt, sofort«, schrie Dean aufgebracht und hob mich schon auf seine Arme. Immer mehr spürte ich, wie mir das Atmen kaum noch gelang.

»Bitte, nicht jetzt hörst du?« Noch einmal lächelte ich Dean an und gewährte der Dunkelheit endlich, ihre Macht über mich auszubreiten.

KAPITEL 19

Wieder und wieder lauschte ich den gleichmäßigen Geräuschen der Geräte, an die ich angeschlossen war. Seit nunmehr drei Wochen tat ich nichts anderes und lehnte jeglichen Besuch ab, der mich womöglich von dieser Eintönigkeit abgelenkt hätte. Dass ich so weit entfernt von meinem Ziel lag und mit den Nebenwirkungen meiner Verletzung kämpfte, begünstigte eine große Leere in mir.

Walter wurde inzwischen an die Vereinigten Staaten ausgeliefert und wartete im Gefängnis darauf, dass ihm der Prozess gemacht werden wurde. Zumindest das, wusste ich von meinem Bruder Nolan, der regelmäßig anrief und mein einziger Kontakt zur Außenwelt war. Ich hatte versagt und konnte mir diese Schwäche nicht verzeihen. Dennoch war ich dankbar dafür, dass Dean Wort gehalten hatte und niemandem gegenüber erwähnte, wer ich wirklich war. Selbst nach Walters Anschuldigungen hielt er zu mir und wischte sie ohne mit der Wimper zu zucken beiseite.

Einen Besuch gestattete ich Dean, bevor ich ihn endgültig aus meinem Leben verbannte. Nur seinetwegen war ich schwach geworden und das hätte mich beinahe das Leben gekostet. Doch wenn ich ehrlich war, dann dachte ich die meiste Zeit an ihn - besser gesagt an uns. Auf eine seltsame Art fehlte er mir. Auch wenn er sich zwischen meine Rache und mich gestellt hatte, die Gefühle konnte ich schlichtweg nicht ignorieren.

Seufzend rappelte ich mich etwas nach oben, allerdings machte mir der Schmerz in meiner Brust einen Strich durch die Rechnunh. Wütend schnaubte ich und würde dem netten SEK Beamten gern ein paar Takte flöten. Zwischen meiner Schulter und meiner Brust gab es einen himmelweiten Unterschied. Diesem Volltrottel wäre es fast gelungen, mich zu töten. Nur Dank der schnellen und guten medizinischen Versorgung, konnte man die Kugel entfernen und die Wunde in meiner Lunge versorgen. Dennoch würde ich sie nie wieder richtig belasten können. Ein bitterer Beigeschmack meines Vergeltungsschlages und trotzdem um einiges besser, als zwei Meter tief unter der Erde zu liegen.

Es klopfte an meiner Tür und Dr. Keller trat hinein.

»Guten Morgen, Frau Willkons. Wie geht es ihnen heute?« Mit einem herzlichen Lächeln griff er nach der Akte, ehe er wieder zu mir aufsah.

»Besser«, antwortete ich ehrlich, wie ich es jeden Morgen zur täglichen Visite tat.

»Prima. So wie ich das sehe, können sie in einer Woche die

Heimreise in die USA antreten. Ihre Wundheilung ist optimal und der Pneumologe schreibt in seinem Bericht, dass das Volumen beim letzten Test beinahe zweiundneunzig Prozent betrug. Für mich sind also alle notwendigen Dinge erfüllt, damit sie beruhigt nach Hause können. Trotzdem sollten sie sich schonen und regelmäßig die Kontrollen weiterführen.« Ich sah Dr. Keller an und nickte stumm.

Zufrieden packte er die Akte zurück und verließ das Zimmer. Sofort nahm ich mein Handy vom Nachttisch und wählte Nolans Nummer. Ich brauchte dringend einen Rückflug, wenn auch nicht nach Chicago.

»Hi Schwesterchen«, begrüßte er mich und zauberte mir nach Tagen ein Grinsen ins Gesicht.

»Die Visite ist durch und Dr. Keller meint, dass ich nächste Woche entlassen werde und dann zurückfliegen kann. Würdest du dich schon nach ein paar Flügen erkundigen? Allerdings nicht nach Chicago. Verzeih mir, aber ich möchte vorerst ein wenig bei Taylor bleiben. Ich werde ihn auch gleich anrufen und die Details mit ihm besprechen.« Vor lauter Euphorie ließ ich Nolan kaum zu Wort kommen, was ihn allerdings nicht im mindesten störte.

»Klar, Schwesterchen. Ich werde mich mal erkundigen und schicke dir die Links dann rüber. Bis dahin erhole dich gut

und grüße Taylor von mir.« Das mochte ich oftmals an Nolan. Er war einfach unkompliziert und stellte selten unangenehme Fragen. Ich beendete das Telefonat, doch es dauerte eine ganze Weile, bevor ich den Mut fand, meinen alten Freund anzurufen.
Denn wenn eines klar war, dann, dass ich ihm dringend einiges erklären musste.

***

Die Zeit in Texas verging wie im Flug und ich erholte mich seltsamerweise schneller, als Anfangs vermutet. Zwar hielt mich Taylor noch von körperlich schwerer Arbeit ab, aber das bisschen, was er mir bereits erlaubte, füllte recht schnell meine Lebensgeister.
Auch das Gespräch mit Taylor, welches ich direkt nach der Ankunft mit ihm führte, war angenehmer als gedacht. Er verurteilte mich nicht dafür, aber er signalisierte mir auch klar und deutlich, wie viel er davon hielt. Leider brachte mich dies ebenso wenig von meinen Plänen ab. Meine Rache wollte ich sobald wie nur möglich zu Ende führen. Zuerst mussten sich meine Muskeln jedoch regenerieren. Ich war einfach zu schwach, um sofort in die Vollen gehen zu

können. Daher beschloss ich nach kurzer Zeit, Taylor bei der Versorgung der Pferde zu helfen. Die Arbeit war hart und trotzdem nicht zu viel des Guten. Außerdem liebte ich es, stundenlang im Stall zu stehen. Meine ganze Aufmerksamkeit galt dabei Galax, seinem Shire-Horse Hengst. Vor ein paar Jahren erlaubte mir Taylor, ihn zu reiten, was ich regelmäßig tat. Jetzt beschränkte ich meine Fürsorge allerdings, nur auf dessen Pflege und Spaziergänge auf dem Areal.

»Du verwöhnst ihn wie ein Kind«, schallt mich Taylor, als er zu mir in die Box trat.

»Vielleicht«, erwiderte ich knapp und striegelte das dunkle Fell weiter.

»Avery, wir kennen uns lange genug. Es liegt doch nicht nur an dem kleinen Zwischenfall in Deutschland. Etwas anderes quält dich ebenso. Willst du mir nicht sagen, was?« Taylor trat noch einen Schritt zu mir heran und legte seine Hand auf meine. Ich seufzte schwer, sah aber zu ihm auf. Er hatte ja recht. Meine Gedanken an Dean ließen sich einfach nicht abschalten. Er fehlte mir und am liebsten wäre ich ins Auto gesprungen und nach Chicago gebraust.

»Ich habe in Chicago jemanden kennengelernt. Dean, einen verdeckten Ermittler, der ebenfalls mit in Deutschland war. Er war meinem Vater schon seit längerem auf der Spur, obwohl ich das am Anfang nicht wusste.« Taylor legte einen Finger auf meinen Mund, sodass ich verstummte.

»Nicht hier. Räum die Box von Galax auf und komm auf die Terrasse. Ich werde uns ein paar Bier besorgen und dann reden wir.« Sofort machte er sich auf den Weg, derweil ich die Sachen wieder zurück in die Kammer brachte.

Vom Stall aus musste man das gesamte Grundstück überqueren, bevor man zum Haupthaus der Ranch gelangte. In den letzten Jahren hatte Tay viel Zeit investiert und zwei weitere Ferienhäuser restauriert, die nun regelmäßig bewohnt wurden. Außerdem gab es ein weiteres Gatter für die Pferde. Von dem einst heruntergekommenen Gelände war kaum noch etwas erkennbar.

Ich ging auf die Terrasse, auf der Tay bereits saß und ein Bier in der Hand hielt.

»So, jetzt kannst du losschießen.« Einen Augenblick lang lehnte ich mich an einen Balken und ordnete meine Gedanken. Über Dean zu sprechen, fühlte sich an, als würde man die Uhr zurückdrehen. So, als spürte man jemanden bei sich, der hunderte Kilometer entfernt war. Jede Berührung, jeder Kuss schmeckte in meiner Erinnerung bittersüß und rief eine Sehnsucht wach, wie ich sie nie gekannt hatte.

»Nachdem ich einem dieser Männer den Garaus gemacht hatte, kam ich nicht zur Ruhe. Also beschloss ich, noch in einen Club zu gehen, um mir ein wenig Abwechslung zu verschaffen. Hin und wieder kam das schon vor.« Ich pausierte kurz, um mich zu setzen, und nach der Dose Bier zu greifen.

»Dean fiel mir sofort ins Auge und sprang auf meine Flirtversuche an. Bereits bei der ersten Berührung vergaß ich alles um mich herum. Lach nicht, aber irgendwie verloren wir beide die Beherrschung und wir haben unsere Lust im Club befriedigt. Entschuldige.« Ich wendete den Blick ab, denn es war mir furchtbar unangenehm mit Tay darüber zu sprechen. Er jedoch grinste nur und trank von seinem Bier.

»Wir trafen uns zufällig wieder und irgendwie entstand ein Techtelmechtel daraus. Eines Abends erwischte er mich dabei, wie ich geradewegs vom Himmel fiel.« Bei der Erinnerung huschte ein Lächeln über mein Gesicht.

»Natürlich habe ich ihm alles gestehen müssen und seitdem war er praktisch immer an meiner Seite.« Stille senkte sich über uns, während wir uns nur ansahen.

»Avery, das klingt wie eine plumpe Erzählung. Hau schon raus, was wirklich los ist.« Seinem strengen Gesichtsausdruck konnte ich nicht entkommen, also gab ich mich geschlagen.

»Nachdem ich angeschossen worden bin, habe ich ihn aus

meinem Leben verbannt. Ich meine, Dean ist ein Cop und ich eine eiskalte Killerin. Welche Zukunft hätte es schon? Zudem gehören immer zwei dazu und er ist ohne jeglichen Versuch gegangen. Er hat es akzeptiert - Ende.«
Kopfschüttelnd lehnte sich Taylor nach vorn und griff nach meiner freien Hand.
»Du liebst ihn und ich bin mir sicher, er tut es ebenfalls. Glaubst du nicht, dass es an der Zeit ist, das alte Buch zu schließen und ein neues zu schreiben? Ich verstehe deinen Drang nach Vergeltung sehr gut, doch frag dich selbst, ob dieser Dean deine Leere nicht anderweitig füllen kann.«
Seine Worte trafen mich und ich hieß die kleinen Tränen willkommen.
»Vermutlich hast du recht«, erwiderte ich im Flüsterton. Taylor seufzte zufrieden auf, bevor er sich von seinem Platz erhob und an mir vorbeitrat.
Erst jetzt bemerkte ich, dass jemand hinter mir stand, und sprang auf, wobei mein Bier über den Rand der Dose schwappte.
Braune Augen starrten mich wartend an. Mein Herz schlug so schnell, dass ich befürchtete, die Coyoten in der Nähe würden es hören.
»Dean«, flüsterte ich und rannte schon auf ihn zu. Eng schlossen sich seine Arme um meinen Körper und der

vertraute Duft kitzelte in meiner Nase. Ich nahm ihn in mir auf, weil ich Angst hatte, Dean würde jeden Augenblick wieder verschwinden.

»Ich muss dir dringend etwas sagen«, setzte Dean an und küsste zärtlich meine Stirn. Im Moment wollte ich nicht reden, sondern seine Nähe genießen.

»Als ich dich im Krankenhaus zurücklassen musste, habe ich etwas vergessen. Dich. Die Zeit ohne dich war schrecklich, Avery. Mir ist bewusst geworden, dass ich dir nie gesagt habe, wie viel du mir bedeutest.« Nun sah ich doch auf und begegnete seinem intensiven Blick.

»Aber ich bin genau das Gegenteil von dir ...«, begann ich. Deans Finger brachten mich zum verstummen.

»Seit wann entscheidest du darüber, wie ich dich sehe? Selbst wenn unsere Verbindung mit Sex begann, so waren es dennoch meine Empfindungen, die mich immer wieder zu dir gezogen haben. Ich möchte eine Zukunft mit dir, Avery. Die Tage und Nächte ohne dich haben mir gezeigt, wie einsam ein Leben ohne dich sein kann.« Seine Worte rührten mich und dabei dachte ich, diesen Teil meines Herzens fest verschlossen zu haben.

»Du hast mir auch wahnsinnig gefehlt.« Ich lehnte mich wieder an Deans Schulter und schloss die Augen.

»Lass uns da weitermachen, wo wir vor unserem Flug

aufgehört haben und sehen, was passiert. Ich werde dich nicht unter Druck setzen oder etwas von dir verlangen, dass du mir nicht freiwillig geben willst ...« Jetzt war ich es, die Dean zum Schweigen brachte.

»Ich liebe dich auch, Dean.« Langsam hob ich den Kopf, stellte mich auf die Zehenspitzen und berührte seine Lippen leicht mit meinen.

Die Entscheidung war schon längst für ihn gefallen, auch wenn ich es mir nicht eingestehen wollte. An Deans Seite verschwanden die Albträume und meine Vergangenheit verblasste Zunehmens. Meine Rache war die Beziehung zu ihm nicht wert - die Zukunft allerdings schon.

EPILOG

»Wieder eine dieser Schnapsleichen«, raunzte der dicke Sheriff und drückte mich auf einen der harten Plastikstühle im Flur. Blöder Vollidiot dachte ich und versuchte weiterhin, meine Rolle perfekt zu spielen.

Meine Haare wurden von einer blonden Perücke verdeckt. In meinem Gesicht befand sich eine Schicht aus Schlamm und mein Kajal war vollkommen verlaufen.

Die Strumpfhose wies mehrere große Risse auf und ein Schuh fehlte mir. Alles in allem, sah ich wirklich wie die perfekte kleine Straßennutte aus, die einfach zu viel getrunken hatte.

»Bringt sie in die Ausnüchterungszelle. Dreckspack.« Noch bevor er den Satz ausgesprochen hatte, packte mich der Deputy und zerrte mich hinter sich her. Ich gab mir große Mühe, hinter ihm herzutorkeln.

»Eyyy... nisch so schnell«, lallte ich, wurde jedoch nur von zwei grünen Augenpaaren gemustert und in die Zelle geschubst. *Widerliches Volk.*

Mit einem Satz ließ ich mich auf die Matratze fallen und tat so, als würde ich bereits tief und fest schlafen. Einen

Augenblick dauerte es, bis sich der Polizist zurückzog. Beim Einrasten der Tür sprang ich auf, entkleidete mich und schlüpfte in meinen Overall. Wie dumm von diesen Trotteln - wie gut für mich. In der Ausnüchterungszelle achtete man nicht besonders auf Kontrollen.

Eilig entfernte ich die künstlichen Haare und begann sogleich, die Schrauben der Lüftungsanlage mit den Spangen zu öffnen. *Tausendmal hatte ich diesen Scheiß in meinem Kopf durchgespielt - jetzt musste ich es nur umsetzen.*

Die Klappe schwang auf und ich zog mich eilig nach oben. Ein Blick auf die Uhr verriet mir, dass ich noch fünfundvierzig Sekunden hatte, bevor Nolan die Ventilatoren kurzschloss. Bis hierhin lief alles reibungslos. 5 ... 4 ... 3 ... 2 ... 1 - zapp. Schnell schlüpfte ich hindurch und kämpfte mich krabbelnd durch den Teil, der die Wache mit dem Hauptgefängnis verband. Wie vom Teufel selbst getrieben, spannte ich meinen Körper an, um Höchstleistungen zu vollbringen.

Dank Dean wusste ich, dass Walter nur diese eine Nacht hier verbringen würde, da er morgen in ein Hochsicherheitsgefängnis verbracht werden sollte. Für eine weitere Ablenkung würde Dean höchstpersönlich sorgen, dennoch hielt sich meine Zeit in Grenzen. Wie geplant,

erreichte ich mein Ziel. Mit zitternden Fingern entfernte ich auch hier die Schrauben und glitt lautlos in den Raum. Aus meinem Ausschnitt zog ich mein Messer, das verdächtig in meiner Hand zitterte. Walter lag auf der Pritsche und schlief seelenruhig. Doch der Schein trog, denn in seinem Abendessen befand sich eine Droge, die ich eigenhändig aus Mexiko besorgen ließ. Er schlief keineswegs, sondern war lediglich gelähmt. Immerhin wollte ich meinen Spaß.
Mit einem Grinsen richtete ich seinen massigen Körper auf, sodass er mich ansehen konnte. In seinem Blick lag die blanke Panik, die mir eine herrliche Genugtuung gab.
Aus meinem Dekollete zauberte ich ein Seil hervor und fing sofort an, ihn für meine Zwecke zu drapieren. Schade nur, dass Hailey sich an diesem Anblick nicht erfreuen konnte.
Zufrieden begutachtete ich mein Werk, zog seine Hose hinunter und spielte mit dem Messer vor seinem Gesicht.
»Ich habe dir vor ein paar Monaten ein Versprechen gegeben! Sieh es als eingelöst an.« Ohne, dass er damit rechnete, setze ich das Messer an. Warm floss das Blut über meine Hände, während ich seine Hoden darin hielt. Es wäre um einiges schöner, wenn ich seine Schreie hätte hören können. Man kann nicht alles im Leben haben.
»Für all die Menschen, die du zerstört hast.« Bis zum Letzten zwang ich ihm seine Hoden in den Mund, entfernte

das vorbereitete Klebeband von meiner Brust und nahm Walter so jegliche Chance zu atmen. Erst dann fischte ich einen Zettel hervor, entfernte auch seinen Schwanz, bevor ich alles zusammen an der Wand festpinnte.

Die Rache des Angel of Pain ist beendet.

Noch einmal sah ich zurück auf Walter, der langsam erstickte, ehe ich den Rückweg antrat. Ab sofort war dieses Kapitel meines Lebens geschlossen! Ich würde nie wieder töten oder einen Gedanken an all das verschwenden. r
In meiner Zelle nutzte ich die Möglichkeit, mir das Blut abzuwaschen, und penibel genau alle Spuren zu beseitigen. Die Jungs hier sollten echt genauer hinsehen, sie würden sich wundern, was eine Frau alles in ihrem Ausschnitt verstecken konnte! Oder unter einer Perücke!
Wenn ich das hier jemanden erzählen würde, würde er es sicherlich nicht glauben.
Nachdem ich wieder wie die perfekte Alkoholmaus aussah, legte ich mich auf die Matratze. In ein paar Stunden würde man mich entlassen und auf ewig rätseln, wer Walter den Garaus gemacht hatte. Auf mich würden sie dabei jedenfalls nicht kommen - dafür hatte schon jemand gesorgt.

***

Rätselhafter Mord im Chicagoer Gefängnis

Chicago. Der »Angel of Pain« hat erneut zugeschlagen.
Während der Überstellung, wurde, letzte Nacht der meistgesuchte Pädophile Walter **** getötet. Wie ein Polizeisprecher mitteilte, wurde der zum Tode verurteilte in seiner Zelle hingerichtet. Einzelheiten seien noch nicht bekannt. Zudem bekannte sich der Serienkiller »Angel of Pain« zu diesem Mord und kündigte an, keine weiteren zu verüben.
Es bleibt dennoch fraglich, ob der Serienkiller jemals ausfindig gemacht werden würde oder wie es ihm gelang, in das Gefängnis zu gelangen.
Doch glauben wir daran, dass die Stadt

nun erst einmal aufatmen kann.

»Zufrieden, Babe?« Lächelnd trat Dean an meinen Liegestuhl und nahm mir die Zeitung aus der Hand.
»Ich weiß nicht, ob man mit dem Tod anderer zufrieden sein kann. Aber es ist vorbei und derlei wird nie wieder geschehen.« Heute, einige Monate nach meinem Rachfeldzug, bereute ich meine Taten und dachte wirklich darüber nach, mich zu stellen. Doch Dean hielt mich davon ab. Seiner Meinung nach würde sich das jede Mutter und jede Frau wünschen, die eine solche Situation durchlebt hatte. Irgendwann verwarf ich den Gedanken und konzentrierte mich auf ein vernünftiges Leben.
»Was hältst du davon, wenn wir eine Runde schwimmen?« Ohne meine Antwort abzuwarten, hatte er mich bereits gepackt und trug mich auf direktem Weg zum Pool.
Schreiend wehrte ich mich dagegen, doch nur einen Bruchteil später, verschluckte mich das kalte Wasser. Prustend kam ich zurück an die Oberfläche.
»Lassen sie sich eines gesagt sein, Mr. Das schreit nach Rache!«, drohte ich ihm und tauchte abermals ins kühle Nass.

ENDE

Bereits von der Autorin erschienen:

Ani Briska:
Férocement – FÜR DICH TÖTE ICH
Vier Brüder - Brenden
Find your way

Franziska Göbke:
Schlaflos in Wernigerode
Sterne am Brocken
Am blauen See
Ein Strahlen am Regenstein

Heaven & Hell - Zwischen Lust und Liebe
Heaven & Hell - Zwischen Lüge und Liebe

Butterfly Kiss - 3x küsst sich´s besser Band 1
Butterfly Kisses - 2x liebt sich´s besser Band 2
Butterfly Kissing - 1x für immer Band 3
Butterfly´s Sammelband
Butterfly Christmas
Butterfly New Year

Butterfly Valentine

Belle-Sophie Douleur:
Love the Game - Feel the pain
Dark Valentine

Printed in Poland
by Amazon Fulfillment
Poland Sp. z o.o., Wrocław